万象文库

我的水利人生

流远

陶善生 ◎ 著

LIUYUAN
WODE SHUILI
RENSHENG

人生常像航行于险路大漠中的一叶孤舟，周围的情况变幻莫测，时而波涛汹涌，时而风平浪静，时而暗礁耸立，时而又是万丈深渊，一个人只有坚持不懈地态度搏挥，任何情况下都不灰心，不气馁，并老老实实地做人，才能绕过一切暗礁，破浪前进，到达胜利的彼岸

人民日报出版社

图书在版编目（CIP）数据

流远：我的水利人生 / 陶善生著. —北京：人民
日报出版社，2015.7
ISBN 978－7－5115－2737－0

Ⅰ.①流… Ⅱ.①陶… Ⅲ.①回忆录—中国—当代
Ⅳ.①I251

中国版本图书馆 CIP 数据核字（2015）第 117664 号

书　　名：流远：我的水利人生
著　　者：陶善生

出 版 人：董　伟
责任编辑：刘　悦　袁兆英
封面设计：中联学林

出版发行：人民日报出版社
社　　址：北京金台西路 2 号
邮政编码：100733
发行热线：(010) 65369527　65369846　65369509　65369510
邮购热线：(010) 65369530　65363527
编辑热线：(010) 65363105
网　　址：www. peopledailypress. com
经　　销：新华书店
印　　刷：北京天正元印务有限公司

开　　本：710mm×1000mm　1/16
字　　数：171 千字
印　　张：14. 5
印　　次：2015 年 9 月第 1 版　　2015 年 9 月第 1 次印刷

书　　号：ISBN 978－7－5115－2737－0
定　　价：43. 00 元

题　记

　　人生就像航行于茫茫大海中的一叶孤舟,周围的境况变幻莫测。时而波涛汹涌,时而风平浪静;时而暗礁林立,时而又是万丈深渊。一个人只有坚持不懈地奋力拼搏,任何情况下都不灰心、不气馁,并老老实实地做人,才能绕过一切暗礁,破浪前进,到达胜利的彼岸。

自　序

　　这是一部真实地记录我从大学毕业走上工作岗位到刚刚退休这三十多年间所经历的一段既充满挑战、也曾有过某些良好机遇的人生旅程的作品。但我在此必须郑重声明的是,本书并非通常意义上的自传或回忆录,姑且称之为一部"自传体小说"。尽管我在文学创作上完全是个"门外汉",从来没有写过小说之类的文学作品,也不知道如何去写小说。

　　在人生的旅程中,既充满着机遇,也充满着挑战。从广义来说,所谓机遇,就是指人们所面临的可能出现的各种各样的新情况或新事物;而所谓挑战,则是指人们在前进的道路上所遇到的各种各样的困难或阻力。由于新事物是层出不穷的,前进道路上的困难或阻力也是此伏彼起、此消彼长的,所以,从这重意义来说,人生旅途中的机遇和挑战是无时不有,人的一生实际上就是在机遇和挑战之中度过的。

　　虽然机遇和挑战无时不有,但它们的性质或类型又存在着很大的区别。先拿机遇来说,既有好的机遇,也有坏的机遇;既有对人的命运和前途能够产生重大影响的关键性的机遇,也有对人的命运和前途影响不大或无关紧要的机遇。又拿挑战来说,既有难以应对但又不得不认真应对的严峻挑战,也有比较容易应对或可以暂时避免的一般挑战。我们通常所说的"把握机遇、应对挑战",实际上是指把握那些对人的命运和前途能够产生重大影响的好的机遇,应对那些生活中的严峻挑战,而不是指一般的机遇和挑战。

"把握机遇,应对挑战",这是我们人类对待生活所特有的一种本能,也是一个人在事业上取得成功的前提条件,但并不是每一个人都能够做到这一点。对于大多数人来说,在多数情况下,很多良好的机遇往往与他们擦肩而过,在严峻的挑战面前往往束手无策。一个人能不能有效地把握机遇、应对挑战,看来首先取决于他的能力和水平,也就是取决于他自身的素质。人们通常把日常生活中把握机遇、应对挑战的过程形象地比喻为"玩游戏",只有那些懂得并善于运用"游戏规则"的人才有可能在游戏中取胜。

我的曾外祖父是清朝末年的一位翰林,他晚年时曾写过一本书,其中一章的题目叫《玩中玩赋》。他也认为人生在世就好比玩一场游戏,其中有的人会玩,有的人不会玩;有的人是游戏场上的赢家或高手,而有的人则是游戏场上的败将或低能儿。他特别提到,"尧、舜、禹、汤、文、武、伊、周、孔、孟",乃"天下之善玩者"也。

当然,在人类历史发展的长河中,"天下之善玩者"远不只是我们中华民族的这几位先贤。就拿我们中华民族来说,在五千年的历史发展中,几乎每一个时代都涌现出了一批对我们民族的历史发展产生过重大影响的杰出人物。这些杰出人物实际上都是"天下之善玩者"。而且,除了那些对历史发展做出过重大贡献的思想家、政治家及哲学家之外,各行各业、三教九流实际上都有一批"天下之善玩者"。特别是在今天商品经济的海洋中,曾经涌现出了一大批深谙并善于运用"游戏规则"的商海中的精英,他们曾以最低的生产成本获得了最大的经济回报,他们理所当然地也应被列入到"天下之善玩者"的行列。

回顾自己参加工作三十多年来的人生历程，如果单纯从功名利禄的角度来考量，我深深地感到我是一个最不懂得"游戏规则"的游戏场上的低能儿。虽然历尽坎坷，付出过常人难以付出的比较高昂的代价，但由于某些决策上的失误，不善于把握机遇、应对挑战，所以到头来功败垂成，和那些以最低的生产成本获得最大经济回报的商海中的精英们相比较，形成了鲜明的反差。当然，在这三十多年的人生历程中，在个别阶段及个别环节上，我也曾取得过一些聊以自慰的可喜成果，上帝也曾向我伸出过一定的橄榄枝。同时，我认为人世间的得与失也是相对而言或相辅相成的：在某些方面看来虽然有所失，但在另一些方面看来则是有所得；从某个角度来说，当时的行动完全是一种愚蠢的举动；但从另一个角度来说，当时的某些行动也许是属于明智之举。所以，我今天也就想对这三十多年来所走过的道路，所遇到过的机遇和挑战，在机遇和挑战面前所采取的措施或所抱的态度，进行一番认真地回顾和总结。希望通过这种回顾和总结，能使读者对我这三十多年的人生历程有一定程度的了解，并和我一块去品尝这三十多年的人生滋味。

一个人在游戏场上的成功与失败，除了主观因素之外，当然也与他所处的时代及客观环境有密切的关系。

尽管我本人是一个非常平凡的人，但我所经历的这个时代却是一个极不平凡的时代。在这不到半个世纪的短暂岁月中，我们的国家曾经发生过很多史无前例的社会变革及新鲜事物：如千百万知识青年上山下乡及数十万大学毕业生被分配到工厂、农村和解放军农场劳动锻炼以接受工农兵的再教育，我国经济管理体制开始从传统的计划管理向市场调控的方向转化，东南沿海地区的经济大腾飞以及由此而引发的人才大迁徙等等。特别是在新千年到来的前夕,又提出了"西部大开发"的宏伟战略。实践已经证明,随着这一战略的深入贯彻实施,我国西部地区已经发生并正在发生着从未有过的翻天覆地的可喜变化,西部地区的广大群众已经迎来了有史以来最美好的春天。

从我个人的生活经历来说,虽然大体上和与我同时代的普通中国人一样,既没有经历过特殊的血与火的考验,也没有遇到过生活中的惊涛骇浪或见过特别大的世面,基本上一直处在平凡的工作岗位上从事着最平凡的工作。但任何生活在这个世界上的人,也都有他的某些特殊的生活经历。正是每一个人的这种特殊的生活经历,才构成了我们这个社会的多样性与复杂性。我的情况自然也不例外。

由于我是一个水利工作者,自从参加工作以来,曾先后在省级机关及基层水利工程管理单位工作过,并两次被借调到水利部工作过一段时间,从而使我对从基层到中央国家机关的情况都有一定的接触和了解。

从地域来说,虽然我出生在湖南并长在湖南,但我的大部分时间则是在甘肃这片土地上度过的。我在甘肃生活及工作的二十多年间,由于工作性质所决定,差不多走遍了甘肃的山山水水或每一寸土地,既到过条件较好的平川地带,也到过条件最差的干旱山区,并同那里的父老乡亲们结下了深厚的友情。

1992年,邓小平"南巡谈话"的春风吹遍了神州大地。在各种客观因素的影响和驱动下,我毅然告别了曾经生活和工作了二十多年的第二故乡——甘肃,加入了"孔雀东南飞"的行列,来到了全国改革开放的前沿阵地和经济最发达的广东省,在那里工作并生活了将近五年时间。在此期间内,我既亲身体验到了沿海经济发达地区一些催人奋进的情景,也领略到了东南沿海地区独特的自然风光及风土人情。

1997年，由于一个偶然的机遇，我又从广东重新调回甘肃工作，并亲眼看见了国家实施"西部大开发"战略的火热场面和西部人奋发向上的精神风貌。

毛主席在《实践论》中曾经指出："无论何人要认识什么事物，除了同那个事物接触，即生活于（实践于）那个事物的环境中，是没有法子解决的。"他还指出："中国人有一句老话：'不入虎穴，焉得虎子。'这句话对了人们的实践是真理，对了认识论也是真理。"从这三十多年的人生历程中，我深深地体会到毛主席的这些教导是千真万确的真理。人世间的很多事物，如果不身临其境，完全靠道听途说或外界的宣传报道是无法得到深入了解的。我所到过的这些地方，所经历过的这些社会环境，对我来说，既是一种机遇，也是一种挑战。正是从这些社会环境中，使我对中国社会、对人生有了更深一层的了解。所以，我在这部"自传体小说"中，除了对我所参与过的一些社会活动，所从事过的主要工作进行认真地回顾和总结之外，也想对我所经历过的社会环境向读者作一简要介绍或客观描述。以使读者能和我一道去感受这些地方所发生的深刻变化，领略各地的风土人情。

唐代名相魏征在《谏太宗十思疏》中云："欲流之远者，必浚其泉源。"我作为一名水利工作者，决定了我所致力的水利事业必将源远流长。根据本书责任编辑的提示，故特将此书取名叫《流远——我的水利人生》。

2015年5月于兰州

目 录
CONTENTS

1

第一章 人生旅程的第一站

一、从大学校园到解放军农场

（一）

不知道经历了多少个难熬的日日夜夜，不知道遇到过多少伤心落泪的往事，也不知道有过多少次挑战过后所获得的一丝惬意的微笑，前前后后算起来，我从大学毕业走上工作岗位，到现在已经整整三十五个春秋了。

对于绝大多数人来说，从他降生到这个世界上到他正式参加工作之前的这一过程，基本上是依赖自己父母的抚育以及周围其他一些人的呵护和关爱才得以走完这段人生之旅的。只有当他正式踏上工作岗位之时，才是他独立生活的开始。所以，我也就将我刚从大学毕业走上工作岗位的这一过程当作我人生旅程的第一步。

人的生活的轨迹往往不能由纯粹的理性思维来决定。在一般人的心目中，甘肃是我国最贫穷落后的省区之一。当年陕甘总督左宗棠就曾感叹地说："陇中苦瘠甲于天下！"（当时的河西走廊某些方面的条件，实际上还不如当时的陇中或陇东地区。）在我的亲身经历中，甘肃也没有给我留下多少美

1

好的回忆。但我却同这片土地结下了不解之缘。它不仅成了我的第二故乡,而且极有可能还将成为我的最终家园。曾记得1997年,当我刚从当时人人都非常羡慕和向往的广东省重新调回甘肃工作时,很多人对我的行动都百思不得其解。其实,我的令人费解的举动还不只是这一次。三十五年前(1968年),当我即将离开大学选择分配志愿时,当时的行动在今天回想起来,仍然觉得不可思议。所有这一切,我想只能用"缘分"或"命运"来解释。

我于1962年从湖南省安化县考入武汉水利电力学院(现已合并为武汉大学)。按照当时的学制,本应于1967年7月毕业并分配工作,可却一直推迟到1968年9月才正式分配工作。我们在大学校园里整整待了六年时光,好不容易才等来了毕业分配这一天。当时,摆在同学们面前的一项重要任务,就是如何选择分配志愿。

在那个特殊的年代里,大学生都成了"处理品",没有现成的工作岗位供我们挑选。等待我们的是去解放军农场劳动锻炼,或者到农村插队落户。我们这个年级和专业可以去的省份只有七个:即湖北、江苏、江西、广西、山东、黑龙江和甘肃。其中除了江苏、江西和广西是安排去农村插队之外,其余四省都是去解放军农场劳动锻炼。我当时曾经同我们班上两位最要好的男同学商量,准备一块去甘肃。可是,一个偶然的机遇,却改变了那两位同学的分配去向。

一天下午,我们三人一块去离学校不远的武汉市洪山公园游玩,算是对我们曾经在那里度过了六年人生中最宝贵时光的武汉市这座花园般的历史名城的最后一次告别。当我们刚刚来到公园中离施洋烈士的大理石雕像不远处的一条林荫大道旁边的水泥长凳上坐下时,突然,两名佩戴着红卫兵袖章的女知识青年连忙向我们走来,并递给了我们两份小报。其中一名女知青连忙自我介绍说:"我们都是刚回城的支边青年。我是刚从新疆生产建设兵团回来的,她是刚从甘肃省农建师回来的。我们要求武汉市革委会重新恢复我们的武汉城市户口,并安排我们的工作。"

原来,她俩都是要求回城的支边青年。当时武汉市正在刮起一股支边青年要求回城之风,这两份小报就是这些支边青年自己编写并印刷出版的,实际上是向社会散发的传单,希望得到社会各界的同情和支持。

我见她俩都是刚从大西北返回武汉市的,便对她俩说:"既然你俩都是刚从大西北回来的,能不能请你俩向我们介绍一下大西北、特别是甘肃的情况?"

她俩见我们有意打听大西北的情况,总算找到了知音,于是便绘声绘色地向我们介绍了她们在大西北的种种不幸遭遇,其情景令人毛骨悚然。

那位刚从甘肃农建师回来的女知青连忙对我们说:"甘肃那地方可真不是人待的地方。不仅风沙大,而且干燥得要命,用水也很不方便。我们在那里待了将近两年,不仅从来没有洗过澡,也很少洗过脸。因为洗脸用的水要到很远的地方才能取来,而且是浑浊得要命的泥巴水。我们做饭时必须先将这些浑水放到脸盆里等上大半天,将泥巴沉到盆底以后,再将上面比较清洁的水拿来做饭。由于水的碱性太大,我们刚去时喝这样的水都不适应,大家都感到肚子痛,吃药也不管用。但也没有办法,每天都得喝这样的水,不喝就得把你渴死。由于长期不洗澡,有时候连脸都洗不成,我们浑身上下,包括头发都长了虱子。由于空气太干燥,刚到那里时,我们的嘴唇都裂了口,还经常出血,脸上也都布满了裂纹。还有,我们住的都是地窝子,周围又没有厕所,解手只得到很远的野地里去解,晚上起来更不方便。有一天半夜,我和另一名女知青一块到外面解手时,突然发现很远的地方有一对蓝色的光点,好像是有人在向我们打手电。后来我们才知道,原来那是狼的眼睛,因为当地狼特别多。当时吓得我们俩跑回来了……"

"你说的这些是不是真话?"另一位同学连忙插话说。

"我要是骗你们我不是人。"她用一口地道的武汉方言向我们发誓说。

"那你们当初为什么要跑到甘肃去呢?"我连忙发问说。

"唉,学校动员我们去支边,我当时已经十七岁了,为了减轻爸爸妈妈的负担,只好跟着班里的其他几位同学一块去了甘肃,谁知道到了那么一个死地方!"

她俩的一席谈话在我们的脑海中曾布下了重重的乌云。那两位同学因此改变了去甘肃的念头,选择了其他省份。而我,不知道是出于什么原因,仍然死心塌地地选择了甘肃。

在那个革命热情十分高涨的年代里,同学们填写毕业分配志愿时都有一个固定的程式:第一志愿是"服从组织分配";第二志愿才是你真想去的地方。而我却打破了这一程式,第一志愿就是"甘肃",第二志愿才是"服从组织分配"。由于这一特殊举动,我自然如愿以偿,被分配到了甘肃,先在解放军农场劳动锻炼了一年零三个月。

(二)

记得我们是 1968 年 10 月 5 日下午 7 时左右乘坐从武昌开往西安的一列火车离开武汉市的。当时武汉的天气还相当炎热,刚上火车时,发现很多人都在摇扇子。可是一到西安,天气便突然冷了下来。我们一行 14 人(其中 10 名男同学,4 名女同学),由于经验不足,每人只带了一套随身换洗的单衣,其余行李都作为快件托运。唯有我多带了一条长裤,虽然也是单裤,但是两膝及臀部打了三个大补丁,显得比较厚实。我见和我们一道的一位同学衣服更单薄,便将这条裤子借给了他穿。

我们在西安停留了不到半天时间,便转乘了一列从西安经兰州开往乌鲁木齐的火车。

火车从西安车站开出以后,沿着陇海铁路徐徐地向西行驶。我们是晚上九点左右离开西安火车站的,当时除了铁路沿线的灯光之外,车窗外到处是一片漆黑,什么也看不见。到了第二天凌晨八点多钟,火车已经驶入了甘肃的地界,窗外的景色才开始一幕幕地映入了我的眼帘。

十月的陇原大地和江南水乡的景色迥然不一样。树叶已经开始枯黄或脱落(因为当时的气候比现在要寒冷),很少见到绿的颜色。映入我眼帘的,除了一堆堆的黄土和远处褐色的光秃秃的山峦之外,几乎什么也看不到。偶尔也见到一些农家村舍,但村舍外很少有行人,尤其很少见到小孩在外面嬉戏玩耍。后来我才知道,由于当时甘肃农村的生活非常困难,很多农家的孩子一生下来就一年四季不穿裤子。每当寒潮袭来的时候,只好待在家里钻被窝、热炕头。

面对着车窗外的一片荒凉景象,我不由得产生了"西出阳关无故人"的悲伤之感。

火车于 10 月 8 日上午 9 时左右正点到达兰州车站。下车以后,正赶上兰州市当年入冬之前下的第一场飘着雪花的雨。很多行人都穿上了当时非常流行的带棕褐色翻绒衣领的兰棉大衣,不论男人或女人差不多都是一个装束。唯有我们这些"臭老九"们却都只穿了一身单衣。

走出火车站以后,我们先找了一家旅店住下。记得这家旅店的名字叫"战斗饭店",也就是原来的"和平饭店"。这是兰州市一家"老"字号的旅店。然后,我们便去甘肃省革命委员会"大学生毕业分配办公室"报到,并打听去解放军农场的路线。在兰州市,我们还停留了一天,10 月 10 日上午才离开兰州,直奔解放军农场。

我们将要去的这个解放军农场位于兰州市以北约 300 公里处的寺儿湾坪,在甘肃省靖远县境内,紧靠黄河。原来那里是一片茫茫的荒漠,住着几十户人家,靠种"闯田"①过日子。

我们去以前不久,这些老百姓才从那里搬走,交给了解放军某炮兵师的一个高炮团负责开垦和耕耘。

我们离开兰州以后,先要乘火车路过甘肃省的白银市,然后再改乘汽车才能到达寺儿湾坪。我们大概是上午九点多钟离开兰州市的,到下午两点多才到达白银火车站。

当我们刚从白银火车站下车时,只见站台上站着几位解放军战士,正注视着我们。在他们的旁边还竖着一块标示牌,上面写着"大学生接待站"几个显目的大字。原来他们就是专程从农场赶来迎接我们的。没等我们走近他们,他们便主动走上前来和我们一一握手。做了自我介绍之后,便带领我们去车站内取回了我们托运的行李,然后便乘坐了他们开来的一辆军车驶往寺儿湾坪。

---

① 　闯田——在甘肃省的某些地方,由于气候干燥,降雨量稀少,在过去没有灌溉设施的前提下,农民种地只能完全依赖老天的施舍。如果当年降雨量较多,则可获得一定的收成;如遇干旱年景,则颗粒无收。所以农民种地带有很大的风险性。人们通常把这种带有很大风险性的耕地叫做"闯田"。

　　我们大概是下午 5 点多钟才从白银火车站出发的。北方的深秋季节昼短夜长,过了不到一个钟头,夜幕便开始降临。我们乘坐的是一辆带帆布篷的军用大卡车。在行车的途中,除了车后扬起的尘埃之外,外界的景色几乎什么也看不见。尽管我们从一大清早就起床,忙着做出发前的各种准备,中午除了去饭店用餐之外,再也没有休息,但当时同学们的精神状态都很好,一路上都是欢歌笑语。汽车带着我们摇摇晃晃、一阵高一阵低地向前行驶。过了大概 4 个多小时,我们终于到达了最终的目的地——寺儿湾坪。

二、在解放军农场劳动锻炼的日子

(一)

　　当我们到达寺儿湾坪时,已经是晚上 10 点多钟了。当天晚上由解放军战士为我们准备了一顿可口的汤面条,我们吃得特别开心。吃完饭以后,草草地收拾了一下行李,开了个简单的铺,便钻进被窝入睡了。

　　我们住的房子是当地老百姓原来盖的小土房。如果不带感情色彩的话,用"洗劫一空"来形容老百姓搬家后房子的状态一点也不过分。室内一无所有,唯有满地的灰尘。连窗户框架也被房东取走了,只留下了几根断高粱秆歪歪斜斜地插在安放窗架的墙眼上。我们钻入被窝不久,就听到窗外北风呼啸之声,不时还有刺骨的寒风吹入。但由于我们当时都很年轻,抵抗能力比较强,加上一天的疲劳,没过多久,便呼呼入睡了。

　　大概是早晨 6 点钟,一阵嘹亮的军号声把我们从睡梦中惊醒。神经紧张的同学们一骨碌从被窝里爬了出来,擦了一把脸,披上衣服就往外跑。

　　十月的陇原,早晨 6 点钟天还没有完全亮,外面一团漆黑。当时同学们都非常慌张,也摸不清东南西北,只知道一个劲地朝农场响喇叭的方向跑去。多亏比我们早一天到达农场的清华大学的两位同学把我们叫了回来，并引我们来到了一个小操场。过不多久，一位解放军战士走了过来，要我们排队集合，等待团长为我们做报告。这位解放军战士就是我们后来的排长，我们平时叫他焦排长。

又过了不到10分钟，一位身材魁梧、年龄大约50岁左右的解放军军官便来到了我们的面前，这就是我们的团长。在他的身后，还跟随着一位警卫员战士。

团长姓沈，是1945年以前入伍的一位老革命。他做报告时态度非常严肃。报告一开始，便给我们来了个"下马威"："听说同学们要到咱们团来劳动锻炼，老实告诉你们，刚开始时我们并不欢迎你们的到来，因为我们这里并不缺劳动力。但后来听说这是为了贯彻落实毛主席的革命路线，既然是这样，那我们也就非常欢迎你们的到来，不管来多少人我们都欢迎。"

他然后把话题一转："我听说你们当中有些人是专门学习如何调动人的积极因素这个专业的，那么，现在就让我们来比试比试，看谁能够调动这个团的积极性。"

他说话的语气带着几分刚毅，几分自信。

他做报告时虽然态度非常严肃，但一走下讲台，却显得格外平易近人。他很喜欢和我们这些"学生兵"交谈。不管平时工作有多忙，总要抽时间经常来看看我们，并和我们一起聊天，一聊就是一个多小时。我想这一方面是由于他担负着对我们进行"再教育"的任务，有意识地和我们交朋友；另一方面也由于我们这些来自全国各地的大学生，毕竟和一般的解放军战士不太一样，不仅有一定的专业技术知识，而且懂得的社会知识也比较多。尤其从我们当中，还能够听到一些以前在部队很难听到的小道消息之故吧。

　　听完了团长的报告,根据团部的安排,吃完早饭之后,就要去参加拔糜子的劳动,并要和三营的解放军战士比赛干劲。

　　这是我们来到解放军农场以后所经受的第一次严峻的考验。

　　我们这些来自内地、特别是来自江南水乡的大学生,刚一到达这海拔一千四百多米的黄土高原时,连平时走路都感到有点儿呼吸急促,而当时的拔糜劳动完全是一场小跑步竞赛。只不过这场小跑步竞赛必须弯着腰进行,两手还要使劲抓住糜谷杆,而且不是爬坡就是下坡。三营的解放军战士来这里的时间比较长,对高原环境比较适应;而且他们的年龄至少也比我们小了两三岁,所以他们在劳动中显得比较轻松。我们必须使出全身的力气才能赶上他们。没有过多长时间,很多同学的衬衣全都被汗水浸透,而且双手都磨出了血泡。清华大学一位女同学的手被糜谷杆划破,鲜血直流。但她坚持到底,毫不退缩,当时曾在连队传为佳话。

　　半天的拔糜劳动终于结束了。下午,根据团里的安排,放了半天假。一方面进行连队编排,另一方面收拾整理各自的宿舍。

　　我们这个连由来自全国(甘肃省除外)15 所高等学校的百余名 67、68 届的毕业生组成,还有一个连清一色地由甘肃农业大学 67 届的毕业生组成。他们叫农一连,我们叫农二连。每个连分成三个班,其中两个男生班,一个女生班。另外,还从男生班中轮流抽出一部分人组成了一个炊事班。每个班共用一个宿舍,这既是我们睡觉的场所,也是开会、学习的场所。

　　我们花了整整半天时间,才将宿舍基本收拾好。不仅整理好了各自的铺位,而且还按照连队的要求进行了美化布置。当时全国各地正在开展轰轰烈烈的"忠"字化运动:唱"忠"字歌、跳"忠"字舞、写"忠"字标语等等,以表达对毛主席的一片忠心。我们的宿舍布置自然也离不开"忠"字。我们用大红纸剪成一个个小小的美术体的"忠"字,在"忠"字下面还刻了一朵小葵花。然后将它们排成一行,贴在宿舍内四周的墙壁上。在宿舍跟前的小院子里,靠近正面墙壁的中央,我们还用土垒成了一个约20厘米高、一米见方的小平台,在平台的正立面用小石子镶嵌了"敬祝毛主席万寿无疆"九个篆体大字,在平台的上平面用小石子镶嵌了一朵大葵花,正前面的墙壁上还画了一个毛主席的半身像。我们把这个小平台叫作"忠"字台,主要作为平时"早请示、晚汇报"的场所。我在学校时比较爱好美术,所以,布置这一切的任务主要落到了我的肩上。

吃过晚饭以后,收到团里的通知:当晚农建十一师宣传队要来部队进行慰问演出,要求大家排队去团部观看文艺节目。

本来,我们当时都是刚从全国各大城市来到这里的,由于"文革"期间各地都特别注重文艺宣传活动,很多在"文革"期间非常走红也特别精彩的文艺节目大家都看腻了,加上一天的疲劳,所以,很多同学都提出不想去看。但得到的回答是:"这是连队纪律。"结果,一直看到深夜12点才回宿舍睡觉。

我们从前一天一大清早到当晚12点,整整经历了40个小时,中间仅睡了6个多小时的觉,其余时间一直是在高度紧张的状态中度过的。这样的生活节奏,如果长其坚持下去,即使是钢筋铁骨,恐怕也会被压垮。也不知道这样的日子会熬到哪一天。当时同学们的心情都觉得不是滋味。心想,与其长期这么熬下去,还不如趁早打回老家当农民好。果然,一件轰动全团的事情终于发生了。

一位平时喜欢思考问题而性格又比较内向的同学,在来解放军农场的途中,看到周围的一片荒凉景象时,就产生了回四川老家当农民的念头。那天,他怀着闷闷不乐的心情和我们一块参加拔糜子的劳动、收拾整理宿舍、晚上看文艺节目,好不容易才熬到了深夜12点钟。正好当天晚上又轮到他值班,一直值到深夜两点才上炕睡觉。他知道,再等四个小时就得起床,重复一天的活动。这时,这位一向沉默寡言的同学再也忍耐不住了,终于做出了一个大胆的荒唐举动。

第二天上午,连里留他一个人在家给同学们烧开水。他在我们下地干活之前,连忙将我在西安借给他的那条带补丁的裤子还给了我。我当时还不知道他这么着急地将裤子还给我的用意何在。等到我们中午收工时才发现,这位同学不见了,他放在宿舍的行李也被拿走了,只留下了一大堆在当时看来毫无用处的专业技术书籍。

同学出走的消息很快便传达到了团首长的耳中。他们立即指示营、连、排各级领导妥善处理这一事件。一方面立即派人分头去白银和兰州两个火车站拦截,以便劝他归队;另一方面召集武汉水利电力学院的同学开会,做大家的思想工作,以稳定大家的情绪。在会上,我们的连长曾抱着歉疚的心情对同学们说:"这两天来,由于对同学们的情况不了解,没有给大家必要的修整,就急急忙忙地组织大家去劳动,使同学们思想上产生了很大的压力。这是我们对待知识分子的态度问题。"

在那个知识分子都是"臭老九"的年代里,我们每天听到或从报刊上看到的,就是知识分子必须加强思想改造,端正对工农群众的态度。今天,我才第一次听到,原来还有一个"对待知识分子的态度问题"。

第二天,团里又组织两个学生连的同学开会,由团政治部主任给大家做报告。这位团政治部主任在做报告时曾语重心长地对同学们说:"现在大学生都有一股怨气。有人说：'既然读书不值钱，何必读书十几年。'但这是毛主席的革命路线，我们应该从正确的方面去理解，从长远的反修防修的角度去考虑。"

这位团政治部主任非常中肯的谈话当时曾在同学们的心目中引起了强烈的共鸣。

被派去拦截同学的人，分别在兰州及白银火车站等了一天一夜，结果，连他的影子也没有见到，不得不扫兴而归。

原来，他离开农场以后，曾拦截了一辆大卡车，直接乘坐到了兰州火车站。在那个动乱的年代里，一般学生模样的人通常可以不买票乘坐火车。所以，他也就捡了这个便宜，没有买火车票，便乘坐了一列从兰州开往西安的火车。

他离开解放军农场以后，思想斗争一直非常激烈。因为在那个"以阶级斗争为纲"的年代里，作为一名正在接受思想改造的知识分子，擅自离开锻炼和改造他的环境，是没有出路的。何况他的家在农村，家庭成分又不好，回到家乡以后，日子更不好过。据他后来解释说，当他快到宝鸡车站时，特地征求了一位解放军战士和一名老工人的意见。他们都力劝他返回解放军农场，虚心接受解放军的"再教育"。所以，在他出走后的第三天下午，又重新踏上了他曾经洒下过一定汗水的寺儿湾坪这片土地，投入到了解放军农场的怀抱。

自此之后，刚来到解放军农场劳动锻炼的同学，都要办一个星期的学习班，然后再正式参加劳动锻炼。在这一点上，我们确实应该感谢这位同学。是他用自己的实际行动提醒了解放军同志，使我们后来的日子稍微好过了一些。

之后,一切工作都转入了正常,但劳动强度却并没有明显的减轻。

那个冬天,最使我感到害怕的就是破冰灌溉。我们每天清晨六点多钟就要到地里去浇水。当时的气温已经降到了摄氏零度以下。凡灌溉过的土地,表面上都有一层薄冰覆盖着。我们经常要赤着脚踏破冰盖,走到地里去填平那些被水冲坏了的地块。此时的双脚就像刀割一样,疼痛不已。我们的两条裤腿也全被水浸湿,有时还结上了小小的冰疙瘩。由于当时没有多余的裤子换洗,每天只有等太阳出来以后,才能将它们自然晒干。

最使我难忘的是,1968 年 11 月初,团里安排我们几个男生班的同学去黄河岸边清除农场抽水机站引水渠中的淤泥。时值隆冬,正赶上天下大雪,为了不把外面的衣裤弄脏,我们不得不穿着短裤衩和衬衣,冒雪在水中干活,整整劳动了三天。尽管在劳动的过程中曾经采取了一些特殊的防寒措施,如每隔一段时间就跑到渠堤上来喝上几口高纯度的烈性酒;晚上收工后还要喝上两大碗姜汤。但我仍然因此而患上了风湿性腰椎病,一直拖到1980 年才基本治愈。

光阴荏苒,冬去春来。我们在解放军农场不知不觉已经度过了半年时光。越过了寒冷的冬季,情况开始有所好转。春姑娘在陇原大地虽然姗姗来迟,但她一旦来临,便给人们展示出了无穷的魅力。农场的土地上,冬小麦已开始返青。路旁长出了细嫩的小草。我们营房前面的那几棵沙枣树也已吐出了新芽,渐渐地开出了一串串米黄色的沙枣花,并散发出一股浓郁的香味。这种香味是我以前在南方从来没有闻到过的,给人一种特别清爽的感觉。

入春以来,我不止一次地站在寺儿湾坪的塬边,俯瞰着滚滚东去的黄河。黄河岸边，那一排排护堤垂柳和挺拔的白杨，早已披上了绿装，在阳光的照耀下，显得格外郁郁葱葱。靠近塬根的一大片荒滩也长满了绿色的小草，远远望去，宛如一张铺展开来的绿色的地毯。它们和护堤林带紧紧地连接在了一块，颜色是那么深浅相衬，那么柔和，视域是那么开阔，使得蓝天显得更蓝，白云显得更白，使得我们的黄河母亲更加青春焕发。

　　靖远县是甘肃省有名的冬果梨之乡。四、五月份，正是梨花盛开的季节。此时，当你站在寺儿湾坪的塬边眺望黄河对岸原本光秃秃的山坡时，你突然会发现，山坡中的很多沟沟岔岔都覆盖上了洁白的大小不等的斑点，宛如冬天飘落的雪花。我想那大概是山坡中的野冬果梨树绽放的花朵，从而给这片荒凉的山地平添了几分生气。特别是当你来到离寺儿湾坪不远的北湾乡（当时叫北湾公社）时，你会看到那里家家户户的庭院中都有几棵冬果梨树，正绽放着洁白的花朵。它们就像神话中婀娜多姿的白衣仙子一样，正在恭候你的光临。站在那里瞭望四周，你会发现自己正置身在一片白色的花的海洋之中。此时，你也许会联想起唐代诗人岑参的那两句有名的诗："忽如一夜春风来，千树万树梨花开。"此情此景，将使你更加流连忘返。

　　随着季节的变化，我们的劳动内容也发生了变化。春天刚开始时，主要是给地里施肥，然后便是播种、锄草、浇水等等。随着我们在农场日子的逐渐积累，我们对周围的环境已开始适应，我们的体力及劳动技能也有所增强和提高。现在，两个人合拉一大架子车农家肥在地里小跑已不感到太吃力。有一段时间，我们连的六个男生班被安排到黄河岸边的沙滩上预制混凝土板。那里离农场场部约三公里远，全是高低不平的羊肠小道，中间还要经过一段垂直高度约150米的极其陡峭的悬崖下坡小道。我们上工时，必须从农场场部捎一袋50公斤重的水泥到工地。开始感到比较吃力，慢慢地也就习惯了,并且一扛到底,中间可以不休息。

随着劳动技能的提高,我们的饭量也已显著增加。每餐至少要吃五个大馒头,我最多吃过七个大馒头,这是我有生以来在饭量上创下的最高纪录。幸亏当时农场吃饭可以不定量。我们除了每月45斤标准口粮之外,据说农场每月还给我们每人补贴了20多斤口粮。加上我们自己种的蔬菜、自己养的猪、喂的鸡,有时还要从军牧场拉来一些羊肉。所以当时连队的伙食还是办得很不错的。

农场的生活虽然是极其紧张而艰苦的,但也是丰富多彩的。我们来自全国16所高等学校(包括甘肃农业大学在内)的同学,带来了不同的校园文化和生活情趣,也带来了全国各地的很多信息(当时叫小道消息)。这些信息在今天看来似乎算不了什么,但在当时通信技术相对落后而且彼此分割和封闭的社会环境中,对于开拓人们的眼界,启发人们的思维还是极其宝贵的。这16所高等学校,既有全国的名牌大学(如清华大学、中国科技大学、上海及西安交通大学等),也有一般的全国重点及非重点大学。同学中间,既有出身于一般平民家庭的子弟,也有出身于显贵的高干家庭的子弟。虽然各自的家庭出身不同,但在那个特殊的年代里,很多同学都是由于家庭中出了这样那样的"问题",或是由于父亲被打倒而被发配到解放军农场这个"革命的大熔炉"中来经受锻炼的。这些出身于不同家庭背景的同学,由于平时受到的家庭熏陶不一样,个人气质和思想感情也呈现出了明显的差异。尽管在那个特殊的生活环境中,每个人都不得不极力掩盖自己真实的一面,但他们的气质及思想感情还是从方方面面中表现了出来。特别是那些出身于资深的高干或高级知识分子家庭的同学,由于平时受到了较为良好的家庭熏陶,他们的言谈举止与思维方式往往与出身于一般家庭的同学有所不同,对于我这个出身于农村破产地主家庭的"破落户的飘零子弟"来说,从他们的身上确曾学到了不少宝贵的东西。

我们这批大学生,绝大多数都是 1962 年考入各自学校的。不论是来自全国名牌大学的同学也罢,还是来自一般的重点或非重点大学的同学也罢,都有一批真正的高才生或多才多艺的人。这些人,有的后来已成为博士生导师或某方面的特殊人才;有的在当时的农场生活中就已崭露头角,无论吹、拉、弹、唱、跳或专业技术方面都已显露出了他们特有的才华。

年轻人是一个天生活泼的群体,不管客观条件多么艰苦,都掩盖不住他们天真烂漫的性格和奋发向上的进取精神。我们在农场经常举办文艺晚会。在文艺晚会上,除了同学们自编自演的文艺节目之外,几名京剧爱好者还合排了一场革命现代京剧《沙家浜》。不仅轰动了全团,我们还带着这些节目到附近的农村演出,受到了长期缺乏文化生活的农民们的热情欢迎。

我不知道从什么时候开始,喜欢向报纸杂志投稿。而当时的报纸杂志只有各级党报党刊。来到解放军农场以后,不管劳动锻炼多么紧张,我仍然利用休息时间写一些心得体会,并直接投寄给了《人民日报》,曾因此而招来了很多人对我的讥笑或冷嘲热讽。因为在那个"舆论一律"的年代里,据说所有党报党刊发表的文章都是事先预约好的。特别是像《人民日报》这样的特级党报,除了社论及新闻报道之外,其余也都是以工农兵(绝大多数都是当时著名的劳动模范或英雄人物)名义署名的文章。我作为一名正在接受再教育及思想改造的"臭老九",居然想在《人民日报》上发表署名文章,简直是癞蛤蟆想吃天鹅肉,有点自不量力。但年轻人总是富于幻想的,很多事情明明知道成功的概率几乎等于零,也总想朝那个方向去试一试、闯一闯。正是出于这种不甘寂寞的心理,我曾不止一次地把自己在农场的心得体会写成稿件,并直接寄给了《人民日报》社。也不知道是什么原因,我想很可能是出于对当时正在解放军农场劳动锻炼以及上山下乡的一大批知识青年的一种鼓励吧,我寄出去的第五篇稿件《上山进厂的知识青年应当关心教育革命》(文章已经编辑部做了大量压缩和修改,而且标题也作了更改)终于在 1970 年 2 月 16 日的《人民日报》一个最不显眼的位置发表了。虽然差不多只有豆腐块大小的一点点篇幅,但这毕竟标志着我的文章终于登上了大雅之堂,在全国最权威的报纸上发表了。所以,当时的心情还是特别的喜悦和激动。

(二)

天旋地转,物换星移。我们从 1968 年 10 月份来到解放军农场,转眼便到了 1970 年 1 月。我们在解放军农场已经整整度过了一年零三个月,终于盼来了再分配这一天。这对于同学们来说,又是一次严峻的考验,是决定自己命运和前途的最后一关。因为在计划经济的年代里,人才是不允许随便流动的。从当时的形势分析,这一次的工作分配,基本上将决定一个人后半辈子的命运。特别是被分配到基层或偏僻地区工作的同学,要想调往上层单位或中心城市去工作更加不容易。因此,这一次的命运把你安排到哪里,你就要准备在那里生活一辈子。不仅你本人要做好这种"一锤定终生"的思想准备,同时还要想到自己的子孙后代也将成为那里的永久性居民。

根据甘肃省革命委员会的安排,据说当时 70% 的同学要分配到刚刚成立的全省农村毛泽东思想宣传队(简称"农宣队")从事农村基层工作,农宣队工作结束以后,再就地安排新的工作岗位;17% 的同学要分配去农村当中、小学教师;只有 13% 的同学被分配到专业对口单位,而且听说主要是县级以下单位。

当时,同学们的心情都非常紧张,不知道命运将把自己安排到一个什么样的环境中去生活和工作。

再分配工作开始的第一天,团里曾召集两个连的同学开了一次动员大会,由主持这次分配工作的一位师后勤部长向大家做动员报告。这位师后勤部长做报告时态度非常严肃,而且报告一开始便给大家泼了一瓢凉水:"我听说你们当中有些人害怕去农宣队工作,我告诉你们,这次首先要保证百分之七十的人去农宣队;我听说你们当中有些人不想去农村当中、小学教师,我告诉你们,这次必须优先保证百分之十七的人去农村当中、小学教师;我听说你们当中有些人害怕下基层,我告诉你们,这一次基本上都得去基层⋯⋯"

他在报告中曾经用了一连串的排比句"我听说⋯⋯我告诉你们⋯⋯"说得每个同学的心里都是凉飕飕的。但他后来却压低了嗓门对同学们说:"如果同学们有什么实际困难,需要组织照顾的话,可以向组织反映。从今天开始,我们专门设立了一个接待室,准备安排三天时间,听取同学们对工作分配的意见和要求。"

根据这位师后勤部长的动员报告,同学们对这次的工作分配已不抱过高的希望,基本上排除了被分配到省级以上单位或省会兰州市的念头,只求能够分配到一个自然气候条件过得去的基层单位就不错了。由于我们这个连的同学基本上都是外地人,对甘肃的情况很不了解。在很多同学的心目中,河东(即兰州市以东)地区的条件总比河西(即河西走廊)地区的条件要好。当时社会上曾经流传着一个口号:"宁愿东行千里,不愿西走一步。"所以,当时很多同学都希望能将自己分配到河东地区去工作。为了达到这一目的,很多同学都向组织反映了自己的实际困难(主要是身体有这样那样的毛病),请求组织予以照顾。但后来同学们才恍然大悟,实际上当时河东地区很多县的客观条件远远赶不上河西走廊的客观条件。

我当时考虑到自己的条件,对这次工作分配更不敢抱过高的希望,早就做好了到条件最差的地方去工作的思想准备。由于做好了这种最坏的打算,也就没有向组织提出任何希望照顾的请求。

在正式考虑个人分配方案的那几天,我们连还出现了一段颇具戏剧性的小插曲。当时,农场所在的部队曾提出要在同学中间挑选几名政治条件较好的骨干留在部队工作。一开始,很多无配偶的男同学都纷纷向连党支部提出了书面申请,要求留在部队工作。我当时明知道自己的条件不合格,为了表达对解放军的感情,也向连党支部递交了书面申请。但后来打听到,留在部队工作并不能按现役军人对待,而是属于不穿军装的"解放军",和地方的工作人员没有什么两样,不能享受现役军人的特殊待遇。同时想到部队基本上是一个男性社会,并远离城市。而当时很多同学都到了二十七、八岁的年纪,急需考虑自己的个人问题。本来,当时有些同学曾在学校物色好了对象,但由于自己被分配来到了甘肃这个边远的地区工作,从而使他们的爱情关系突然告吹了。用当时同学中的一句流行话来说,他们的爱情关系被"冻结"或者被"解体"了。所以,当时很多同学都暗暗地在琢磨:如果真留在解放军部队的话,将来很可能连对象都找不到,从而贻误自己的终身大事。因此,没有过两天,很多向连党支部递交了书面申请的同学,又纷纷将书面申请要了回来。而此时的我,自知条件不合格,解放军部队绝不可能收留我,所以仍然放心地将申请书继续留在连党支部。当时有几位和我关系较好的同学曾带着几分同情和轻蔑的口气对我说:"你也不好生想一想,像你这样的家庭政治条件,解放军部队哪能要你?"

我只是淡淡一笑地回答说:"因为我对解放军有感情。至于解放军部队要不要我,那是组织上考虑的问题。"

大概由于我的这一特殊举动,加上我在离开学校之前,曾把甘肃作为我的第一志愿,从而给主持分配工作的部队领导以及甘肃省"大学生毕业分配办公室"的工作人员留下了较为良好的印象。所以,当最后由那位师后勤部长宣读分配结果时,我竟出乎意料地被分配到了甘肃省水利厅工作。

我们两个学生连,总共有200多名大学生,当时被分配到兰州市内的只有13人;而被分配到省级机关的仅有7人,其中6人毕业于武汉水利电力学院,1人毕业于清华大学水利系。

在那个特殊的年代里,一些学历最过硬、最具有真才实学的同学反而被分配到了既专业不对口,而且条件最差的工作岗位。

我们离开解放军农场以后,陆续收到了被分配到其他几个省的同学的来信,得知其他省的"再分配"情况还远不如甘肃理想。相比之下,在这次再分配的过程中,我算是当时的幸运儿了。

我国古代伟大的思想家孟子有句名言:"天将降大任于斯人也,必先苦其心志,劳其筋骨,饿其体肤,空乏其身,行拂乱其所为。"

那些当年被分配到最艰苦的地方工作的大学生,后来由于政治形势的变化,很多人都调回到了大城市或上层机关工作,不少人已在事业上取得了显著的成绩,远比当年被分配到省级机关工作的我要强。我想这大概是"上帝"对他们应有的一种补偿吧。

人生就像航行于茫茫大海中的一叶孤舟,周围的境况变幻莫测。时而波涛汹涌,时而风平浪静;时而暗礁林立,时而又是万丈深渊。一个人只有坚持不懈地奋力拼搏,任何情况下都不灰心、不气馁,并老老实实地做人,才能绕过一切暗礁,破浪前进,到达胜利的彼岸。

第二章　在甘肃这片土地上

一、初次下灌区蹲点

从解放军农场再分配到甘肃省水利厅工作,标志着我在人生的旅程中又迈出了新的一步,同时也标志着我已正式扎根到了甘肃这片土地上。

我们被分配到甘肃省水利厅以后,首先遇到了一件使我感到不太称心的事情。

当时甘肃省水利厅计划将我们七名同学安排到两个不同的工作岗位:一个是甘肃省水利水电勘测设计院;另一个是甘肃省水利厅水利管理局。从我们在学校所学的专业来说,最适合我们的工作岗位本应是水利工程勘测设计,但由于当时全国各大专院校还没有正式开办过水利管理专业,所以,只好安排一部分学习水利工程勘测设计的人员去从事水利管理工作。

由于当时正处在计划经济时期,全国上下普遍存在着"重建设、轻管理"的思想倾向。在大多数人的心目中,管理是一项可有可无、可重可轻的工作。干管理这一行,不需要什么真才实学,任何人都可以去干。正是在这种思想的支配之下,当时我们七位同学都希望分配到甘肃省水利水电勘测设计院去工作。可是,我和另外两名武汉水利电力学院毕业的同学却最终被分配到了甘肃省水利厅水利管理局从事农田灌溉管理工作,从而也就决定了我后来所走的道路与从事工程设计的同学有着很大的区别。

　　现在回过头来看,尽管当时很多人都瞧不起管理工作,认为干管理这一行不需要什么真才实学,也无需遵循什么科学规律。但实际上,管理是一门非常复杂而深奥的学问,需要有更广泛的专业及科学技术知识来武装人们的头脑,才能将管理工作搞好。美国著名的管理学家、科学管理理论的创始人泰罗(F. W. Tailor,1856—1915)在《科学管理原理》一书中把科学管理称为一场"全面的智力革命",他认为在一切管理问题上都能够而且应该应用科学方法。所以,我认为如果我们能够全身心地投入到管理工作中去,并能得到有关领导大力支持的话,往往会取得比单纯的设计工作更有价值的成果。但是,如果我们在管理工作岗位上得过且过、不求进取,或者遇到一个心胸狭隘、只知道投机钻营以捞取个人政治资本,而不是真心实意地从工作、从大局去考虑问题的领导,也会使我们虚度年华、一事无成。

　　我被分配到甘肃省水利管理局以后,组织上给我安排的第一项工作,就是要我跟随几位参加工作时间较早的同事到位于河西走廊东部的武威地区武威县(后已改为武威市凉州区)杂木河灌区蹲点调查,以熟悉灌区的基本情况,并协助灌区水管单位开展各项管理业务。

　　武威县杂木河灌区是河西走廊一处历史比较悠久的自流灌区,早在西汉初年,我们的祖先便开始在这里引水进行灌溉。它的水源是来自祁连山融化之后的积雪。祁连山位于河西走廊的南侧,海拔 4,000 多米。每年秋季是河西走廊雨量比较充沛的时期,地处高寒区的雨水往往以积雪的形式覆盖在祁连山上。每当春季来临、农作物开始生长发育时,这些积雪便开始融化,灌溉着河西走廊的土地。所以,人们通常把祁连山形容为一座"固体水库"。

当时的杂木河灌区,工程设施非常简陋,管理也比较粗放。输水干渠是用当地盛产的天然鹅卵石砌筑而成的,渠道断面呈宽浅式,渠堤很不规范。有的地方高,有的地方低,有的渠段甚至被水冲出了一道缺口,其外形跟天然河道没有太大的区别。渠道上游既无水库调蓄,田间工程也很不配套。所以,农民灌地只能采用大水串灌、漫灌的方式,水量浪费很大,农作物产量低而不稳。直到七十年代后半期,这种状况才开始改变。

我们当时共下去了六名工作人员,除一人毕业于重点中专之外,其余五人均为大学本科毕业的专业技术人员,由一位分管业务工作的革委会委员带队。这位革委会委员于1964年毕业于西安交通大学水利系,为人非常正派,也比较平易近人,尤其对我这个刚参加工作的"新兵"生活非常关心。他家在陕西农村,本来当时农村的口粮就非常紧张,但他看到我饭量特别大,特地把回家探亲时省下来的十多斤粮票送给了我。这件事一直铭记在我的心中。

在这六名工作人员中,另有一位也毕业于武汉水利电力学院,和我同一专业,毕业于1965年,年龄大概也比我大了一两岁。在学校时,我就和他很熟悉(因为我俩同时在系学生会工作过一段时间)。他待人特别诚恳,尤其对我的生活非常关心,真像一位兄长一样。所以我和他的关系相处得非常好。他家在宁波,两年以后,他便从兰州调回宁波工作去了。另外,我们当中还有唯一的一位女同胞。这位女同胞两年前毕业于西北水利专科学校(当时全国为数不多的一所重点中专),年龄比我小了大概两岁多,人显得特别活跃,不仅工作泼辣,而且能歌善舞、能言善辩,说话非常幽默,长得也比较漂亮。不过此时的她已经是拥有一个孩子的母亲了。

除了我们下去的六名工作人员之外，当时武威地区农水处也派出了三名工作人员(其中也有一位是女同胞)和我们配合工作。

杂木河灌区有效灌溉面积20多万亩，按渠系管辖范围分成了几个水管所，所与所之间相隔十多公里。我们九名工作人员基本上固定在一个规模比较大而且任务比较繁重的管理所，但随时要派人前往其他几个水管所从事各项管理业务。因此，这个水管所也就成了我们当时的大本营。

当时灌区的条件还是相当艰苦的。我们下去工作必须自带行李，而且经常要自己做饭。当时粮油都是定量供应，我们随身所带的粮票虽然包含了食油指标，但去粮店买粮时，因为买的数量太少，粮店一般不给搭配食油。所以，我们炒菜时经常连油也没有。当时灌区的交通也很不方便，我们远距离工作只能靠步行。在解放军农场劳动锻炼期间，我曾向解放军学会了打被包的技巧。来到杂木河灌区以后，我经常背着被包步行于各水管所之间，很像一名不穿军装的解放军战士，显出一种"雄赳赳、气昂昂"的姿态，当时曾在周围群众中留下了比较深刻的印象。

年轻人的思想总是既单纯，又充满了上进心。来到新的工作岗位以后，我一心想到的就是如何发挥自己的专业特长，在事业上干出一番成就。刚来杂木河灌区不久，我和另一名同事曾被派到一个水管所协助进行田间工程规划。这个水管所位于灌区的下游，紧靠腾格里沙漠。所以那里的气候比其他几个水管所显得更为干燥，也更为炎热。尽管当时还是四月下旬，但中午的气候通常都在30℃以上。开始两星期，我和我的这位同事每天都到地里去搞地形测量，成天站在地头看测量仪器或跑尺子，头顶烈日，风餐露宿，但我当时丝毫也不感到疲劳，并对自己所从事的工作充满了好奇心与新鲜感。

田间工程规划任务完成以后,我又接受了一项新的任务,被派往渠首管理站协助该站的工作人员进行水量分配与调度,同时负责进行渠道过水能力测量。由于祁连山的积雪只有当中午气温比较高时才能够融化,而且愈是晴天融化的量愈大,它们所形成的洪峰正好在深夜才能到达渠首,所以我们测量渠道过水能力有时必须在深夜进行。为了绘制水位~流量关系曲线,必须强测几个大流量,以填补关系曲线中的空白点。有一次,在深夜抢测一个渠首特大流量时,我几乎被洪水给卷跑。因为水流太急,我们的流速仪刚放入激流中时,固定流速仪在水中位置的测杆及绳索立即被激流冲断,流速仪被激流冲跑。我当时为了保住这台流速仪不被激流冲跑,曾拼命地抓住绳索及测杆不放,结果栽倒在不到半米宽的桥面上,幸亏我的助手将我一把抓住,才没有掉下水去。

除了从事一些具体的技术工作之外,我们还经常跟随水管处或水管所的职工到用水户家进行调查访问,了解用水情况,或帮助解决群众在用水过程中产生的一些矛盾和纠纷。

甘肃,特别是河西走廊的农民群众,对基层水利管理人员的态度特别热情,也特别尊重。所以,当时很多人都把基层水管人员戏称为"水老爷"或"龙王爷"。我还听到过一首临夏《花儿》①,它是这么唱的:

---

① 《花儿》:流行于甘肃、宁夏、青海一带的一种山歌,是当地汉、回、土、撒拉、东乡、保安等族的口头文学形式之一,在青海又称"少年"。声调高亢舒长,即兴编词,内容多以反映男女之间的爱情生活为主,往往采取对唱的形式。甘肃临夏回族自治州境内各族群众特别盛传这种口头文学。

人里头好不过巡渠员，

政治上好不过党员；

巡渠员引来个白牡丹，

尕(音 ga,小)妹妹哭着个倚栏杆。①

　　尽管这首临夏《花儿》带有幽默调侃的性质，也不完全符合客观事实，但它却从一个侧面反映出了基层水利管理人员在农民群众心目中吃香的程度。这主要是由于甘肃、特别是河西走廊的气候特别干燥，水是农民群众的命根子，有了水就有了一切，水愈多农民的日子就愈好过。

　　每当我们来到用水户家时，他们总是把家里最好吃的东西拿来招待我们，这也是我们改善生活的最好机会。武威人最爱吃的一种主食叫"山芋米拌面"，就是用马铃薯(当地俗称"山芋")、小米和用当地出产的小麦加工成的面条拌在一块。大概由于水土的关系，那里的马铃薯(即山芋)和外地的马铃薯相比，不仅个头大，而且外表显得更饱满，皮质更嫩、更白，所含的淀粉质也更多。特别是那里出产的小米比外地的小米质量更好，营养成分更高。所以那里的妇女坐月子，通常用小米来做滋补品，以补充体内的营养成分。用当地的这三种主要粮食作物做原料，加上武威人特有的烹调技巧做成的"山芋米拌面"，不仅闻起来很香，而且味道格外鲜美，我每餐都要吃上四大碗。现在回想起来，我感到它比目前城市高档餐馆中的美味佳肴更有滋味。

　　通过多次去用水户家调查走访，不仅使我对杂木河灌区的情况有了比

---

　　① 后两句的大意是：巡渠员(即基层水利管理人员)从外面引来了一位年轻漂亮的小姐(白牡丹)，他自己的妻子(尕妹妹)无可奈何，只好倚着栏杆痛哭流涕。

较深刻的了解,而且对整个河西走廊的风土人情也有了一定程度的了解。

我们下来不到三个月,那位带队的革委会委员便被单位叫回去参加革委会会议,以后也就没有再下来了。时隔不久,另外三名在兰州市有家的同事也都陆续提前返回了兰州市。最后只留下了我和武汉水利电力学院的那位家在宁波的校友两人。

我和这位老校友在杂木河灌区一直蹲到 8 月中旬,突然收到单位打来的电话,通知我们赶快回兰州,说是有重要精神传达,我们的蹲点工作也就到此结束。我当时还真有点不想急着回兰州,希望在灌区多蹲一段时间,以便对灌区情况有更全面深入的了解。当我们接到通知,准备回兰州时,我还抽空写了一份 6,000 多字的蹲点工作总结,准备回去向革委会汇报,并期待着过些时候能再次来杂木河灌区,继续我们的蹲点工作。可是,万万没有想到,没等我回兰州,一项"可怕"的新的工作任务正在等待着我。

二、一年农宣队工作

回到兰州没有两天,单位革委会便召开全体职工大会,传达省革委会的指示:省里要成立第二批农村毛泽东思想宣传队,并决定从省级机关中选拔一批干部去农宣队工作。

当时人们对参加农宣队工作都感到非常害怕。因为一则农村条件非常艰苦,再则省革委会也没有明确规定去农宣队的时间究竟有多长。据说有的人可能要长期留在农村,再也不能回城了。我刚从解放军农场劳动锻炼之后才分配到这个新的工作岗位,原以为组织上不会再派我到农宣队去了,但我却被再次派到了农宣队。

当革委会的一位负责人找我谈话并告知我这一新的决定时,我的脑子忽然"嗡"的一声，好像挨了他当头一棒似的。因为当时的我正感到踌躇满志、希望在水利管理工作中干出一番成就，不想单位的领导却给了我这样一种待遇。也不知道组织上对我究竟是怎样的看法，周围的同事对我又是怎样的评价。所以思想包袱特别沉重。虽然有满腹的牢骚和委屈，但又不敢向周围的任何人发泄。既然组织上已经做出了这样的决定，也就只好服从组织的安排。不管将来的生活道路多么坎坷，也都只能听天由命、万事随缘了。

就这样，我当时曾背着沉重的思想包袱并抱着一种复杂的思想感情离开了这个连凳子都还没有坐热的业务工作岗位，来到了农宣队。但后来的事实告诉我，农宣队的工作并不像原来想象的那么可怕。通过一年的农宣队工作，我不仅思想感情发生了深刻的变化，而且精神面貌也发生了很大的变化。

我参加农宣队工作的地方是在甘肃省静宁县威戎公社连湾大队。那里地处六盘山区，和宁夏回族自治区交界，是当时甘肃最贫困的地区之一。自然条件相当恶劣，群众生活极端困难。不仅缺吃少穿，连烧柴也很紧张。那里既不出产煤，也没有成片的树木，漫山遍野都是光秃秃的荒坡。群众做饭或取暖用的燃料，除了各种作物桔秆之外，就是从荒坡地里挖出的草根和从地面上清扫的落叶。群众把挖草根和清扫落叶这项工作叫作"扒毛叶"。由于长年累月地"扒毛叶"，造成那里的水土流失愈来愈严重，土质也愈来愈贫瘠。粮食亩产最高不过一百多斤，人均三亩多耕地，全年人均粮食产量不到四百斤。除掉籽种及牲口饲料之外，人均口粮只有两百多斤，远远达不到吃饱肚子的水平。所以，年年必须靠吃"返销粮"才能勉强维持半饥半饱的生活。

那里山大沟深，各生产队（自然村）之间虽然鸡犬之声相闻，但要从一个生产队步行到另一个生产队，至少要一个多小时。因为中途必须翻山越岭或跨沟爬坡。由于交通不便，那里的人们同外界的联系也很少。绝大多数人不仅没有去过较远的地方，有些年近花甲的妇女甚至连公社所在地威戎镇也没有去过，多数人都没有到过静宁县城。由于这种长期与世隔绝的生活，养成了很多人的一种惰性：宁愿守着家乡的方寸之地，也不敢到外面的世界去闯一闯。从而使得那里的风俗习惯也远远落后于当时交通比较发达的地区。很多外界已经绝迹的解放以前甚至辛亥革命以前的旧风俗，在那里依然保留着。

我们参加农宣队工作的目的除了接受贫下中农的"再教育"之外，另一项重要任务就是"抓革命，促生产"。

当时的甘肃农村，很多基层组织已濒临瘫痪，群众的生产和生活都没有人出面组织。所以甘肃省革命委员会便决定从应届大学毕业生以及在职干部中抽调一批人到农村去对这些基层单位进行整顿。但由于我们当中的很多人都是第一次到农村来，对农村工作缺乏经验，特别是当时的很多应届大学毕业生对农村情况更不了解。

我所在的连湾大队当时共派出了八名农宣队员，其中六名是毕业于甘肃省内各高等院校 69～70 届的大学生，我是作为在职干部参加农宣队的，所以被指名担任了农宣队的副组长，组长则是一位刚从西北师范学院（后已改名为西北师范大学）政教系毕业的调干的党员学生，年龄大概和我不相上下。我们这八名农宣队员的组长是调干的党员学生，家在农村，对农村情况比较熟悉，而且看问题也比较实在，做事比较稳重。所以，我们来到农村以后，并没有像某些地方的农宣队员那样采取大轰大嚷的方式，而是把主要精力放在组织干部社员开展"农业学大寨"运动方面。

在农宣队期间，在那个"以阶级斗争为纲"的年代里，我们并没有对那些所谓的"五类分子"进行训斥，而是以平等的姿态向他们宣传党的方针政策，并介绍当时农村的"大好形势"，鼓励他们加强思想改造，早日成为劳动人民群众中的一员。

我们的一些做法当时曾遭到了周围农宣队员对我们的批评和指责，认为我们的思想太保守。据说有个生产大队的农宣队领导曾对别的农宣队员说："连湾大队简直同没有派农宣队一样。"

但后来的事实证明，我们当时的做法还是正确的。由于我们采取了这种比较温和而人性化的举措，不仅没有给连湾大队的工作带来负面影响，反而使连湾大队的工作一步一个脚印，避免了大起大落现象的发生，从而最终走到了其他大队的前面。我们的行动不仅没有失去贫下中农对我们的信任和好感，反而使我们同贫下中农的思想感情更加融汇到了一块。他们有话敢向我们说，不把我们当外人看待，并对我们的生活给予了无微不至的关怀。从贫下中农当时对我们的态度中使我深切地感受到，这是我所接受到的实实在在的贫下中农再教育。

当时的"农业学大寨"运动主要包括两方面的内容：其一是认真抓好当前的各项农业生产；其二是大力开展农田基本建设，对于山区农村来说，就是大力兴修水平梯田。我们刚进村时，正赶上党中央、国务院刚刚在山西省昔阳县召开了北方地区农业会议，在全国范围内（特别是在北方地区）进一步掀起了轰轰烈烈的农田基本建设高潮。所以，积极发动和组织群众进行农田基本建设，也就成了当时农宣队的一项中心工作。

　　我当时除了同农宣队组长一道负责全大队的农宣队工作之外,还具体负责了两个生产队的工作。这两个生产队之间相隔一座山,我经常要在晚上去山后的连湾生产队召开群众大会,开完会以后又要回到我居住的马湾生产队。我刚进队时,社员们曾关心地对我说:"咱们这里山上经常有狼。去年下半年,生产队羊圈的两只羊就被狼给抓跑了。所以一个人晚上千万不要往山上跑。"

　　由于社员们的关心和提醒,开始几次夜间翻山时,都由生产队长负责选派两名身强力壮的年轻小伙子手拿着木棒或铁锨来护送我。过了大概一个多月,一则对地形比较熟悉了,胆子也大了;再则,在长期艰难坎坷的生活环境中,也使我冥冥之中产生了一种想法:在这个世界上,少不了要和狼打交道。不是我被狼吃掉,就是我把狼打死,或者将它们赶跑。所以,我后来一再婉言谢绝了社员们对我的关爱之情,执意独自一人手拿着铁锨在夜间翻过那座小山梁。所幸我并没有真正遇到过狼,我想这大概是"老天"保佑我的缘故吧。

　　在农宣队期间,报纸上除了大力宣传"农业学大寨"运动之外,同时还在大力宣传学习毛主席的哲学思想。我在上大学时,对哲学及人文科学也比较感兴趣。特别是在"文化大革命"期间,曾阅读过不少马列及毛主席的著作。所以,我当时曾有意识地组织马湾生产队的干部学习毛主席的哲学著作(主要是学习《实践论》、《矛盾论》以及《人的正确思想是从哪里来的》这三篇著作)。坚持每五天学习一个晚上,由我逐字逐句地向他们进行讲解。我经常是借题发挥,把我所了解到的一些哲学基本原理和自然科学常识向他们进行宣讲。实践证明,这种方法效果比较好。通过组织学习,把干部们的积极性都调动起来了,思想也搞活了。马湾生产队的干部当时都会背诵几条毛主席的哲学语录,如"让哲学从哲学家的课堂上和书本里解放出来,成为群众手里的锐利武器"、"对于马克思主义的理论,要能够精通它,应用它。精通的目的全在于应用"、"物质可以变成精神,精神可以变成物质"等。他们还从学习中领会到了一些民间谚语中所包含的深刻的哲学道理,如"牵牛要牵牛鼻子"、"磨刀不误砍柴工"(当地又叫"磨镰不窝工")、"大石头离开小石头砌不成墙"等。总之,通过组织学习,使干部们的思想认识水平有了一定程度的提高,克服了工作中的很多盲目性及瞎指挥的作风,并使大伙儿的心都凝聚到了一块,从而使整个生产队的工作都慢慢有了起色。后来,我曾将这一套工作方法在全县农宣队经验交流大会上作过介绍,受到了全体农宣队员的一致好评。

我一方面组织生产队的干部学习毛主席的哲学著作,另一方面通过生产队的干部积极组织社员群众大力兴修水平梯田。不到半年时间,马湾生产队兴修梯田的数量和质量都远远超过了周围的生产队。1971 年八月,当我们即将结束一年的农宣队工作时,威戎公社曾在马湾生产队召开了一次全公社的农田基本建设现场会,并由一位分管农业的副县长亲自主持。从此,马湾生产队的名字也就逐渐在威戎公社乃至整个静宁县的范围内传播了开来。

当时,农民群众的生活可以说已经到了苦不堪言的地步。尤其在青黄不接的五、六月份,很多人家的口粮已全部吃完,不得不靠挖"苦苦菜"和"草苜蓿"等野草来充饥。我上过几户社员家的厕所,看到社员们的粪便完全和牲口的粪便(驴粪、牛粪)一样,呈灰黑色,外表没有任何光泽。由此不难想象当时社员们的生活境况。可是,就是在这样的生活条件下,社员们对我的生活却给予了百倍的无微不至的关怀,使我至今深深难忘。

　　我当时是在社员家吃"派饭",有的社员已经多日没有吃过五谷,但却把种自留地时剩下的一点点小麦种子留下来招待我,并把家里养的唯一的一只母鸡下的指望用它们来换取油盐及针线的蛋也省下来招待我。尽管我在多次社员大会上曾一再恳切地向他们表示说:"希望你们不要拿我当外人看待,不要对我搞特殊化。你们吃什么就给我做什么。"但社员们仍然是把家里唯一的一点点最好吃的东西省下来招待我。所以,在社员们正在吃草的那段日子里,我却几乎每天吃的都是白面加鸡蛋。对此,曾使我产生了很大的负罪感,深深地感到我欠社员们的东西实在太多,无法予以报答和偿还。正是这种负罪感,促使我后来以极大的勇气写了一篇如实反映当时甘肃农村情况的"万言书",并呈寄给了中共甘肃省委。

　　我们于1970年9月进驻生产队,一转眼便到了1971年9月。根据甘肃省革命委员会的指示,干部统统要回到原来的工作岗位,学生们则要分配新的工作岗位。我们在农村实际上只蹲了一年时间。但这一年,是我对当时甘肃农村情况了解得最透彻的一年。没有这一年的农村工作,我可能对甘肃的情况永远都只能是一知半解,思想认识水平也永远不可能达到后来的高度。

三、癸丑"上书"

　　青年,是人的一生中最富有理想和抱负的年代,也是人生中充满激情的年代。古往今来,不少血性方刚而地位卑微的年轻人,面对着社会上存在的种种弊病,曾以各种不同的方式,向当时的统治者提出了各种改革的建议和主张。不管这些建议或主张能否被当时的统治者所采纳,但他们这种以天下兴亡为己任的大无畏精神,一直在感染着我,激励着我。而在这些敢于向当时的统治者提出各种改革建议或主张的人物当中,最使我敬佩的则要算清朝末年的改革派代表人物康有为。

　　大学期间,一个偶然的机遇,我从学校图书馆的书架上突然发现了一本《中国哲学史资料集》,书中收入了康有为上光绪皇帝《第一书》、《第二书》(史称《公车上书》)以及其他的有关著作。我当时特地将这本书借回到自己的宿舍进行了仔细阅读,深为康有为渊博的学识、才华和胆略所佩服。我当时曾想,如有适当的机会,我也要效法康有为,把我对社会问题的看法大胆地向党和国家的有关领导反映出来。

　　由于我出身于农村,对当时农民的疾苦感受最深。特别是通过一年的农宣队工作,更使我对当时甘肃农村的情况有了较为深刻的了解。在那个年代里,我深深地感到,中国的问题千头万绪,但最大的问题莫过于农业及农村问题(用今天的热门话题来说,也就是"三农"问题)。所以,在农宣队期间,我就曾考虑过,将来要写一篇关于农业或农村问题的文章,呈交给有关领导参考。农宣队工作结束以后,我便利用业余时间,以一年的农宣队工作为依据,着手撰写这篇文章。经过了将近一年的酝酿,最后终于写出了一篇两万多字的论文,题目叫作《论甘肃农业发展中的问题、措施和关键》。

　　现在回过头来看,我感到这是我参加工作以来所写的一篇最有分量的文章。在这篇文章中,我出于对农民的感激和深切同情,同时也出于一个年轻知识分子的社会责任感,明确提出:抓农业的目的主要是为了解决人民群众的吃饭问题和其他生活问题。我并引用了恩格斯在《卡尔·马克思》一文中的一段精辟论述:"一切历史现象,都可以用最简单的方式予以说明。而每一历史时期的人的观念和思想也是如此,可以简单地完全由这一时期的生活的经济条件以及由其所决定的社会关系和政治关系来决定。历史破天方第一次奠定在它的真正基层上。一个十分明显而先前一直被人忽略的事实,即人们必须首先吃、喝、住、穿,就是首先必须劳动,然后才能争取统治权,从事政治、宗教和哲学等等。"(《马克思恩格斯文集》第3卷,人民出版社1972年版,第41页)

在这篇两万多字的论文中,我除了对当时甘肃农村中表现最突出、也是最紧迫的一个问题,即农民群众的吃饭问题,进行揭露之外,还对如何解决当时甘肃农村中存在的问题提出了一些具体的意见和建议。其中主要有以下四方面的具体建议,即:

一、必须正确处理抓商品粮与抓群众口粮的关系;

二、必须正确处理抓点与抓面的关系;

三、必须正确执行党在农村的各项方针政策;

四、必须注意运用马克思主义的科学方法指导农村的各项实际工作。而在这一条具体建议中,又包含了以下五项更具体的建议,即:

(一)必须注意加强对社员群众的思想政治工作;

(二)必须注意抓主要矛盾;

(三)抓农业必须与抓其他工作,如文教卫生、移风易俗等紧密结合,我尤其强调必须大力抓好农村的教育工作,以"开发民智";

(四)必须注意关心群众的生活与身体健康;

(五)必须加强辩证唯物主义与历史唯物主义的学习,提高识别是非的能力。

我在提出上述具体意见的基础上,最后建议以中共甘肃省委及甘肃省革命委员会的名义,成立一个"贫困地区建设指挥部"或"山区建设指挥部",并派出一支高素质的农村工作队,负责解决当时农村中存在的各种突出问题。与此同时,还要从物质上予以大力支持。首先要挖掘甘肃省内的一切潜力,安排解决好农村最基本的口粮问题。并通过深入细致的思想政治工作,以阻止农村劳动力的外流(按:当时农村劳动力外流主要是逃荒要饭,与今天的外出打工决然不一样)。

我的上述观点在时隔三十年之后的今天再回过头来看,我认为基本上还是正确的。

这篇文章写成以后,我决定抱着谨慎的态度,将文章单刀直入地呈寄给了中共甘肃省委办公厅。

我的这篇文章于 1973 年 4 月份寄发出去以后(记得我当时正在甘肃省天水地区参加由当时的水利电力部发起并主持的水利工程"五查四定"——甘肃省内又叫"三查四定"——工作,此文是从天水市邮局花了六毛钱用挂号信寄发出去的),据说在同年 5 月的中央工作会议上,时任中共甘肃省委书记的宋平在向中央汇报他亲自调查考察过的甘肃省定西地区的农村情况时,其中某些观点或内容看来与我在文章中所反映的甘肃省静宁县的情况基本类似。

宋平书记的汇报引起了敬爱的周总理对甘肃农业问题的极大关注,他立即指示包括当时的水利电力部在内的中央八部委组成了一个联合调查团,前来甘肃了解情况,同时还指示中央有关部门为甘肃调运来了大量的粮食、衣被等救济物资。尽管在当时的历史条件下,甘肃农村中的问题不可能从根本上得到解决,但由于宋平书记的汇报,曾经使数以百万计(涵盖了包括静宁县在内的 28 个贫困干旱县)濒临绝境的甘肃农民获得了一个暂时喘息的机会,从而避免了三年经济困难时期甘肃省内那样的悲剧的发生。

　　第二年四月份,我又将这篇文章作为一份内参材料寄给了《人民日报》社。同年七月份,曾收到《人民日报》社给我的复信,谈及"其中有不少意见有参考价值,我们已将此稿送农林部政策研究室参考,不知你意如何?"(见影印件一)

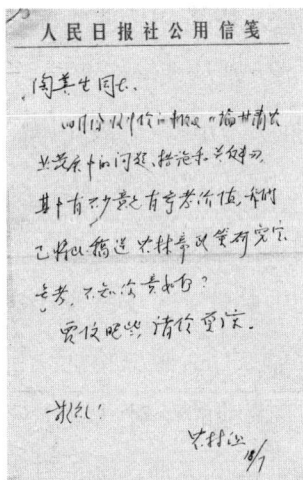

影印件一

　　"为了忘却的纪念",我至今仍将这篇文章的底稿以及《人民日报》社的复信完好地保存着,并装帧了一个封面。因为1973年是农历癸丑年,所以,我曾将这篇文章取了个别名,叫作《癸丑"上书"》。并在文章的扉页上引用了康有为的两句诗:"治安一策知难上,只是江湖心未灰。"以此来激励和鞭策自己。

四、不幸的婚姻与爱情

　　俗话说:"好事不出门,坏事传千里。"我向中共甘肃省委上书之事,虽然从我的出发点来说,完全是为了解除甘肃广大农民群众的生活疾苦,以尽到一个有良心的知识分子应尽的社会责任。但是,在那个年代里,我的这一举措很快就在周围同事中传播了开来,并招来了很多人对我的指责和非议,从而给我的生活带来了一场不大不小的风波。

当时,经朋友介绍,我曾认识了一位女朋友,她就是后来和我有个八年夫妻关系的刘云英女士。她于1968年毕业于原北京第二医学院(即现在的首都医科大学),家在北京市。她从大学毕业以后,便离开北京,被分配到了甘肃省天水县。先在农村插队一年多,后被安排在天水县妇幼保健站工作。

我们于1972年10月份相识。开始感情比较好,但后来她听我周围的人说,我这个人是个典型的书呆子,思想方法幼稚。特别是我写的这篇论甘肃农业问题的文章,还没有向中共甘肃省委寄发出去,就有人将消息传达到了她的耳中。当她得知这一消息之后,坚决不让我冒这种风险,并以要和我脱离关系相威胁。但我仍然不顾她的反对,执意将这篇文章寄给了中共甘肃省委办公厅,并将实情坦诚地告诉了她。她一气之下,便坚决要求和我脱离关系。

现在回过头来看,当时刘云英做出要和我脱离关系的决定,完全有她的道理。因为她事先曾看过我写的这篇文章,其中有些内容在当时是不能随便涉足的。设想,如果我和她生活到一块之后我再闹出什么问题的话,对她的打击将可想而知。在那个人人自危、惶恐不安的年代里,绝大多数人所期盼的也就是过一个安稳的日子,不要出什么乱子。之所以当时一些女大学生愿意嫁给一个文化程度比自己低的工人或解放军战士,有的人甚至愿意嫁给一个完全没有文化的农民,原因也就在这里。

和刘云英的关系闹僵之后,经过我多次向她解释并赔礼道歉,同时也经过她周围一些好心的同事的劝导,我们之间的关系又重归于好,并于1973

年 10 月正式登记结婚。

和刘云英结婚不久,我曾通过我姐夫的一位老首长的关系,为她在兰州军区总医院妇产科联系到了一个进修的机会。这在当时医务工作者被纷纷要求上山下乡、解放军在人民群众的心目中地位最高也最吃香的政治形势下,对她来说,是一个非常难得的机会,曾引起了她周围很多同事对她的羡慕与刮目相看。所以,那一段时间,我们之间的关系相处得非常好,我和她可以说在兰州度过了将近一年的"蜜月"生活。等她进修期满之后,我们便商量要了一个孩子,这就是我们唯一的儿子。

但是,好景不长,自从我们有了孩子之后,由于种种主客观原因,我们之间的关系便渐渐地蒙上了一层阴影,感情不再像过去那么融洽。

现在回过头来看,我和刘云英之间的关系之所以最终破裂,我认为既有偶然的因素,也有某种必然的因素。主要由于我和刘云英的成长道路各不一样,所受的家庭及社会影响不一样,从而造成了彼此之间的思想感情和性格也不一样,以至于在生活中经常发生矛盾,并出现了一定的感情裂缝。只不过她当时尚处在甘肃省天水县这种对她不利的环境之中,我们之间的很多矛盾未能公开化、表面化,对她来说,也就只好'嫁鸡随鸡、嫁狗随狗'了。

1979 年 2 月,她带着我们的孩子单方面从原来的工作单位调回到了北京。这对于我们双方来说,本是一桩特大的好事。可是,万万没有想到,由于她的调回,竟成了我们爱情悲剧的开始。

由于种种主客观原因,自从她调回北京以后,我们之间的感情便急剧恶化。而正在这时,我又不幸患了一次腰椎间盘突出症。

提起当年那次腰椎间盘突出症的治疗过程,确实带有一定的传奇性,使我终生难忘。

　　大概由于当年在解放军农场劳动锻炼时所遭受的风寒长期未愈的缘故,加上后来又受过一次外伤,从 1979 年开始,腰部便感到剧烈疼痛。后来,疼痛的部位从腰一直延伸到了两腿,致使两腿的肌肉开始萎缩。1980 年初,经兰州医学院附属第一医院(即现在的兰州大学第一医院)检查,确诊为腰椎间盘突出症,并建议我进行手术治疗。

　　当时,我们单位的领导一方面考虑到我一个人在兰州,生活难于自理;另一方面为了照顾我和刘云英的关系,特批准我前往北京进行治疗。所以,我于 1980 年 7 月专程从兰州前往北京治疗腰椎间盘突出症,在北京整整待了两个多月,直到病愈后才返回工作岗位。

　　在此期间内,我本应该和刘云英住在一块,但由于当时我们的关系已经闹得很僵,加上某些客观原因,我不得不住在丰台姐姐家。那一段时间,除了腰椎间盘突出症给我带来的肉体上的痛苦之外,精神上的伤痛也是相当严重的。

　　我姐夫是一位颇有造诣的解放军兽医,开始,我姐夫曾领我去北京军区总医院进行检查,得到的结论是:"典型腰椎间盘突出症,必须手术治疗。迟动手术不如早动手术,终究还得动手术。"

　　但我们当时打听到,手术治疗的风险性比较大。根据这一情况,加上当时天气炎热,手术后很容易感染,所以,我们决定暂时缓动手术,先进行保守治疗。

　　当时保守治疗腰椎间盘突出症的方法很多,概括起来,主要有按摩、牵引和药物治疗三种方法。而且听说北京市就有几位很有名的进行保守治疗腰椎间盘突出症的专家。其中一位是解放军部队的骨科专家,名叫冯天有。

他从解放军第四军医大学毕业以后,被分配在解放军空军总医院工作。工作期间,有幸认识了北京市双桥地区的一位老大娘,名叫罗有名,人称"双桥老太太"。这位老大娘有一套专治腰椎间盘突出症的家传密方。冯天有对这位老大娘非常尊敬,并对她的生活非常关怀体贴,加上他良好的医风医德,终于感动了这位老大娘,最后把她的家传密方捐献了出来。冯天有将这位老大娘的家传密方和他所掌握的现代医学科学知识紧密结合在一块,终于创造出了一种保守治疗腰椎间盘突出症的新方法,名叫"正骨疗法"。

由于冯天有当时名气很大,工作非常繁忙,作为一般的病人,很难直接找他治病。值得庆幸的是,找姐夫的一位同事与冯天有的大弟子(姓刘,我们叫他刘医生)是好朋友,我们便请我姐夫的这位同事向那位刘医生写了封信。第二天,我姐夫便带着我去空军总医院找这位刘医生。可是,真不凑巧,这位刘医生已于先一天回天津探亲去了。我们只得扫兴而归。

后来我们又打听到位于北京市丰台区的铁路职工医院有一位比较有名的骨科大夫,我于是又抱着一线希望登门拜访。结果,又碰了一次壁,这位大夫已于先一天去北戴河休假去了。当时,我们还想去找一下那位"双桥老太太",但没等我们出发,又听说她已被沈阳军区邀请治病去了。我当时还想去全国最有名的首都医院(即今天的北京协和医院)作一下检查。但首都医院位于东单,听说每天每个专科只给外地来京的病人发50张门诊票。很多人为了去首都医院看病,不得不通宵排队等票。而我住在丰台,早晨5点以后公交车才发车(当时北京市还没有出租汽车)。所以,不可能在早晨乘车去买票。加上我当时的身体已经非常虚弱,也无法熬夜去等票。

在走投无路的情况下,有人介绍说,与我姐夫单位相邻的一座装甲兵工厂有位刚从部队转业下来的年轻大夫能治腰椎间盘突出症。我于是又抱着一线渺茫的希望去拜访了这位年轻大夫。

这位年轻大夫姓张，名叫张桂林，是一年前才从部队转业到这座装甲兵工厂来工作的。他在部队是一名卫生兵，转业以后，被安排在该厂的医务室工作。在离开部队之前，他曾参加过冯天有创办的"正骨疗法"培训班，学习了三个月。

当我初次去拜访这位张大夫时，他对我非常热情，并对治愈我的腰椎间盘突出症表现出了充分的信心。他先拿了一张旧报纸当尺子，看我的腰能弯到什么程度。然后在几个关键部位进行了按摩。按摩以后，再用那张旧报纸进行测量。结果，一点变化也没有，我的腰基本上不能往下弯，两手下垂还到不了膝盖部位。但由于当时没有别的门路可走，我只好耐着性子天天请这位张大夫进行按摩。

时间一晃过去了一个多月，我的病情仍然不见丝毫好转。此时，我对"正骨疗法"已开始失去信心，同时记起当初去北京军区总医院检查时那位军医所下的结论："必须手术治疗，迟动手术不如早动手术，终究还得动手术。"于是，我决定冒着风险去动一次手术。

在计划动手术之前，我特地登门看望了那位张桂林大夫。一则向他告别；再则向他表示感谢。我当时曾抱着很不好意思的心情对张大夫说："张大夫，感谢您付出了很大的心血，为我进行了这么长时间的按摩。但是，从目前的情况来看，我的病单纯依靠保守治疗已经起不了什么作用。所以，我决定明天去北京军区总医院进行手术治疗。今天特地来向您告别，并向您表示衷心的感谢。"

张大夫听了我的谈话之后，既感到失望，也感到有些难为情。他连忙对我说："真奇怪，为什么别人的腰椎间盘突出症我都能够治愈，唯独你的不仅没有治愈,而且不见丝毫好转? 这样吧,你再趴到手术床上让我好好地看一看,究竟你的腰椎间盘突出症和别的病人有什么区别?"

我于是按照他的吩咐再次爬上了那张手术床,并脸朝下背朝上地趴在手术床上。张大夫连忙拉开我的衬衣和裤子的上缘,先用手按摩到了我腰的疼痛部位,并对我说:"你不要紧张。"

当我听到他说"你不要紧张"这句话时,一个念头突然闪入了我的脑海之中,心想他说完这句话以后可能会对我进行一个大的按摩动作。不想就在他说话的那一刹那之间便在我疼痛的腰部猛击了一掌。只听得"咔嚓"一声响,我的腰部疼痛立即有了明显的好转。我从手术床上爬起来以后,试着弯了一下腰,两手下垂可以到达膝盖以下,手指尖离地面大概只有 30 厘米左右。我当时信心大增,决定不再去动手术,继续进行保守治疗。

第二天,我又去请这位张大夫为我进行按摩。他要我两手把住床缘,他抓住我的两腿向后使劲拉了两下。就这样,不到三天的时间,我的病情好了将近 70% 。

世界上的很多事情往往是非常神奇的。正如中国的一句古话所说:"运去金成铁,时来铁似金。"当你不走运的时候,每走一步路都会遇到阻力或者碰壁;而当你时来运转的时候,一切都心想事成。自从张大夫给我猛击一掌之后,一切治病的机遇都接踵而来。

我当时一方面请这位张大夫继续为我进行按摩,另一方面还想请空军总医院的那位刘医生为我检查并作配合治疗。当我带着我姐夫的同事为我写的那封介绍信再次来到空军总医院的门诊部时,正好碰上了这位刘医生。他先天刚从天津探亲回来,当天本来不上班,只是顺便到门诊室来转一转,看看值班的同事。不想就在那一瞬间,我和他相遇了,从而得到了他的配合治疗。

　　我当时还想去首都医院作一下进一步的检查。由于丰台离首都医院太远,在当时的条件下,我只能望洋兴叹。可是就在这个时候,和我关系最好的朋友袁润琨从甘肃出差来到了北京,正好下榻在东单附近的一家旅店,离首都医院很近。当他得知我想去首都医院看病的消息时,特地从深夜两点钟开始为我排队买票,从而使我有机会得到了首都医院更高明的大夫为我作了进一步的检查和治疗。

　　那位张大夫虽然通过一巴掌使我的病情有了明显的好转,但大概由于腰椎间盘突出的时间比较长,形成了一种"惯性",加之原来遭受的风湿还没有完全消除,所以过了两天以后,我的腰又感到有些不适应。正在这时,一位在北京军区空军某部服役的老乡来到了我姐夫家。他听说我姐夫以前曾患过坐骨神经痛的疾病,特地给我姐夫带来了三贴由北京同仁堂最新研制生产出来的名叫"神仙金不换"的膏药。我当时曾经试探性地将这种膏药贴在我的腰部,没想到又起了立竿见影的效果。大概由于这种膏药一方面祛风湿的能力比较强;另一方面由于它的表面张力作用,抵消了因腰椎间盘突出所产生的"惯性"。所以,当我敷上这种膏药以后,马上就有一种舒服的感觉。没有过两天,我的腰就基本上不痛了。

　　首先感谢那位张桂林大夫给了我关键性的一巴掌,加上其他很多客观条件的偶然巧合,终于使我患了多年的腰椎间盘突出症,在没有动手术的前提下,不到一个星期的时间,就基本上痊愈了。设想如果那一次动了手术,即使不遭遇其他风险,对我的身体素质也是一次较大的摧残。如果手术不成功,还有可能造成终生的残废。回想起来,这也算是我一生不幸中的万幸了。

令我终生遗憾的是,这一次去北京治病,不仅未能修复我和刘云英之间的关系,反而使我俩之间已经出现的感情裂缝雪上加霜,不得不于第二年由我主动提出,同她办理了离婚手续。

现在回过头来看,我和刘云英之间感情的最终破裂,不能把责任完全归结到她一个人的身上,我也有不可推卸的责任。总之,我们当时对来之不易的夫妻感情都不太珍惜。实事求是地说,刘云英除了同我生活不到一块之外,基本上算是一位贤惠善良的女人,突出表现在对她的母亲非常孝顺,对我们的孩子非常慈爱两个方面。世界上的事情是非常复杂的,特别是夫妻感情,往往不能单纯从一个人的品行去说明,还与种种客观因素有密切的关系。记得几年之前,当我儿子刚刚考上大学时,我曾向他写过一封长信,其中谈到了我和刘云英之间的关系。我在信中曾这样说:"关于我和你妈妈的这一不幸遭遇,也给你做儿子的提供了一个深刻的教训:夫妻之间的感情如同一根链条,它既是维系家庭关系的纽带,也是构筑家庭幸福的基础。因此,从一开始就必须对它百倍珍惜,千万不要随便去摔打它。如果对它太不珍惜,甚至总想试一试它的承载能力究竟有多大,或者总想将它摔断的话,那么,即使这根链条是由钢铁铸造,终究也是可以摔断的。而一旦摔断了,要想重新焊接就不那么容易了。从某种意义来说,重新焊接的链条还不如更换新的链条好。"

但愿我们的这一不幸遭遇对于那些不太珍惜夫妻感情的年轻朋友们来说,也能有所警示。

自从和刘云英分手之后,我便开始了长达二十多年遥遥无期的独身生活。

记得20世纪80年代中期,我国著名作家张贤亮曾经写过一部小说,题目叫作"男人的一半是女人"。也不知道是哪一位哲学家曾经说过一句很有哲理性的话："一个成功的男人背后，必然站着一位贤良的女人。"从这二十多年的独身生活中使我深深地体会到，一个男人的背后如果没有一位时刻关心和体贴他的贤良的女人，不仅在生活上无幸福可言，而且在事业上也很难取得比较辉煌的成就。

二十多年来，我的生活道路是很不平坦的。说句实在话，我并不是一个只考虑事业，完全不懂得生活的"木头式"的男人。我很希望能重新安一个家，并时刻梦想着有朝一日有位贤惠善良而且容貌非常漂亮的女人经常守在我的身旁。由于我长期在甘肃这片土地上生活，从而使我对甘肃的女人曾产生了一种特殊的好感。记得 1983 年春天，当我离别自己的故乡湖南省安化县刚满二十周年的时候，正赶上兰州市举办首届"桃花会"（兰州市盛产水蜜桃，素有"桃花之乡"的美誉），我当时曾独自一人前往"桃花会"的主会场——兰州市安宁区——观赏了那里的一大片桃林。当我看到那些漫山遍野争奇斗艳的桃花时，不由得联想起了甘肃省内那些长得跟桃花一样漂亮的年轻女人的形象。由于触景生情，当时曾写下了一首七律，以表达自己的思想感情：

> 洞庭明月楚湘天，
>
> 阔别故乡二十年。
>
> 骏马西驰未回首，
>
> 一片丹心照陇原。
>
> 丝绸古道路茫茫，
>
> 独影孤身夜梦长。
>
> 且喜天涯有芳草，
>
> 塞上桃花分外香。

　　自从和刘云英分手以来,我也曾先后在甘肃省内认识过几位女朋友,并有两位女朋友曾深深地闯入了我的生活及感情世界之中。但世界上的很多事情往往不以人们的主观愿望为转移,由于种种阴差阳错的原因,从而使我未能同她们结合成为终身伴侣,至今仍使我感到万分的遗憾和惋惜。尽管这两位女朋友都已经离开了我,找到了他们各自的归宿,也不管她们现在生活得怎么样,我对于过去的那段往事始终没有忘记,并对她们始终抱有一种特殊的感情。为了从一个侧面反映出我这二十多年来的生活情况,我不妨将我和这两位女朋友的一段爱情浪漫曲作一简要介绍。

　　第一位深深地闯入我的生活及感情世界之中的女朋友名叫史莉。她出身于一个书香门第兼高干的家庭。她在和我相识之前,还是一个未曾结过婚的"大龄青年"。

　　我们于1989年初经朋友介绍而相识。由于她长得相当漂亮:一米六四的苗条身材,远远望去,很像一位女体操运动员。当走近她的时候,可以看到她那白皙的皮肤,一幅古希腊女神维拉斯式的脸形,布局非常恰当的五官,特别是那一对宛如精心描绘而成的柳叶眉和一双含情脉脉的眼睛,给人一种强烈的性感。而当时的我,正处在事业上蒸蒸日上的时期,特别是我的第一部专著《灌区企业化管理》刚刚由水利电力出版社正式出版,在社会上曾产生了较大的影响。所以,我们初次见面,便一见钟情。

　　自从和她初次见面之后,我们曾在兰州市度过了将近一个月的初恋生活。那一段时间,我们几乎每个晚上都相聚在一块。我经常约她来我的宿舍倾心交谈,有时则和她在宁静的马路旁手挽着手来回踱步。每当我们相聚到一块的时候,总是天南海北,无话不谈。而谈论得更多的,则是各自的生活经历,以及对社会、对人生的看法。大概由于她出身于知识分子家庭的缘故,她对我的很多谈话特别感兴趣。也正是在这种共同的思想基层之上,我俩之间的爱情逐渐在发展、在升华。

时隔不久,我突然收到了水利部农水司灌溉处的负责人给我的一封来信,向我通报了一个令我感到非常兴奋的消息:农水司的有关领导有意要调我到该司去工作。他在信中要求我三天之内必须赶到北京同他会面(因三天之后他将去印度访问),以便由他领我去拜见当时分管灌溉处工作的农水司的负责人。

我当时情不自禁地将这一好消息告诉了史莉,她们全家人都为此而感到格外高兴。因为我如能调到水利部工作,史莉将来也就有可能随我一块调到北京去工作。在我启程去北京的前两天,史莉几乎全身心都投入到了我的身上:为我联系订购飞机票(因当时的飞机票很不好买),为我收拾行李,并陪我一块到当时的领导家请假,直到最后送我到民航售票处乘坐去机场的民航班车。我们在一种无法用语言表达的幸福与喜悦之中用目光依依惜别。

到达北京以后,我先去水利部农水司灌溉处拜见了灌溉处的负责人,之后,便由他引我去拜见了当时正分管灌溉处工作的农水司的负责人。

当他们了解到我的有关情况之后,立即表示要调我来农水司工作,以加强农水司的力量。但他们当时一方面考虑到北京市户口控制很严,从外地调进干部,首先户口问题不容易解决;另一方面考虑到我还是孑然一身,所以他们曾想先为我在北京市安一个家,然后通过照顾家庭关系以解决我的进京户口问题,从而使我一举两得。农水司的这位好心的领导当时还满腔热情地为我物色了一位条件相当不错的对象。此人也是一位"大龄青年",

大学本科毕业,当时是某中央国家机关的处级干部。

　　情况介绍之后,当时已有两种选择摆到了我的面前:一是隐瞒并断绝我和史莉的关系,争取和某位女士结合到一块,将来正式调到水利部工作;二是放弃调到水利部工作的机会,继续保持同史莉的关系。我经过反复考虑之后,终于选择了第二种方案。

　　由于同史莉的关系,加上其他一些客观原因,我终于失去了被调到水利部工作的机会。而时隔不久,我和史莉的关系又戏剧性地告吹了。此时,一些和我关系较好的同学及朋友曾从远方来信,对我的不幸遭遇深表同情,并指责我办事太书生气,致使"煮熟了的鸭子都飞跑了"。还有人曾一针见血地批评我"被兰州市的丘比特神箭射中了"。

　　现在回过头来看,尽管我在爱情和事业上都遭受到了重大的挫折,但我并不为当时的决策感到后悔。我觉得一个人对待爱情首先应该抱着真诚的态度。既不能见利忘义,也不应对那些真正关心自己的好心的朋友或领导耍花招或采取欺骗的手段。

　　另一位深深地闯入我的生活及感情世界的女朋友名叫王春兰。她是一位农村姑娘,是我刚从广东调到甘肃省引大入秦工程管理局工作时才与她相识的。她家在离兰州市不远的一个郊区农村。那里是甘肃省有名的"玫瑰之乡",当地出产的玫瑰据说可以和保加利亚的玫瑰媲美,玫瑰香精早已打入了国际市场。同时,那里也是一个盛产水果(主要出产苹果和梨)的地方。大概是由于水土的关系,那里的姑娘们都长得非常漂亮:白皙的皮肤,圆圆的苹果式的脸蛋,乌黑发亮的头发,两颊像玫瑰一样泛着红润,并有一口整齐洁白的牙齿(有人说可能是由于她们经常吃水果的缘故)。王春兰也不例外,她身高一米六二,虽然赶不上史莉的个头高,但作为女性,也算得上是中等偏高的身材了。而且体态端庄苗条,既有农村姑娘的健美,也有城市姑娘的文静。

尽管她是一名农村姑娘,但特别聪明好学。平时喜欢看书,坚持天天记日记,并利用业余时间学完了电大财会专业的课程,取得了电大文凭。我曾想,可惜她生长在一个农村家庭,受当时农村中某些客观条件的限制,所以未能考上大学。如果是生长在一个城市知识分子家庭的话,即使在当时大学还没有扩招的大形势下,像她这种气质的女孩子,不仅完全可以考上大学,而且很有可能成为大学生中的佼佼者。她还有一手绝活,就是会缝纫。高中毕业以后,曾跟随一位缝纫师傅学习过两年,后来又经常收看电视缝纫培训节目,并买了不少关于缝纫及服装设计方面的书籍进行自学。由于她既有理论知识,也有实践经验,不仅会缝制一般的衣服,还会缝制高档次的西服。所以,她的缝纫技术已赢得了周围不少人对她的高度赞扬。

由于她长期生活在那种高不成、低不就的社会环境中,加上当时甘肃省对于农村户口的年轻人还抱有一种偏见,所以,她在和我相识之前,一直没有找上合适的对象。这在当时的农村,也算得上是位典型的"大龄青年"了。

当我刚从广东调来引大入秦工程管理局工作时,被临时安排在引大入秦工程管理局招待所居住,所以有幸和她经常相遇。但由于我比她大了整整28岁,当时根本没有想到要和她发展这方面的关系。也不知道她当时是出于一种什么样的心态,在和我认识不到半年的时间内,便对我产生了一种特殊的好感,并通过她的一位刚从某大学分配来引大工作的男朋友向我传达了这一信息。

我当时考虑到我俩之间的年龄差距太大,曾婉言谢绝了她的这分好意。

　　不知道是我的谈话打动了她的心并在她的思想深处引起了共鸣,还是年轻人所特有的逆反心理。我越是向她表示不能和她建立这种关系,她越是对我产生了好感,并经常到我的房间来找我谈心,有时则向我递上一个小纸条,上面写着对我的看法或表达对我的一片深情。据她说,自从她认识我以来,差不多每天都写了一篇评价我的日记,迄今已写了厚厚的一大本。这些小纸条上的内容就是从她的日记中摘抄下来的。从这些小纸条不仅可以看出她丰富的思想感情,而且还可以看出她相当深厚的文字功底。不禁使我对这位比我小了28岁的农村姑娘产生了一种既钦佩、又爱慕的复杂的思想感情。

　　过了不久,她提出要给我打一件毛衣。我当时执意不让她打。但她一方面坚持在为我打,另一方面还向我写了一封简短的信。她在信中曾这样说:“即使咱俩之间的关系最后真的成不了,就当这是您的干女儿给干爸的一份孝心吧。”

　　对于她的这一片深情厚谊,真使我无地自容,不由得热泪盈眶。

　　还有一次,我患了感冒,没有到职工食堂去吃饭。当她得知这一消息之后,也吃不下饭,并从商店买了一听饮料罐头,煎了两个油鸡蛋送到了我的宿舍。

　　当她发现我的手指因不适应当地的气候而裂口时,连忙去商店为我买来了防风甘油。

　　……

　　她的这些举动如同一阵阵的春雨,洒在我干枯的心田,使我渐渐地对她产生了一种特殊的真挚感情。

　　为了使她能够理解我当时的心情,我曾不止一次地对她说:“我之所以不同意和你建立这种关系,主要是出于对你的关心。因为我们之间的年龄相差太大,将来对你不利。"

为了使她彻底打消和我相好的念头,我最后不得不向她编了一个谎,我曾对她说:"不久前已有人为我介绍了一位四十来岁的女朋友,并带了一个小女孩。我们打算过些时候正式登记结婚。"

我之所以向她编这个谎,一方面是想彻底打消她和我相好的念头;另一方面也考虑到,这样做不会对她带来任何刺激。因为她心里很明白,我之所以愿意和这位四十来岁带小孩的女士结合,只是因为我们之间的年龄差距较小,而不是由于别的原因。没想到她听了我的谈话之后,两行泪水突然从她的眼中夺眶而出,并无奈地对我说:"如果你们真的结婚的话,我可能活不了。"

正是她的这句话深深地打动了我。我当时曾反问我自己:"我是不是在爱情问题上太自私了? 我是不是太不了解女人的心了?"

经过反复的思想斗争之后,我终于做出了决定,和王春兰相好。不管将来在生活中会遇到多少意想不到的困难,也不管社会舆论对我们是怎样的评价,只要她真心诚意地和我相好,我决不会辜负她对我的这一片深情厚谊。

我们的这一段爱情浪漫曲曾引起了周围很多和我关系较好的朋友或同学的热情关注。开始,几乎百分之百的人都反对我们的这桩婚事,其理由自然不言而喻。但当他们了解到我们关系发展的真实情况之后,也都改变了原来的一些看法。

自从做出和王春兰相好的决定之后,我的心仿佛一下子完全被她俘虏了过去,生活中仿佛再也缺少不了她。我好像觉得同她并不存在年龄上的差异,完全是一对同龄人。她也曾不止一次地对别人说过,她和我在一块,根本没有两代人之间的感觉。尽管我们当时还没有领结婚证,但我们曾找了个机会在兰州市合了几个影。也许由于当时彼此的心情都感到特别轻松愉快之故,从合影来看,我们之间的年龄差距也确实不像实际存在的那么大。

正当我们沉浸在爱的美梦之中,并准备 1998 年国庆节正式登记结婚的时候,不想厄运再一次降临到了我的头上,我俩之间的爱情关系突然被一双看不见的无情的"手"给分割了开来。

由于甘肃农村毕竟不像沿海经济发达地区人们的思想观念那么开放,随着我们之间关系的日益明朗化,立即引起了社会舆论的大哗,最后招来了他们整个家族的强烈反对。所有这些对我不利的因素,一时都映入到了她的脑海之中。从而使得这位年轻善良的农村姑娘对我的看法和信心产生了动摇。尽管我曾多次向她作过说明和解释,但却无法减轻她来自家庭与社会双层的巨大压力。

大概在国庆节即将来临的前十多天,有一次,她突然哭着对我说,由于家庭的强烈反对,我们之间的关系无法继续发展下去。时隔不久,她又对我说,她要去离兰州市比较远的一个地方(也是甘肃省内的一个地级市)看望她中学的一位女同学。我当时对于她的这一特殊表情并没有太在意,以为她是在和我开玩笑。

国庆节的前两天,她果然去了该市,在那里停留了一个星期。10 月 5 日清晨,她又从该市回来。这一天,正好是农历八月十五,是我国传统的中秋佳节。中秋之夜,是人们欢庆团聚、表达男女之间爱情最美好的时光。古往今来,不知道有多少对情人相聚在中秋的月光之下,用各种方式表达彼此之间的爱恋之情,并留下了不少千古佳话。

当天晚上,大概九点多钟,大西北的夜空万里无云,像碧玉一般明亮洁净。一轮中秋明月刚从离永登县城(引大入秦工程管理局所在地)以东不远的青龙山背后徐徐地升起,正高挂在半空之中。它那银白色的柔和的光芒从我宿舍靠马路一侧的玻璃窗外投射了进来,散落在我的床前,使得整个宿舍显得格外的清爽和明亮。玻璃窗外的一棵躯干高大的老槐树的一束枝叶在月光的照耀下将影子投射到了窗户的左上角,宛如一幅刚刚张贴上去的窗花,给房间平添了几分节日的喜庆气氛。此时的我,正坐在床头,遥望着窗外的夜色,心中突然产生了一种且喜且忧的复杂的思想感情。虽然月亮是那样的明亮,窗外的景色是那样的迷人,但是,回想起王春兰这几天的特殊表情,不由得使我对我俩之间的爱情产生了一种忧虑及悲伤的心情。我忽然将目光转移到窗户左上角的那一片"窗花"上面。由于树枝在微风的吹拂下不停地来回摇晃,使得"窗花"在月光的照射下也在轻轻地来回移动。此时,我突然想起了古典小说《西厢记》中张生与崔莺莺的那一段爱情浪漫曲。独坐在窗前的我,看到那宛如花束一般的树影时,不由得想起了张生待月西厢时的情景,同时记起了张生所写的那首脍炙人口并饱含着相思之情的诗篇:

待月西厢下,

迎风户半开。

月移花影弄,

疑似玉人来。

不想正在这时,王春兰突然推开了我的那扇正虚掩着的房门,从外面走了进来,随后又顺手将房门关上,并直接走到我的床前紧靠着我的身子坐了下来。她先向我简要介绍了她这次去该市的情况,然后便带着几分歉疚的表情对我说:"我这次去 X X 市已认识了一个新的男朋友。他是我同学的弟弟,和我同岁,初中文化程度,现在是一家大型国有企业的工人。"

我听了她的这一谈话之后,脸上没有流露出任何表情。我知道,她现在的心情已经和十多天前不一样了。我们之间爱情的主动权现在已经完完全全地掌握在了她的手中,我作为一个年龄比她大得多的生活的过来人,没有理由对她采取任何强求的措施。

也许她从我的毫无悦色的面部表情中已经感知到了我的内心深处的痛苦;也许她已经预感到我们之间的爱情将要一去不复返,在 起相聚的机会已经不多了,而她此时的思想尚处在非常矛盾的状态之中;也许她已经预料到事态的发展将会给我带来沉重的精神创伤,她欠我的情将永远无法偿还。与其将来感到后悔,还不如趁这个愉快的中秋之夜把隐藏在她内心深处对我的情和爱一次性地全部倾注出来。所以,当她向我介绍完了这位新男朋友的情况之后,连忙对我说:"虽然我已经和他见面了,但我的心还是放在您的身上。本来,他们家要我在那里再玩一个星期,因为想到您,所以今天一大清早就赶回来了。"

她一面说着话,一面将身子完全躺在了我的身上。此时,我已感触到了她激烈的心跳之声,我自己的心也跳得相当厉害。我情不自禁地将她紧紧地搂在了自己的怀里,在中秋明月的陪伴之下,和她一块度过了一个令我终生难忘的月圆花好之夜。其情景恰如京剧《红娘》中一段精彩唱腔所描述的那样:

> 风流不用千金买,
>
> 月移花影玉人来。
>
> 今宵勾却了相思债,
>
> 一双情侣称心怀。

本来,按照他们家的安排,要求她元旦过后前往 X X 市与那位年轻的男朋友正式成亲。但据她说在元旦即将到来之时,她曾给她在老家的二姐写去了一封信,表示仍然坚决要求和我相好,并在信中说:“我如能和陶老师(这是她对我的尊称)生活到一块的话,不管将来遇到什么困难,都将无怨无悔。”

她的这封信立即引起了他们全家人乃至整个家族的惶恐和不安。元旦过后的第一个星期三的晚上,大概九点多钟,我再次来到她的宿舍去看望她时,只见她的房间里坐着两位和她相貌有些相近的男人。其中一位年龄将近 50 岁,另一位约 30 多岁。此时的王春兰,正坐在她的床前,满脸挂着泪珠。她见我进来,连忙站起身,先指着那位年长的男人对我说:“这是我大哥。”然后又指着那位年轻的男人对我说:“这是我二哥。”

我见此情景,曾向他俩客气了几句,即转身告辞。此时,王春兰的大哥连忙站起身来,叫我不要走,并对我说:“我们今晚专程从家里赶来,正准备找你谈一谈,想了解一下你和我妹妹究竟是什么关系?”

他一边说,一边递给了我一个从家里捎来的冬果梨。

我毫不客气地收下了他的这分好意,然后坐下来,并把我和王春兰关系的发展过程向他俩作了如实地介绍。王春兰的大哥听了我的介绍之后,语气略显温和地对我说:“你讲的这些情况我们原来并不了解。看来,你和我妹妹的关系,责任并不全在你的身上,我妹妹至少要负 50% 的责任。但由于你们之间的年龄差距太大,而且我们农村跟你们城里人不一样,没有你们的思想那么解放。所以,我们全家人对你们的这桩婚事都表示坚决的反对。今天,她的父母亲特地委派我们两人上来,把态度向你表明,希望你今后不要再来找我妹妹了。由于你的关系,我们家里为她找了好几个对象她都拒绝了。这次人家介绍的ＸＸ市的这位小伙子，本来条件很不错，又是你的原因，她又不同意。如果你再来找她的话，我们将对你们两人都不客气……"

听了她大哥的这番谈话之后，我本来很想向他俩进行一番解释，并想据理力争。但一方面考虑到我的年龄和身份；另一方面也怕影响王春兰和他们家人的关系，终于把想说的话咽了下来。

第二天，王春兰见到我时，曾埋怨我没有向她的两位哥哥多做做思想工作。现在回过头来看，我是否在爱情问题上表现得太软弱？是否还存在着个人杂念？我自己也说不清楚。

又过了几天，他们家又把她叫了回去。据说全家族的人又聚集到了一块轮番作了她一整夜的思想工作。她因此而病了一场，在家里趟了四天四夜，最后终于屈服了。春节前夕，在家人的强烈要求下，她又去了一趟ＸＸ市，和那位男朋友正式确定了关系，并办理了结婚登记手续。春节过后，她从ＸＸ市又回来上了几天班，然后办理了工作移交手续。

那几天，虽然我们经常相遇，并有满腹的知心话想向对方倾吐，但我们之间仿佛隔着一堵厚厚的用玻璃体砌成的墙，只能面面相觑，但却无言以对。直到她即将离开的前一天晚上，她终于推开了我宿舍的门，并走进我的宿舍，递给了我一封信，然后一转身便走了。

我连忙用颤抖着的双手打开了这封信，并一字一句地阅读着信中的内容：

尊敬的陶老师：

本想过完春节不再来上班，只是为了能够多看您一眼，多听一听您那洪亮悦耳的声音。可是，当我能够面对您的时候，却没有勇气来正视您。我们之间竟是如此的尴尬，竟到了"无话可说"的地步。我快要走了，在临走之前我多么想再对您说几句话。回想年前，一切都是那么的熟悉：您讲的道理，您写的文章，您吹的口哨，您唱的京剧，您为我画的小猪，您给我们烧的鸡肉，您行走的步姿……还有我们一次次的交谈，不时夹杂着快乐的眼泪，这一切的一切都将与我告别，我们对未来共同的向往都将变成七彩的梦幻随之消失。

我知道，我深深地伤害了您，为此我感到非常的内疚和自责。我要走了，我将带着一分不安、无奈和牵挂的心情远离这个曾经让我感到失魂落魄和无比心动的地方；呆了四五年的引大入秦工程管理局，除了您，再没有什么让我感到如此的留念和舍不得、放不下。

在父母为他们的女儿找到如此归宿而分外高兴的时候，他们又哪能明白女儿内心深处的痛苦和悲哀呢？我心爱的人啊，你一定要保重啊！我将永远保留我们珍贵的合影和你用心血汗水写成的书籍，让我们来生续缘做夫妻吧。对于他，我只是带着为人妻、为儿媳的责任去理智地生活。固执的感情很难灵活地运用。不知道您最近的工作顺心不？我又不能来安慰你，只有衷心地希望您在不久的将来能找到一位合适的伴侣，共度人生。也祝愿您的第四本书早一点写成，不要忘了送我一本。

祝您身体健康，工作顺利！

春兰

1999 年 3 月 8 日晚

当我读完了这封深情的来信，看着那一行行刚劲挺秀的钢笔字时，我的眼泪不由得簌簌地掉了下来,并趴在沙发上沉思了很久很久。此时,我突然想起了《红楼梦》中那首名叫《枉凝眉》的曲子,前面几句是:

一个是阆苑仙葩,一个是美玉无瑕。若说没奇缘,今生偏又遇着他;

若说有奇缘,为何心事终虚化?

看来,人的命运真是由老天注定,不以个人的主观意志为转移啊!

王春兰是迄今为止我所认识的女朋友中一位对我的感情最真挚,而且心地最善良、最无私的女性。尽管她在给我的最后这封来信中,曾再次向我表示:她"深深地伤害了"我,"为此而感到非常的内疚和自责"。但实际上,并不是她伤害了我,而是我伤害了她;并不是她欠我的情,而是我欠她的情太多。在我们相好的那段日子里,她几乎为我付出了她的一切。她作为一个家在农村的临时工,每月工资才200多元,不仅自己掏钱买毛线为我织毛衣,而且还经常为我买这买那,而她却没有从我身上拿走过一分钱。有一次,我出差北京,特地为她买了一套连衣裙,但她当时却坚决不肯从我这里拿走。她坚持说:"等我们正式办事的时候我再拿去穿吧。"

当我们商量好准备国庆期间正式办事时,我曾独自去商店买了几件礼物,准备办事的时候赠送给她。不想我们之间的关系突然发生了戏剧性的变化。在我们最后一次交谈时,我曾提出要把这几件礼物全部送交给她,但她却坚决不肯收下,并婉言谢绝说:"我太对不起你了,实在不忍心收下你的这些珍贵的礼物。"

为了报答她对我的这一片深情厚谊,我当时曾考虑,不管我将来能否找到新的生活伴侣,也不管我和未来的生活伴侣感情如何,尽管她执意不肯收下我的这些礼物,但我一定将这几件礼物连同她过去为我打的毛衣好好地珍藏着,作为一种永恒的纪念。同时我也衷心地祝愿她未来的生活幸福美满,愿好人一生平安!

五、在困境中育子成才

尽管我在婚姻及爱情方面曾遭受了一次又一次的挫折,从而给我的个人生活带来了很大的不幸,但值得欣喜的是,并没有因为我个人生活的不幸,特别是我和刘云英的离异,而给无辜孩子的成长带来消极的影响,使他的前途蒙受不应有的损失,从而使他的一生也带来同样的不幸。相反,由于我和刘云英的分手,虽然给他幼小的心灵带来了一定的创伤,但也使他较早地认识到了人生旅途的艰难,一个人的美好前程不能完全依赖父母去为他创造,而必须依靠自身的主观努力。从而使他克服了一般双亲家庭中的独生子女所固有的优越感,对他的健康成长多少带来了一定的积极影响。我想这也许就是哲学家们通常所说的"坏事在一定的条件下可以转化为好事"的缘故吧。

记得六十年前,鲁迅先生曾经写过一首诗,表达对他儿子的疼爱之情:

> 无情未必真豪杰,
>
> 怜子如何不丈夫。
>
> 知否兴风狂啸者,
>
> 回眸时看小於菟。①

从这首诗不难看出,任何一个有血性的男人,对他的下一代都是非常疼爱的。"儿女情长"不仅仅是对女人而言,对男人也同样是如此。如果说,我和刘云英的分手,当时对我的最大打击是将使我的个人生活遭受种种苦难

---

① 於菟,音 wu tu,即老虎。前句"兴风狂啸者",也是指老虎。

和不幸的话,不如说是最最担心将使我失去作为父亲对儿子应尽的抚养义务,从而使我欠下一笔永远偿还不清的"良心债"。我的这种负疚的心情在我儿子还没有长大成人、尚处在稚嫩的孩提时代时反映得格外强烈。特别是每当"六一"国际儿童节及春节到来,或者单位给职工办福利,分配各种在当时看来非常珍贵的食物时,这种难堪的心情表现得更为强烈。

曾记得20世纪80年代初期,当时兰州市的物质供应还非常紧张,很多单位为了给职工办一点福利,经常通过各种关系从外地拉来一些市场上紧缺的物资(主要是各种新鲜的食品)分配给职工。

每当这个时候,我们单位的很多同事都感到格外高兴,唯有我不仅不感到高兴,而且心情还感到格外难受。因为这些在当时看来特别稀罕和珍贵的食品,除了我个人独享之外,只能分送给周围的同事或朋友们去品尝,自己的儿子因为远隔千里却无法和我一块享受。其难堪的心情可想而知。特别是当我看到某些邻居家的孩子见到这些好吃的东西所表现出来的那种欣喜若狂、急不可待的天真烂漫并有几分淘气的神态时,更有一种难言的隐痛。

为了摆脱这种无休止的良心上的自责,我不得不经常安慰自己:对孩子不能过分感情用事,应该多从他的长远及根本利益去考虑。只有这样,才算真正对得起自己的孩子。正是出于这种考量,我在和刘云英办理离婚手续时,完全尊重刘云英的意见,将孩子交给她抚养,由我负担适当的抚养费。因为我考虑到哺育孩子是女人的天职,对于任何孩子来说,失去父爱总比失去母爱要好。

和刘云英离婚以后,每当我出差北京时,总要硬着头皮去看看我的孩子。尽管当时孩子对我的态度非常冷淡,见了我不愿意叫"爸爸"。时隔不久,刘云英又将孩子的姓由"陶"改成了"刘"。但我仍然一如既往地每次到北京都要去看看他。我这样做的目的,并不完全是感情的驱使,也有理智上的考量。希望通过这一行动,多给孩子一点心灵上的安慰和满足,使他不要产生失落感,不要像某些单亲家庭的孩子那样,以为自己的父亲不要他了,或者听他的妈妈说,"父亲已经死了"。我觉得这样对孩子的健康成长非常不利。为了孩子的未来,不管离异夫妻在感情上有多么深的裂缝,也不要在未成年的孩子面前随意发泄。这也是我在处理与孩子之间的关系问题上所奉行的一条基本原则。

随着孩子一天天的成长,一个严肃的问题既摆到了我的面前,也摆到了刘云英的面前,就是如何将孩子教育成才。我们既然把孩子带到了这个世界上,不仅要使他的身心得到健康的成长,更要使他的知识水平得到相应的提高,并具有某方面的专长。这样,既为他未来的生活创造了良好的前提条件,也为国家及社会培养出了一名有用的人才。我想,这既是每个做父母的人义不容辞的责任,也是天下绝大多数父母的共同心愿。

但是,教育孩子成才,对于离异家庭来说,是多么的不容易,它往往比一般健康家庭付出的代价要多得多。

由于他长期不能和我生活在一块,每次和他见面的时间都非常短暂,在此情况下,完全通过口头对他进行教育已起不了多大的作用。为此,我不得不采取经常向他写信的方式对他进行教育。我这样做的目的,一方面是想通过书信直接对孩子进行教育,另一方面也是想借此机会同刘云英沟通思想,以便在教育孩子方面同她形成合力。也许由于我的某些信对孩子确实起了一定的开导作用,但更重要的还是由于刘云英作为孩子的母亲与生活的过来人,加上她本人也是知识分子,深深地懂得知识对孩子未来生活的重要性,又由于她对孩子进行直接抚养,她的话对孩子来说,自然很起作用。所以,随着孩子年龄的逐渐增长,他终于接受了我的观点,开始重视学习,希望将来能在学业上有所造诣。

随着孩子思想观念的转变,又一个新的问题摆到了我的面前:怎样选择孩子的培养方向?怎样为孩子创造良好的学习条件,以促使他成才?

我们的孩子没有特殊的天资,智商也很一般,加上社会环境的影响,使他不好好学习。所以,在他的小学及初中阶段,学习成绩都很一般。当他小学毕业后报考初中时,原本指望他能考上一所重点中学,结果,事与愿违,因为一分之差而被录取在一所普通的初中就读。

孩子的成长就像田径场上赛跑一样,一步的失误就有可能影响到他后来的步步失误,最终将影响到他的整个跑步过程,包括他的人生运行轨迹以及终点站的位置。由于我儿子当时未能考上重点初中,根据当时的形势分析,将来考上重点高中及大学的希望已经变得非常渺茫。孩子将来走什么路?靠什么本事来维持自己的生计?将来还有没有可能使他成为一名对国家及对社会有用的特殊人才,因而能在社会上谋得一席之地?当时已经成为我的一桩心病,如同一块石头沉沉地压在了我的心头。

值得庆幸的是,尽管我儿子没有什么特殊的天资,但大概由于受我的遗传基因影响的缘故,从小对美术特别感兴趣。由于经常进行练习,当他初中毕业时,已有了一定的绘画基础。初中毕业以后,他不顾我的反对,毅然报考了北京市某职业高中的美术装潢专业,并已被录取。

尽管孩子报考职业高中的美术装潢专业并不符合我的初衷,但既然孩子爱上了美术专业,选定了美术专业作为自己的发展方向,作为父亲的我,也就没有什么值得对他进行指责的了,只能想尽办法促使他将来能够成为一名较好的美术专业人才。但我当时心里很明白,完全依赖三年的职业高中学习而使他达到成才的目的是不可能的,必须同时为他创造一些其他方面的进修机会。

令我感到内疚和不安的是,一方面,由于我不在北京工作,对孩子提供不了其他方面的帮助;另一方面,由于当时我的工资收入很低。尽管我通过节衣缩食,至少每月为他提供了80元的基本生活费。但在当时的物价水平下,这些费用只够维持他的最低生活水平,根本没有能力为他创造其他方面的良好学习条件。也正是这一原因,促使我后来不得不放弃在甘肃已经打下的事业基础,只身调往广东,经历了一段不平常的"打工生涯"。

值得庆幸的是,作为母亲的刘云英,在促子成才的问题上,比我考虑得更周到,所尽的责任也比我更多。由于她的工资收入比我要高。为了让孩子在学业上能够打下较好的基础,尽管我给孩子寄的钱不多,而她当时还要承担年迈多病的母亲的部分生活费用,但她每月都要从工资中挤出80元,除了让孩子在学校正常学习之外,还把他送到北京市某少年宫的美术班,请一些水平较高的美术教师对他进行课外培训和指导。由于采取了这种"双管齐下"的措施,通过三年的职高学习,我儿子在绘画水平上已有了较大程度的提高。

中国有一句古话:"宝剑锋从磨砺起,梅花香自苦寒来。"马克思有句名言:"在科学研究上是没有平坦的大道可走的。只有在那崎岖小路的攀登上不畏劳苦的人,才有希望达到光辉的顶点。"这些先哲们的至理名言告诉了我们一个真理:一个人要想成才,或者在事业上有所建树,除了必要的客观条件之外,最根本的因素,还在于自身的主观努力。

我们的孩子,由于长期受到我和刘云英的熏陶,自从他考上职业高中以后,总的来说,在学习上比较刻苦认真。但也有一般年轻人所具有的通病,当遇到困难或挫折时,就想打退堂鼓,缺乏克服困难的毅力和勇气。

1993 年初,当我刚从甘肃调到广东工作时,曾收到他给我的一封来信,向我述诉了一大通苦处,并流露出想在学习上松一口气的心理。他在信中曾这样说:"我现在感到学习实在太累了,已经吃不消了,真想松一口气了。"

我收到他的这封来信之后,立即给他回了一封信,首先向他提出批评说:"希望你不要再在我面前叫苦。你学习用功到什么程度,我心里非常清楚。"

然后便把我在青少年时代刻苦学习的情况如实地告诉了他,并深有感触地对他说:"我并不要求你像我那样刻苦学习。如果我向你提出这种要求的话,未免对你太'残忍'了。但是,你自己应该清醒地认识到,生存竞争本身就是非常残忍的,你如果自己不采取残酷的手段来严格要求自己,周围的环境(包括自然环境和社会环境)就会采取更残酷的手段来惩罚你。当然,一个人命运的好坏,并不完全取决于他在学习上用功的程度。我深深地感到,我这一辈子的命运就很不好,付出的太多,而得到的太少。但是,话也得说回来,如果当初我不那么刻苦学习的话,既没有我的今天,也没有你的今天,我们父子俩很可能还是在湖南省安化县那块贫穷落后的土地上生活和挣扎着。所以,从这重意义来说,一个人能否刻苦学习,不仅仅是为了他自己,也是为了他的子孙后代。当你想到这一点的时候,你就会以百倍的毅力和勇气去克服你前进道路上的一切困难,争取最后的胜利。"

这封信看来曾对他起了一定的激励和鞭策作用。此后不久,我出差北京时,曾拜访了他当时的班主任老师。听这位女班主任老师说,他现在学习非常用功,比原来用功多了,而且后来一直保持着这种刻苦学习的劲头。

时间过得很快,转眼三年的职高学习就要结束了。本来,从职业高中毕业以后,在北京那个社会环境中,他完全可以找到一个普通的就业机会。而且听说他的舅舅曾为他联系到了一家韩国公司,专门为人家画广告。但此时我儿子已萌发了继续深造的强烈愿望。可是,由于他上的是职业高中,文化课的功底较差,而且所学的文化课程也和普通高中的不一样,不能参加全国普通高考。这对他又是一个严峻的考验。

正在这时,我又出差来到北京,并到学校去看视了他。当他刚一见到我时,便对我说:"爸爸,我很想能够继续深造。但由于我上的是职业高中,不能参加全国普通高考。现在北京市有一所民办的美术学院,名叫东方文化艺术学院,今年开始招收大学本科学生。这所学校据说是由一些知名的美术家所创办,师资条件比较好,而且主要是针对社会上一些美术功底比较好但文化课基础较差的年轻人而创办的,所以招考时免试文化课,只需要交十幅美术作品就行了。不过所收的学费比公立美术学院要高,每年需要缴纳6,300元学费(按:当时公立美术院校每年只需缴纳3,000元学费)。不知道您同不同意我去报考?"

听了孩子的这番谈话,我虽然深深地为这笔昂贵的学费而患愁,因为尽管我当时已调到了广东工作,工资收入远比原来在甘肃要高,但由于仍然在水利行业,加上我所在的这个新的工作单位经济效益并不太好,但为了孩子的前途,我当时曾不假思索地对他说:"只要你能够考上,我愿意尽全力来支持你。"

结果,他终于考上了该学院的油画专业。

为了履行我的诺言,我当时曾写信同刘云英商量,由我每年支付6,000元学费,其余费用由刘云英负担。不难想象,刘云英当时付出的代价比我更多。但不管怎样，我们彼此都为孩子的成才尽到了最大的责任。

我当初之所以不惜血本，同意孩子报考这所民办的艺术学院，主要是想为他找到一条成才的捷径。但实际情况与我原来的主观愿望完全相反。正由于这是一所民办的艺术学院，客观条件自然远不能同公立的美术学院相比。加之当时的办学人员指导思想也不完全正确，只要把学生的钱收到手了，对于学生们如何学习却关心得不够。所以，不到一年时间，这些从全国各地慕名前来求学的莘莘学子(该院招收的首届本科学生)就同学校闹翻了，纷纷要求退学。我儿子也在这批要求退学的学生行列之中。

儿子的退学又使我背上了一个新的思想包袱。孩子将来何去何从？是为他想办法并鼓励他继续深造呢，还是让他尽快就业？一个新的问题又摆到了我的面前。

正在这时，我又一次出差来到了北京。趁此机会，我又去看了一下我儿子。当时我儿子名义上还是在这所民办艺术学院学习，我通过学校好不容易才找到了他的住所。

这所学校位于北京市朝阳区，离刘云英所在的工作单位比较远，并紧靠农村。他和几位外省籍的同学合租了一间农家小平房，既当宿舍，也当课堂和画室，又当厨房及食堂。其情景很有点像从外地来北京的"知识打工族"。只不过他们当时还没有能力靠绘画来谋生，而是在求学，在磨砺自己。

当我找到我儿子时，他正在专心致志地练画。他见到我以后，连忙放下了手中的画笔。由于当天正好是星期六，我便带领他到我下榻的饭店和我同住了一晚。

通过同他一夜的交谈，我不仅从儿子口中感受到他此时已经具有了强烈的上进心与求知的渴望，而且还从他的口中获得了一个令我感到欣慰的信息。一位在职的中央美术学院的教师对他的绘画基础比较赏识,曾鼓励他说:"你要是能考上中央美术学院的话,一定可以得奖学金。"这位教师后来还带他去贵州进行了一个多月的写生训练。正是这位教师当时的话提示了我,促使我后来下决心鞭策我儿子朝中央美术学院这个"宝塔尖"攀登。

我回到工作单位以后,立即向我儿子写了一封长信,并寄给了刘云英。在这封长信中,我曾列举了大量的事实,力劝我儿子丢掉幻想,不要再走"捷径"。因为在成才的道路上根本无捷径可走。一个人要想真正成才,只有脚踏实地、迎难而进,朝着高目标而努力拼搏。我在信中还对他说:"一个人能力的大小或水平的高低往往与他的学历有密切的关系。而学历必须是真学历,而不是假学历。目前社会上一些所谓的电大、函大、民办大学的毕业生(当然不是指他们的全部),其水平实际上还赶不上相同专业正规中专生的水平。即使是从正规大学毕业的学生,由于学校档次不一样,学生的水平也呈现出明显的差距。根据我的亲身体验,毕业于北大、清华等名牌大学的学生的水平,就是比我们这些毕业于一般大学的学生的水平要高。"

我向他写这封信的目的,就是想要他下定决心,排除一切艰难险阻,朝着中央美术学院这个美术界最权威的学府攀登。我当时还向他指出:"你当前的主要缺陷是文化课基础太差。所以,希望你找一所较好的中学,从头开始补习文化课。"

我的这封信看来对他又起了一定的指导作用,他完全接受了我的这一意见,并在刘云英的具体帮助下,最后联系到北京市第四十四中学补习了两年文化课。

北京市第四十四中学经北京市教育局批准,曾开办了一个专门为高考落榜者或报考特殊专业的学生补习文化课的学习班。看来这也是当时北京市为数不多的几所服务质量较好的补习班之一。他们的收费标准并不太高,但教学质量却比较好。他们聘请的都是该校最有经验的教师(大多数都是已退休的老教师)给学生们讲课。特别是担任我儿子教学任务的几位老师,对我儿子曾给予了很多特殊的关照。经过两年的补习,我儿子的文化课水平已有了显著的提高,从而使他终于跨进了中央美术学院的门槛。所以,我现在对当时北京市第四十四中学担任我儿子教学任务的那几位老师,一直怀有深深的感激之情。

在我儿子报考中央美术学院的过程中,还有一段小小的杂曲。

当他经过了一年的文化课补习之后,曾于1997年试探性地报考过一次中央美术学院。结果,专业课已顺利通过,由于英语成绩不及格而被淘汰。他当时报考的是壁画专业,据说,在经过层层筛选之后,前来中央美院参加专业课复试的考生已达三百多人,而实际收录的学生却只有八名。他深深地感到中央美术学院的门槛太高,竞争太激烈,从而产生了一定的畏惧心理。1998年高考即将来临时,他曾向我来信表示,准备放弃报考中央美术学院,改考其他美术院校。

当我收到他的这封来信之后,立即向他回了一封信,仍然鼓励他继续报考中央美术学院。我在信中曾这样说:"现在社会上愈来愈讲求名牌效应。为什么从清华、北大毕业的学生在社会上格外吃香,原因也就在这里。中央美术学院是培养顶尖级专业美术家的摇篮,你要想使自己将来能成为一名出色的美术家,必须不顾一切地朝着中央美术学院这个宝塔尖攀登。"

当我把这封信寄走之后,立刻产生了一种后悔心理。因为我儿子从职业高中毕业已经快四年了,一直在超常的重压下奋力拼搏。但人的生理和心理承受能力是有限的。一个人不管意志多么坚强,他们的精神和肉体总有疲劳乃至崩溃的时候。而且我儿子当时已快满23岁了,如果当年考不上大学,根据当时国家的政策,也许今后再也没有上大学的机会了,从而将贻误他的整个一生。但我当时又考虑到,既然信已经寄走了,不可能再收回。重新写一封信寄出,又怕干扰他的情绪。此时,我曾记起毛主席的一句诗:"无限风光在险峰。"所以,我最后考虑,既然信已经发出去了,就让他自己去作决定吧。

一年一度的高考,既是考每一个学生,实际上也是考每一位望子成龙的家长。对于我儿子的考学问题,一直像一幅千斤重担,沉甸甸地压在我的心上。

当一个人遇到某种特殊情况时,其思想观念也往往会发生一些特殊的变化。我本来不相信世界上有什么人格化了的神或鬼,也不相信人的命运可以由算命先生推算出来。但当遇到某些特殊情况时,也真希望天地间有什么神灵来保佑我。离引大入秦工程管理局不远的青龙山上有一座寺庙,名叫永宁寺。1998年全国高考的那几天,我每天早上都偷偷地跑到寺庙里,在佛祖塑像前烧了一炷香,祈求佛祖保佑我儿子当年能够考上中央美术学院。

不知道是人谋还是天算,或者是佛祖保佑的结果,当年,我儿子终于以名列前茅的优异成绩考取了中央美术学院的版画专业。据说当年全国报考中央美术学院的考生有好几万人,报考版画专业的考生也有几千人。经过层层筛选之后,前来中央美术学院应试的考生仍有260多名,而其中只录取12名。共考了四门专业课,我儿子的专业课总成绩虽然名列第九,但美术创作及素描两门科目的考试成绩均已名列第一。五门文化课的考试成绩也已全部超过了中央美术学院的录取分数线。特别是原来基础较差的英语,此次已获得了 103 分的较好成绩。

我儿子收到中央美术学院的录取通知书以后,立即给我来电话报告了这一喜讯。当我收到他打来的电话时,不禁热泪盈眶,顿时百感交集。

从我儿子这几年的考学经历中使我深深地体会到,在这个生存竞争十分激烈的世界上,一个人的成长道路是多么的艰难,多么的惊险! 他们前进的每一步,除了他们本人多年的含辛茹苦之外,也包含了他们的父母所付出的大量心血。难怪我们的祖先早就感叹地说:"可怜天下父母心!"尽管每个人的成长道路都是那么的艰险,但任何人都必须在这条充满艰难险阻的道路上一直走下去,决不能中途停顿,更不能向后倒退。倒退是没有任何出路的。因为我们是人,人类之所以能够征服万物、驾驭宇宙,就在于我们有这种勇往直前、自强不息的毅力和勇气。我想这大概是"上帝"赋予我们人类的一种特殊的本能吧。

我儿子现在虽然已经从中央美术学院毕业了,在他成才的道路上迈出了关键性的一步,但离真正成才还有相当长的一段距离。本节标题"在困境中育子成才",只不过是我目前的一种愿望,还不是完全的现实。在这个竞争非常激烈而且扑朔迷离的社会环境中,未来的成才或成功之路,看来主要还得靠他自己去开拓。

六、水利事业上的三项成果

自从我参加工作以来,由于在婚姻和爱情问题上屡遭挫折,为了度过那段难熬的岁月,同时也为了能够战胜自我,我除了把一部分精力投入到对孩子的教育方面之外,不得不把绝大部分精力投入到了工作或事业之中。可喜在事业上曾取得了一些比较引人注目的成就,特别是在我调离甘肃之前,曾在灌溉管理工作中连续取得了三项比较突出的成果,从而构成了我人生旅程中一段比较亮丽的风景线。在此,我想对取得这三项成果的情况作一简要介绍。

第一项成果:1976—1980 年,在甘肃省武威县金塔河灌区进行田间工程配套及灌溉计划用水试点工作,由于成绩比较突出,曾于 1982 年获得了自新中国成立以来国家首批颁发的农业科技成果推广奖。

20 世纪 70 年代中期,甘肃省在河西走廊开展了以灌区渠系改造及田间工程配套为中心内容的大规模的农田水利基本建设。为了配合这一中心工作,甘肃省水利厅水利管理局特组织了一个工作组,前往武威地区武威县金塔河灌区进行渠系改造及田间工程配套的试点工作。

这个工作组由水利厅一位资深的农田灌溉专家带队,我只是其中的一名参与者。试点工作从 1976 年开始,到 1980 年才告结束,前后历时共 5 年。当时我和刘云英的感情还没有完全破裂,但已产生了一定的思想隔阂。时隔不久,她就单方面带着我们的孩子从甘肃省天水县调回了北京,我一个人留在兰州。由于没有什么家庭拖累,也就把全部精力投入到了试点工作之中。

在试点工作中,我们首先对全灌区的田间工程进行了统一规划,然后发动和组织群众按照规划及设计的要求进行施工。由于当时技术人员比较少,我自然也就成了其中的业务或技术骨干之一。

我们在规划设计中,一方面坚持了因地制宜的原则;另一方面坚持了高标准、严要求,彻底改变了原来的渠系布局形式,完全按照现代化灌区的要求,进行科学的规划和布局。由于当时群众积极性都比较高,加上作为试点单位,国家给予的水利投资也比较多。经过五年多的努力,金塔河灌区的面貌已发生了显著的变化。

通过彻底改造后的金塔河灌区,经济及社会效益都显著提高:渠系水利用率已由原来的38%提高到了68%;灌溉水利用率已由原来的34%提高到了61%;保灌面积已由原来的8万亩增加到了13.3万亩;灌区粮食平均亩产已由原来的170.5kg/亩(1971年)增加到了334.0kg/亩(1983年)。此外,每年还可节省防洪抢险及岁修清淤工日约5万多个。

在进行渠系改建与田间工程配套试点工作的基础上,从1979年开始,我们又进行了一项用水制度改革的试点工作,在金塔河灌区全面推行灌溉计划用水。

灌溉计划用水实际上早在二十世纪三十年代苏联的一些大型灌区就已开始推行,我们国家在二十世纪五六十年代因为学习苏联的先进经验,也曾在陕西省关中平原几个大型灌区试行过。但是在甘肃省内,一方面由于当时的灌溉设施不完备,田间工程不配套;另一方面也由于缺乏具体的技术指导,所以过去一直没有实行过这一科学的用水制度。随着金塔河灌区渠系改造及田间工程配套任务的基本完成,改革旧的用水制度、提高用水管理水平的任务便摆到了我们的面前。为此,我们决定将灌溉计划用水作为一项新的课题任务,在金塔河灌区全面推行。

所谓灌溉计划用水,就是按照作物的需水要求,结合考虑水源情况、工程条件以及农业生产安排等,进行有计划的蓄水、引水、提水和配水,它是灌溉管理的中心环节。在推行灌溉计划用水的过程中,必须在用水之前编制用水计划;然后根据用水计划进行水量调配,也就是执行用水计划;当用水结束后应及时进行总结,以便不断提高用水管理水平。

编制用水计划是实行灌溉计划用水的基础。它的任务是通过算水账的办法,根据供水、需水和输水相互协调和统一的原则,确定各个时期的引用水量,以及向各级渠道的供水量、供水次序和供水时间等,从而达到统筹利用水源、合理调配水量、充分发挥工程的综合效益、保证农业不断增产的目的。编制用水计划一般包括编制水源供水计划及用水单位需水计划、进行供需水量平衡计算以及编制渠系配水计划四个步骤。在进行过程中,必须通过广泛深入的调查研究工作,详细了解灌区的基本情况,并运用《水文学》上的经验频率分析方法对上游河流来水进行科学的分析和计算。所以,用水计划编制的好与坏,对整个灌溉计划用水将起着决定性的作用。

由于推行灌溉计划用水对于我们来说,是一个新课题,以前从来没有进行过,在工作中曾遇到过不少困难及问题。但在项目负责人尤绍祖工程师的主持下,通过大家的共同协商和努力,这些困难或问题都一个个顺利地克服了,灌溉计划用水终于在金塔河灌区得到了彻底实施。随后,我们又通过办学习班的方式,将金塔河灌区的经验在甘肃全省 170 多个万亩以上灌区得到了普遍推行,从而有力地促进了甘肃全省灌溉管理水平的提高。

自从粉碎"四人帮"以来,由于在邓小平"科学技术是第一生产力"思想的指引下,全国上下开始出现尊重知识、尊重人才的良好风气,并注重科学技术成果的推广普及工作。继 1978 年全国科技大会之后,1981 年,国家农委与国家科委研究决定,在全国范围内表彰奖励一批在农业科技成果推广方面做出了突出贡献的单位及个人,并决定开设农业科技成果推广奖。我们这个工作组由于在金塔河灌区田间工程配套及灌溉计划用水两方面都取得了比较显著的成绩,因此,曾于 1981 年及 1982 年先后获得了甘肃省及全国的农业科技成果推广奖(见影印件二)。

　　这是自新中国成立以来国家首批颁发的农业科技成果推广奖,在甘肃省内,获此奖励的只有我们这个课题组。在我们这个课题组中,获得这一奖项的共有 9 人。在这次的农业科技成果推广工作中,我除了同其他同事一道,从事各项具体的业务工作之外,还独立完成了以下两项具体的任务。

　　其一是编制了全省第一个灌区供需水量平衡表(这是用水计划中最核心的部分)。1980 年,我们通过办培训班的方式,曾将金塔河灌区实行灌溉计划用水的经验在甘肃全省 170 多处万亩以上灌区普遍推行。在我从甘肃调往广东工作之前,甘肃省内各灌区普遍采用的供需水量平衡表,实际上都是按照我当时设计的方案编制的。后来,我曾将这一成果收入到了已经出版的《灌区企业化管理》一书中,对全国的灌溉计划用水工作我想也不无一定的参考作用。

　　其二是根据当时西北农业大学刚刚从美国引进的资料,设计并安装了甘肃省第一个无喉道量水堰。后来,我的这一设计成果已被选入由甘肃省水利管理局组织编辑的《小型水利工程定型设计图集》,在甘肃全省范围内得到了广泛的推广应用,它对于加速灌区量水设施建设,降低量水设施造价曾起了一定的作用。

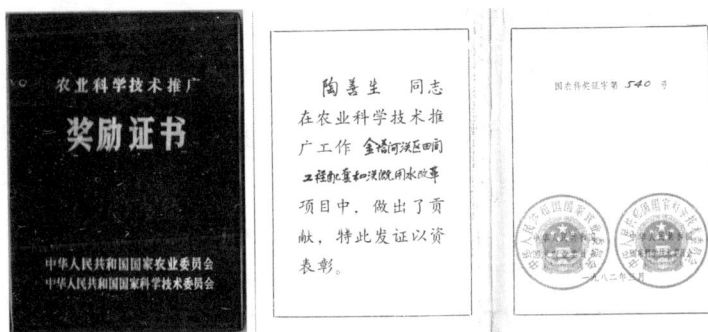

影印件二

在人生的旅程中,人与人之间由于个人所处的社会环境以及机遇不一样,在同样的事业成就面前,获得的社会回报往往会呈现出很大的差异。有的人仅仅凭借一项事业上的成果,就可以获得较大的社会回报,甚至能够在一定程度上改变他后半辈子的命运;而有的人即使取得十项同样的成果,对他的命运也不会有丝毫的改变;还有的人甚至会因此而遭受较大的损失或蒙受巨大的灾难。比如在战争年代,同样是军人,有的人可能由于一次重大战役的胜利而被提拔当上了将军,而有的人却不幸成了烈士而长眠于荒野之中或黄土之下。

我们的这项科技成果,不管后来人们对它的评价如何,但在当时的历史条件下,这既是全国首批农业科技成果推广奖,更是甘肃省内在农林水牧系统中首次获得的国家级大奖。

虽然我未能从这次的获奖中得到任何生活待遇及荣誉方面的其它实惠,但通过这五年的蹲点实践,使我的业务水平获得了较大程度的提高。一方面全面掌握了有关灌溉管理的基本知识;另一方面深入了解了灌区的基本情况,特别是从亲身实践中了解到了当前灌溉管理体制中存在的种种弊端,从而为我深入研究灌溉管理工作,特别是研究如何深化灌溉管理体制改革问题奠定了一定的思想基础。由于这一奖项实际上是我正式参加水利专业技术工作还不到十年的时间内取得的,所以,我特将它作为我在水利事业上所取得的第一项成果而写在了我的人生旅程之中。

第二项成果:撰写并出版了我的第一部专著——《灌区企业化管理》,该书也是我国第一部全面论述灌区经营管理的著作。

金塔河灌区试点工作刚刚结束,我又接受了一项新的工作任务:被借调到甘肃省水利学校担任农田水利学与灌区经营管理的教学。

当时全国各水利院校都还没有正式开办关于水利经济或水利管理方面的专业。甘肃省水利学校因响应当时水利部党组刚刚提出的"把水利工作的着重点转移到管理上来"的战略决策,率先在全国水利院校中开设了水利管理专业,并要我担任这两门主要课程的教学。

我原本毕业于武汉水利电力学院农田水利工程专业,而且当时的农田水利学已有现成的教材,所以,担任这一门课程的教学,对我来说,并不存在多大的问题。但是,对于灌区经营管理这门课程来说,一则我本人是个"门外汉",二则当时没有现成的教材,所以感到难度较大。好在我原来对经济学知识也比较感兴趣。1980 年上半年,中国社会科学院在全国罗致研究人才时,我曾冒昧地报考过该院农业经济研究所的助理研究员,并以毫厘之差的考试成绩险被录取。但由于种种原因使我失去了到中国社会科学院工作的机会。被借调到甘肃省水利学校以后,我便运用当时所掌握的经济学知识,并结合灌区的实际情况,特别是结合我在金塔河灌区几年蹲点实践的体会,一面编写教材,一面讲课。调查结果表明,当时学生们对我的讲课还是比较满意的。这一批学生,现在绝大多数都已成了甘肃省灌溉管理部门的业务骨干。

我在编写教材的基础上,曾利用这一良好的机会,将教材内容作了认真的修改,从而撰写出了我的第一部专著——《灌区企业化管理》,并最终由水利电力出版社(即现在的中国水利水电出版社)正式出版发行。(见影印件三)

我的这部专著从 1982 年底向出版社交稿,直到 1987 年 8 月,整整经历了 5 年时间,才得以正式出版。虽然拖了这么长的时间,但由于当时写书的人很少,特别是关于灌区经营管理的著作基本上还是个空白点,本书可以说是全国第一部系统介绍灌区经营管理知识的专著。所以,当本书出版之后,曾在全国水利行业产生了一定的轰动效应。

记得当时广西壮族自治区水利厅的一位副总工程师从水电出版社的一位编辑那里看到了此书,并浏览了全书的内容之后,立即以"一本别开生面的新书"为标题,在《水利电力书讯》头版头条位置发表长篇书评,对此书曾给予了全面的客观评价。

我当时曾将此书分别呈送了一本给水利部与灌溉管理工作有关的几位领导及专家,立即得到了这些领导及专家们的称赞与好评。特别是我当时曾将此书直接呈寄了一本给在位的水利部原部长钱正英。这位在水利战线曾经工作了近半个世纪的老部长,当时还是第一次见到我的名字,对我的情况并不了解,但她出于对全国灌溉管理工作的特殊关怀,当收到我的这本专著之后,立即批转分管全国农田灌溉工作的水利部农水司参考,并嘱咐农水司对此书做出评价或提出修改意见。农水司的领导收到钱正英部长的批示之后,立即做出了反映。当时的领导和专家都先后向我来信,对我在事业上所取得的这一成就表示祝贺,并对此书给予了较高的评价。

1988 年底,水利部农水司在四川省都江堰管理局召开全国水价改革工作会议,特地来电话邀请我前去参加。在会上,主持会议的领导特向水利界的同行们介绍了我的情况。当时,不少同行曾走到我的跟前,请我签名留念。从此,我的名字开始走出甘肃省的范围,为全国水利界的同行们(主要是从事农田灌溉管理工作的同行们)所知晓。此后,水利部农水司曾多次指名叫我参加一些全国性的专业会议,中国水利电力企业管理协会也曾邀请我参加了一次学术研讨会。1990 年,水利部农水司还下达给我一项课题任务,要我对全国的灌区经营管理情况进行全面的调查。

在此期间内,我的母校武汉水利电力学院的师友们对我在事业上所取得的这一成就也给予了充分的鼓励和赞赏。特别是原武汉水利电力学院院长、时任国际灌排委员会副主席的许志方教授,对我的这一成就更是给予了充分的鼓励与支持。由于他的推荐,我曾于1990年参加了由英国海外开发部(Overseas Development Institute,缩写ODI)与国际灌溉管理研究院(International Irrigation Management Institute,缩写IIMI)联合创办的国际灌溉管理网(ODI-IIMI International Irrigation Management Network)。当时我国参加这一学术组织的只有16人,除我还是一名在基层工作的普通工程师之外,其余15人都是资深的专家、教授或司局级领导。尔后,他又两次推荐我参加了在国内举办的规格较高的国际学术会议。其中一次是在北京召开的国际灌排委员会(International Commission for Irrigation and Drainage,缩写ICID)第四十二届执行理事会。会议期间,适逢中国水利学会成立60周年,为庆祝水利界的这一重大节日,当时的水利部曾在北京国际会议中心举行盛大酒会,特地邀请全体与会代表前去参加。另一次是1994年由国际灌溉管理研究院(IIMI)与武汉水利电力大学在武汉水利电力大学联合举办的题为"转换灌区经营机制(Irrigation Management Transfer)"的学术研讨会。

当时许志方教授还想推荐我去国外学习或考察,以便进一步开拓我的视野,增加我的阅历。1990年7月,我突然收到了一封来自英国劳格赫布那格赫理工大学(Loughborogh University of Tecnology)的信,说是根据许志方教授的推荐,同意免试我的英语听力(我在学校只学过俄语,参加工作以后才开始自学英语,当时英语听力还没有完全过关)接纳我到该校去深造,进修"灌溉与水资源(Irrigation and Water Resources)"专业;1992年初,国际灌排委员会（ICID）第四十三届执行理事会在匈牙利首都布达佩斯召开，又是由于许教授的推荐，当时的会议东道主——匈牙利水利部——特向我发来了邀请函。遗憾的是，这两次出国的机会都与我失之交臂。

此书出版以后，我曾先后遇到过几位来自学术界的同行，当他们初次和我相识时，都不无几分惊讶的口气对我说："我原来以为你是一位老先生，想不到你还是一位年轻的作者。"

从他们的口气中，也使我体会到，当时人们对于出版专著还是感到比较神秘的。

《灌区企业化管理》主要是介绍灌区经营管理的基本知识，其中包括灌区工程管理、用水管理以及经济管理等方面的理论和知识。但我在介绍这些理论和知识的过程中，曾紧密联系当前经济体制改革的实际，明确提出，应该把灌区作为一个经济实体来看待，并朝着企业化的方向发展，对它实行企业化管理。我经过反复推敲并征求周围一些人的意见（其中包括多位审订人以及出版社编辑们的意见）之后，决定将该书取名为"灌区企业化管理"。

自从《灌区企业化管理》一书出版以来，听到的并不单纯是一片赞扬之声，也曾听到过不少批评或反对的意见。这个在当时看来显得有些特别的书名，曾招来了很多人对本书的批评和对"灌区企业化管理"一词的反对。当然，对于大多数同行来说，不管他们抱着哪一种观点，目的都是为了把水利行业的事情办好，以促进水利事业迅速向前发展。作为一部技术专著，其中的某些观点能够引起人们的广泛关注，并能引发一场思想上的交锋，我想也算是它的一个成功之处。

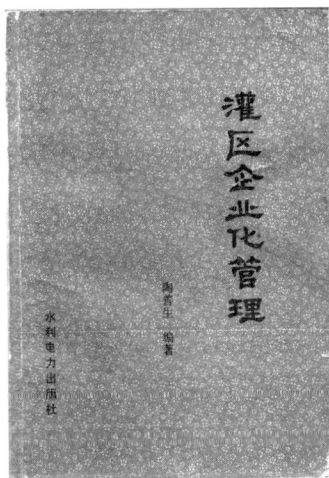

影印件三

第三项成果:成功地进行了"西干渠实验",并独立承担了水利部农水司下达的一项课题任务。在此基础上,撰写并出版了我的第二部专著——《灌区改革的成功之路——试论灌区承包经营责任制》。

我的《灌区企业化管理》一书正式出版以后,我周围的很多同事及朋友都为我在事业上所取得的这一成果而感到特别高兴,并纷纷向我表示祝贺。但与此同时,也曾招来了一些人对我的不满和反感。由于当时人们头脑中"按资排辈"的思想非常严重,所以有些人曾愤愤不平地说:"我们省那么多资历很深的老水利专家都没有出书,你一个涉世不深的年轻水利工作者,竟敢独自一人出书,真是太不自量了。"

有更多的人则说:"书写得再好并不等于你的工作干得好。有本事的话,你把书中的内容拿到实践当中去用一用试试看?"

于是,一份考验我实际工作能力的"试卷"又摆到了我的面前。

1988 年初,甘肃省水利厅选择两个有代表性的灌区进行承包经营试点工作。这一任务自然落到了主管全省灌溉管理工作的甘肃省水利厅水利管理局的肩上。

当时很多人都害怕到灌区去抓点。因为一则灌区条件比较艰苦；二则推行灌区承包经营责任制是一项全新的工作，不知道如何下手。搞得不好，将会费力不讨好，招来人们的非议和嘲笑。单位的领导也曾多次找我谈话说："你既然写了《灌区企业化管理》一书，应该拿到实践当中去运用。"

所以，这项工作最后终于落到了我的头上。

当时甘肃省水利管理局一共派出了两个灌区承包经营试点工作组：一个组选择在兰州市附近一个提灌站作为试点单位，但这个试点单位并没有坚持下去；另一个组选择在河西走廊的张掖市西干渠灌区作为试点单位，我便是其中的一名参与者。

由于工作的关系，带队的领导返回了兰州，几名同行陆续返回了各自的工作岗位，整个试点只能由我一个人来承担。

由于我始终把承包经营试点工作当作我的一项事业去完成，而不仅仅是为了向领导交差。不管试点工作中遇到多少困难和阻力，我都把它当成自己的事情认真加以对待。结果，功夫终于不负有心人，经过三年（1988－1990年，即第一轮承包期）的承包经营，即已取得了明显的社会及经济效益。由于充分调动了每一位承包经营者的积极性，三年来，共翻新和改建干、支渠9条，全长19.42公里；新修高标准斗渠8条，全长12.36公里；更新改造配套建筑物254座，安装启闭机136台（件）；完成田间配套面积1.6万亩。从而使全灌区渠道工程完好率由承包前的41%提高到了79.4%；建筑物完好率由承包前的76%提高到了93.8%；渠系水利用率由承包前的58.8%提高到了74.4%；灌溉水利用率由承包前的45.5%

提高到了 57%；实灌面积由承包前的 16.33 万亩增加到了 20.56 万亩；灌区粮食产量由 1987 年的 3,790 万公斤（承包前的最高水平）增加到了 1990 年的 4,768 万公斤；每方水的粮食产量由 1987 年的 0.53 公斤提高到了 1990 年的 0.83 公斤；每方水的产值由 1987 年的 0.40 元提高到了 1990 年的 0.66 元；全灌区人均纯收入由 1987 年的 567 元增加到了 1990 年的 731 元，比张掖全地区人均纯收入高出 7% 以上；水管处多种经营纯收入由 1987 年不足 1 万元增加到了 1990 年的 11.74 万元，三年共创多种经营纯收入 26.74 万元。

在胜利完成第一轮承包经营任务的基础上，从 1991 年开始，又签订了第二轮承包经营合同。直到 1994 年底合同到期之前，我们的承包经营试点工作实际上一直在进行之中。

西干渠灌区承包经营的成绩和经验再一次引起了主管全国灌溉工作的水利部农水司的高度重视。当时分管全国灌溉工作的负责人在百忙之中曾亲自到西干渠灌区进行了调查考察，并代表农水司正式宣布，将西干渠灌区列为农水司进行灌区体制改革的一个联系点，多次指名叫西干渠灌区参加全国灌区改革工作会议。1990 年，西干渠灌区先后被评为甘肃省及全国的先进灌区，并被水利部授予"水利多种经营突出贡献单位"的荣誉称号。一个以前不出名的中型灌区，从此进入了全国闻名灌区的行列。

我在进行西干渠灌区承包经营试点工作的同时，还独立承担了水利部农水司下达给我的一项特殊的课题任务，要我对全国的灌区经营管理情况进行调查研究。

之所以说这是一项特殊的课题任务，因为在这一课题中，农水司并没有为我规定具体的调查研究内容,而是要我对全国的灌区经营管理状况进行全面的调查和研究。所以,当时不少水利界的同行都为我犯难,曾对我说:"你的这个课题太大了,无从下手。"

我开始也为这一课题任务太大而感到有些茫然,唯恐到时候无法向农水司的领导做出交代。

正当我在这一课题任务面前感到有些无所适从的时候,我突然记起马克思在研究政治经济学时给我们提供的一个方法:当你遇到一个很大很大的问题需要进行研究而感到无从下手时,你不妨从最简单的因素开始进行研究,即遵循"从简单到复杂、从个别到一般"的研究路线。马克思在撰写《资本论》时,就是从资本主义社会最单纯的因素商品开始进行分析和研究的,人称商品是资本主义社会的"细胞"。我当时曾想,要对灌区的经营管理状况进行深入的调查研究,也必须从研究它的"细胞"开始。那么,什么是灌区的"细胞"呢?我认为灌区的"细胞"就是广大的用水户。只有把用水户的情况调查清楚了,整个灌区的经营管理状况也就弄明白了。所以,在这次调查研究工作中,我曾用了相当大的精力,对用水户的情况进行了深入的调查研究。我当时征得农水司领导的同意,在全国范围内共选择了5个省,即东北的吉林、西北的甘肃、西南的四川、华北的河北、华南的广东,唯有华东由于时间及经费有限而没有顾得上去调研。每个省选择了2~3个典型灌区,每个灌区又选择了3个用水户(基本上是好、中、差各选一个),全国共选择了30个用水户进行深入的调研。

为了节省经费,同时也为了提高效率,我没有带任何随行人员。每到一省就由该省水利主管部门派人协助我进行调查。由于这是我第一次到全国各灌区进行调研,深感这种机会来之不易。所以在整个调查研究过程中,我的时间都抓得非常紧。每到一个灌区,总是如饥似渴地收集各方面的资料。晚上回到下榻的招待所或宾馆,便将一天来所收集的资料进行归纳整理,使之逐渐从感性认识上升到理性认识。

我从1990年下半年开始进行调研,前前后后经历了将近一年时间,到1991年6月,调研工作才基本结束。在此基础上,我又花了两个多月时间,撰写出了一份4万多字(包括表格)的《灌区经营管理调查研究报告》,附带还替农水司起草了一份《灌区承包经营管理办法》,作为另一项课题成果,一并呈交给了水利部农水司。

由于我上交给农水司的这份《调研报告》是一份来之不易的反映灌区经营管理现状的宝贵资料,不仅在农水司主持召开的成果验收会上受到了与会专家及灌区代表们的一致好评,也引起了其他一些局外专家学者的特殊关注。1991年10月24日至27日,中国水利电力企业管理协会在北京市平谷县海子水库主持召开了一次"关于水利经济良性循环和水利工程事业单位企业化管理问题"的学术研讨会,特地邀请我前去参加。散会以后,长江水利委员会的一位专家在火车上(我和他同乘一列开往北京的火车,并在同一节车厢)曾感慨地对我说:"你一个人单枪匹马到全国各灌区去调研,收集这么多宝贵的实际资料真不简单。说实在的,现在很多理论水平很高的专家学者都深感手头掌握的实际资料太少。不久前,我遇到了清华大学水利系的两位教授,他们也都感到目前手头掌握的实际资料太少。因为现在灌区的变化发展很快,以前掌握的实际资料已远远不够用。"①

---

① 由于当时国家财政非常困难,安排的科研经费非常有限,很多科研人员(也包括某些大学教授在内)由于申请不到课题经费,所以无法深入基层或实际进行调查研究。

　　听了这位专家的这番谈话之后,我的心中自然感到了一种从未有过的欣慰和满足。

　　我在亲自参加并主持甘肃省张掖市西干渠灌区承包经营试点工作和对全国灌区经营管理状况进行全面调查考察的基础上,便产生了撰写第二部专著的念头。

　　当时促使我产生这一念头的一个重要原因,是一位著名的管理学家——原美国哈佛大学教授乔治·埃尔顿·梅约(George Elton Mayo,1880~1949)。此人曾于1927年带领由哈佛大学与芝加哥西方电器公司联合组成的调查组,前往西方电器公司在霍桑地区的工厂进行调查研究,其目的是想了解工人在劳动生产中各种各样的行为产生的原因及其与劳动生产率之间的关系。他们共调查了两万多工人,历时9年,直到1936年才告结束,梅约曾于1933年发表了《工业文明的人群问题》一书,这就是有名的"霍桑实验"。从此以后,"实验"一词已不再是自然科学家的"专利",它已为越来越多的社会科学家、特别是经济管理学家所采用。由于"霍桑实验"的成功,从而奠定了行为科学的理论基础。

　　我当时曾想,西干渠灌区的承包经营试点工作实际上也是一次很有意义的灌区经营管理实验。虽然我们实验的时间没有"霍桑实验"那么长,但前前后后也有快五年时间了。五年来的事实证明,我们的实验基本上是成功的。通过五年的承包经营,不仅取得了明显的部门经济效益,而且还带来了显著的社会效益。

　　我们在推行承包经营责任制的过程中,同时紧密结合了灌区的实际情况,尤其紧密结合了张掖市西干渠灌区的实际情况。

为了将西干渠灌区实行承包经营责任制的经验在全国范围内普遍推广，以促进灌区承包经营责任制的健康发展，我当时曾想，应该像乔治·埃尔顿·梅约进行"霍桑实验"那样，将我们的实验成果写成一部专著公开发表。正是从这种思想出发，我曾以甘肃省张掖市西干渠灌区和我亲自调查考察过的河北省邯郸地区漳滏河灌区这两个承包经营试点单位的经验为依据，撰写出了我的第二部专著——《灌区改革的成功之路——试论灌区承包经营责任制》。

此书初稿于1991年底写成以后，我仍然寄到了水利电力出版社。

仍然由郑哲仁老师担任此书的责任编辑，并计划于1992年度正式出版发行。

不知道是出于对钱正英这位水利界的"泰斗"级人物的崇敬之情呢，还是出于对事业的执着追求？我仍然将我的书稿复印件直接呈寄了一份给钱正英老部长，并向她写了一封请她为此书题词的信。

我的书稿寄发出去不到一个月的时间，即收到了由水利部办公厅寄来的钱正英的题词手迹：

探索灌区改革之路，是今后水利发展中的一个重大课题。

在收到钱正英题词的当天，我同时还收到了本书审订人朱树人和郑哲仁这两位老师给我的来信，他们都为我的这部专著能得到钱正英的题词首肯而感到高兴，并向我表示祝贺。

1992年8月，此书即已正式出版发行。1992年9月23日的《中国水利报》曾在头版显著位置以套红的标题报道了此书的出版消息（见影印件四），称此书为"一部渗透着泥土与汗水气味的专著"，并刊登了钱正英为此书题词的手迹。从而使此书再次在水利界产生了一定的轰动效应。

影印件四

　　从西干渠灌区的情况来看,我认为我们的试点工作基本上是成功的。尽管由于种种主客观原因(主要由于我后来从甘肃调到了广东去工作),截止1994年,西干渠灌区在圆满完成了第二轮承包经营期的各项承包指标之后,没有再继续坚持下去,但我们在承包经营试点工作中所取得的成绩和经验不仅从来没有被人们否定,而且当时的一些作法据说后来已在张掖全地区31个万亩以上灌区得到了普遍推行。西干渠灌区的承包经营还被作为一项重大的改革成果分别写进了张掖市及甘肃省的《水利志》。我的第二部专著《灌区改革的成功之路——试论灌区承包经营责任制》出版以后,曾在陕西省几个大型灌区销售了一百多本。几年以后,当我去陕西参观考察时,曾听该省的同行们说,西干渠灌区承包经营的经验已在该省几个大型灌区得到了广泛推行,并已取得了明显的社会及经济效益。

　　1994年9月,国际灌溉管理研究院(IIMI)与武汉水利电力大学在武汉水利电力大学联合举办了一次名为"转换灌区经营机制(Irrigation Management Transfer）"的学术研讨会,大会筹备处特地邀请西干渠灌区前往参加,并为西干渠灌区举办了一个小型展览,从而引起了与会各国代表的关注,并受到了不少代表的好评。甘肃农业大学水利系的一位教授曾以西干渠灌区的承包经营为具体内容,写了一篇题为《A Better Reform form of Management System in Irrigation District：the System of Contracted Managerial Responsibility（一种灌区管理体制改革的好形式——承包经营责任制）》的论文,不仅在该学术会议上作了宣讲,而且该文已被选入由国际灌溉管理研究院（IIMI）与联合国粮农组织（FAO）共同编辑出版的论文集《IRRIGATION MANAGE-MENT TRANSFER（转换灌区经营机制）》。

现在回过头来看,西干渠灌区的承包经营之所以经得起时间或历史的检验,一方面由于它所取得的成绩都是实实在在的成绩,没有掺半点水分;另一方面,由于我们在试点工作中曾经自觉或不自觉地坚持了"双赢"或"多赢"战略,即让参与灌区承包经营工作的各方都从承包经营中得到了一定的实惠。承包经营的结果,既使灌区范围内的广大用水户增加了收入,又使灌区专管机构的职工改善了福利待遇。

正当我在甘肃这片土地上,在自己的事业中取得一个又一个的可喜成果,并且当时正踌躇满志,希望在事业上取得更大更辉煌的成就之时,不想由于我在人生的"十"字路口走了一步非常错误的棋——从甘肃调到了广东去工作。由于离开了甘肃这一片沃土,从而使我第一次惨遭了人生中的"滑铁卢",突然从事业的顶峰跌落了下来,并经历了一段漫长而艰难曲折的人生旅程。现在回过头来看,如果我当初不调离甘肃,并沿着这条成功之路继续不断地走下去的话,我的境况可能和现在大不一样。既不会在生活中碰那么多"钉子"或吃那么多苦头,我的人生价值也许要用另一种方式去衡量。但是,话也得说回来,如果我当初不正式调往广东去工作一段时间的话,我对沿海经济发达地区的情况也就一无所知,充其量只能是道听途说,如同隔靴搔痒,没有深切的感受。同时,由于我对外省的情况缺乏实质性的了解,反过来对甘肃的情况也就不可能有更深刻的了解。这也正如宋代著名文学家苏东坡在《题西林壁》一诗中所说的:"不识庐山真面目,只缘身在此山中。"所以,从求知或增长见识的角度来看,我认为我当初走这一步棋也还是有某种值得回味之处。

总之,由于机遇的本身具有很大的隐蔽性,任何人都不可能稳操胜券地把握一切良好的机遇,并避免一切不利的机遇,所以,我觉得人生在世,还是要敢于开拓进取,不断地探索新的未知的领域。既不能满足于过去已经取得的某些成果,也不能为了保住过去的某些荣誉及成果而使自己裹足不前,这才是对待人生的正确态度。

第三章　从河西走廊到雷州半岛

一、初识雷州

　　1992 年,对于我们国家来说,是极不平凡的一年;对于我本人来说,也是极不平凡的一年。因为在这一年里,我终于告别了曾经生活和工作了二十四年之久的第二故乡——甘肃,只身来到了全国改革开放的前沿阵地——广东,开始了一段新的不平凡的人生旅程。

　　在我即将离开甘肃之时,我的心很久很久都平静不下来,一幕幕的往事骤然涌上了我的心头。

　　回想起我刚刚踏上甘肃这片土地的时候,正处在风华正茂的青年时代。时光的流逝不知不觉地把我推到了中老交界的年轮。我在甘肃这片土地上,虽然饱经了风霜雨雪及生活中的种种磨难,但也正是这片土地抚育了我,滋润了我,使我懂得了很多的人生哲理。由于我在甘肃生活的时间比在我的第一故乡——湖南省安化县生活的时间还要长,从而使我对这片土地产生了深深的眷恋之情。二十多年来,我差不多走遍了甘肃的每一寸土地,也认识了不少甘肃的父老乡亲。他们都是那么的纯朴和善良,他们就像黄土高原上的土层那样,底蕴很深而性情温和。特别是我曾经长期在那里蹲过点的几个地方,如静宁县威戎公社连湾大队、武威县杂木河灌区及金塔河灌区、张掖市西干渠灌区等地,我同那里的父老乡亲们更有一种特殊的亲密感情。

中国有一句老话:"人过七十不远游。"我虽然当时离七十岁还有相当长的一段距离,但已到了"知命"之年。为什么处在这个年龄层次的我,还要孤身一人离开甘肃这片曾经工作和生活了大半辈子的土地,正式调到广东那片完全陌生的土地上去工作和生活呢? 而且我要去的这个地方,既不是繁华的珠江三角洲,也不是人杰地灵的汕头经济特区或粤东地区,而是靠近广西和海南两省(区)的雷州半岛。那里是广东经济相对落后的区域,虽然紧靠大海,但由于种种主客观原因,经济发展速度远远赶不上珠江三角洲及粤东地区。

雷州半岛在历史上曾经是我国最偏僻荒凉的地区之一,素有"赤地雷州"之称,曾被历代封建统治者作为流放犯人的场所。很多历史名人,如宋代大文学家苏东坡、民族英雄李纲等人,都曾在那里经历过一段流放生活。所以,那里也像甘肃的河西走廊一样,曾经留下了不少美好而神奇的传说。当然,它的名气远远赶不上河西走廊的某些地方,如敦煌、嘉峪关等地。大概由于气候的原因,这片曾经留下过不少名人足迹的地方,除了历史记载和民间传说之外,并没有留下多少珍贵的文物,更没有像敦煌莫高窟那样举世瞩目的文物瑰宝。

世界上的事物是非常复杂的,所以人们的思想感情也是非常复杂的。我之所以在"知命"之年还要孤身一人离开我的第二故乡——甘肃,来到广东这片陌生的土地上去工作和生活,其原因是多方面的。我在前一章曾经提到,为了供儿子上学,以尽到做父亲应尽的责任,我不得不放弃在甘肃打下的事业基础,只身调到广东这片被一般人认为是"洒满黄金的土地"上去工作。但实际上,我之所以要调离甘肃,并不只是这一方面的原因,还有其他多方面的原因。这些原因归结到一点,就是由于甘肃当时的管理体制造成了人才的外流,也促成了我最终调离甘肃。

作为鸦片战争的发源地和辛亥革命的摇篮、并且毗邻港澳、商品经济相对发达的广东省,最早实行了市场取向的改革,从而促进了该省经济的飞速发展。在此情况下,一大批原本积极响应党的号召、从内地分配来大西北工作的知识分子,凭着他们的政治敏感性和所掌握的知识,一改初衷,纷纷调离大西北,到东南沿海地区、特别是到改革开放的前沿阵地——广东省——去谋求新的生存空间及发展机遇。一时间曾形成了一股强大的社会洪流,这就是当时人们所形容的"孔雀东南飞",或叫"一江春水向东流"。在这一改革浪潮的推动之下,使我最终调离了甘肃。

二、回望河西走廊

记得我是 1992 年 11 月 4 日抱着"风萧萧兮易水寒,壮士一去兮不复还"的惆怅心情正式离开甘肃,取道广州前往雷州半岛的。当时考虑到,这一去也许再也回不来甘肃了。因为我于 1962 年告别我的第一故乡湖南省安化县之后,直到 1992 年已经整整三十年了。尽管那里有我的很多血缘亲属及中小学的启蒙老师与同窗好友,还有我父母亲及列祖列宗的坟冢,但由于种种主客观原因,一直没有再回去过。今天,我既已踏上了远离甘肃的征程,这一辈子能否再回到这片故土来看一看,实在不敢想象。为了多看一眼我曾经工作并生活了大半辈子的这片土地,在我正式离开甘肃的一个月之前,特地找了个出差的机会,专程去了一趟河西走廊,先后走访了敦煌、嘉峪关、酒泉、张掖、武威等地(唯有金昌市由于时间的关系而未能停留)。所以,我此次的南下,实际上是从河西走廊直抵雷州半岛。

河西走廊,这个令人感到非常神秘的地方,记得我还是在上高小时,就从地理课本上看到了她的名字。当时我还不知道甘肃省在哪里,但却最早知道,在我们祖国的土地上,有一个名叫"河西走廊"的地方。尤其是其中的嘉峪关及敦煌两地,我知道她们的名字比河西走廊更早。记得我在解放以前念初小时,就从语文课本上知道万里长城"东从山海关起,西到嘉峪关止"。在高小的历史课本上,我清晰地记得,上面曾印着敦煌莫高窟中"飞天"的图像。考上大学以后,又多次听老师讲到,我们国家正准备开发河西走廊。记得有一次,我参加由学校抽水机教研室举办的一个学术报告会时,曾听一位老教授说,该教研室已接受了国家下达的一项研制深井泵的课题任务,其目的就是为了将来开发河西走廊。

如果说在过去的岁月中,我早已听到过河西走廊的名字的话,那么,河西走廊究竟是一个什么样的地方? 当时对我来说,还是一个梦幻中的影子,对她的真面目却一无所知。直到我踏上甘肃这片土地之后,才一睹了她的容颜。由于我一直从事农田灌溉管理工作,而甘肃的灌区,当时绝大多数都在河西走廊。所以,我在甘肃工作的二十多年间,几乎一多半时间都是在河西走廊度过的。从而使我对河西走廊有了更全面而深刻的了解,并对她产生了深厚的感情。

大自然的鬼斧神工为我们的民族开辟出了无数处繁衍生息的良好环境,而河西走廊则是其中最理想的环境之一。她地处黄河以西,从东南到西北蜿蜒一千二百多公里,呈长条形。其中最大宽度上百公里,最窄处则只有十多公里。地势平坦,土地肥沃。她的南面是绵延一千多公里的祁连山,北面则是紧密相连的龙首山、合黎山和马鬃山,统称为走廊北山。这两处山脉像两扇高高的屏障,把这片窄长而平坦的土地夹在中间,"河西走廊"的名字因此而来。祁连山顶终年积雪,每当夏季到来时,从山下往山上望去,明显地感觉到四季的变化。站在山下遥望山顶的千年积雪,宛如一片片的白云悬挂在高空之中,给人一种天高气爽的感觉。北面的三座大山也有极个别地方常年积雪,但一则由于它们的海拔没有祁连山高,二则由于北面的空气湿度比较低,所以积雪没有祁连山多。

这两座山脉各自承担着不同的任务,对河西走廊人们的繁衍生息及经济文化的发展发挥了极大的作用。走廊北山如同一座天然屏障,挡住了来自西伯利亚及蒙古大草原干冷的空气,减轻了对河西走廊的风沙侵袭,从而使河西走廊长年保持着温带的气候特征。南面的祁连山,被人们形容为一座"固体水库"。每当秋冬季节(特别是秋季)降雨量比较丰沛时,空气中的水蒸气便凝结成冰雪,飘洒并覆盖在祁连山上。而当春夏季节来临、农作物开始生长发育时,这些秋冬季覆盖的冰雪便开始融化,滋润着千里河西走廊肥沃的土地,从而为农作物的生长发育创造了得天独厚的良好条件。正是这种得天独厚的条件,使得河西走廊不仅早在一万年以前就有了人类的足迹,而且早在两千多年前,便创造出了光辉灿烂的古代华夏文明。到了中世纪的唐代,河西走廊已成了古丝绸之路最繁华的地段,据古书记载,其"繁华程度已胜于内地"。

大自然的恩赐是有条件的。就像天女散花一样,你只有竭尽全力,用勤劳智慧的双手去迎合天女的心愿,她才肯向你散下一束束绚丽多彩的花朵,为你带来幸福和美的享受。为了将这种得天独厚的自然条件转化为物质财富及文明成果,我们的祖先曾在这片土地上进行了一代又一代的辛勤耕耘,流下了无法用数字计量的汗水,并付出了大量的心血,从而给这片土地带来了日盛一日经济及文化的繁荣。

水是万物之源,任何地方经济文化的发展首先离不开水。河西走廊地处腾格里沙漠和巴丹吉林沙漠的边缘,平均年降雨量不足 100 毫米,属于典型的大陆性气候。所以水对于河西走廊来说,是最宝贵的自然资源。为了在千里戈壁滩上能够站住脚跟,求得一片生存和发展的空间,很早很早以前,我们的祖先就懂得利用祁连山这座"固体水库",为自己提供必要的水源。从秦汉开始,就在那里筑坝开渠,引水灌溉,改变过去那种"逐水草而居"的游牧状况,从而创造出了我国最早的灌溉农业。

河西走廊,从东到西,有三条主要的内陆河,这就是流经武威地区与内蒙古阿拉善右旗的石羊河、流经张掖地区与内蒙古额济纳旗的黑河以及流经酒泉地区的疏勒河。它们都发源于祁连山,如同一座水库的三条引水干渠,根据季节的变化和作物的需要,源源不断地把水从祁连山引入河西走廊。

很早很早以前,我们的祖先就知道利用这三条河流灌溉周围的荒地,从而使河西走廊的千里戈壁滩出现了一片片的"绿洲"。这种"绿洲"在今天河西走廊的边缘地区仍然可以见到。远远望去,它们有的像浩瀚天空中灿烂的星星,有的像航行于大海中的巨轮,有的像茫茫沙漠中的海市蜃楼,给人一种虚无缥缈的感觉。随着人口的不断增加和生产力的不断发展,这种"绿洲"的数量不断地增多,面积也不断扩大,渐渐地互相连成了一片。所以,今天河西走廊的大部分地区,给你留下的已不再是星星点点的"绿洲"的形象,而是一整幅塞外江南的图景。

国家对河西走廊的开发,首先是从水利建设开始的。

新中国成立前夕,河西走廊的大部分地区还是未曾开发过的处女地。加上长期的战乱与人为的破坏,很多原始植被都遭受到了不同程度的损毁,从而使得整个河西走廊大部分时间都是飞沙走石,失去了中世纪的繁荣。正如当时人们所形容的:"地里不长草,风吹石头跑。"

尽管我们的祖先从秦汉开始就知道引祁连山水进行灌溉,但由于交通的闭塞,生产力发展十分缓慢,所以直到新中国成立初期,整个河西走廊只有一座总库容为1,200万立方米的中型水库(名叫鸳鸯池水库,建成于1947年,该水库实际上也是新中国成立之前全国第一座最大的土坝工程)。农民采用的基本上还是非常原始的灌溉方式,他们利用当地盛产的天然鹅卵石与黏土砂浆砌成一条条引水渠道,把水从祁连山麓引到田间。由于河西走廊土质疏松,干砌的卵石渠道防渗能力很差,所以大部分水量都从渠道中渗漏掉了,引到地头的只有一小部分。正如当地群众所形容的:"闸子上面淹死牛,流到地头半犁沟。"加上当时的灌水技术非常落后,普遍采用的是大水串灌、漫灌,进一步造成了水的浪费。所以,直到解放初期,全河西走廊的灌溉面积还不到400万亩。

新中国成立以后,党和政府一直把加强水利建设作为开发河西走廊的主攻方向。先后投资修建了一大批大、中型水库,总库容达15亿多立方米,以拦蓄祁连山下泄的水量。为了弥补山水的不足,各地还组织群众开挖了不少机井,以提取地下水进行灌溉。从20世纪70年代中期开始,又对河西走廊的渠网进行了彻底改造。将过去杂乱无章的宽浅式的干砌石渠道进行了统一规划,全部改造成了浆砌石及混凝土渠道,并实行了渠、路、林、田四配套。在加强渠网改造的同时,各灌区还普遍推行了新的灌水技术,改过去的大水串灌、漫灌为沟灌、畦灌及小块灌。通过一系列的软、硬件设施建设，使水的利用率得到了明显提高，灌溉面积显著增加。到80年代末，全河西走廊的灌溉面积已由新中国成立初期的390万亩扩大到了862万亩。90年代以来，不少地方又将现代高新技术引入到灌溉领域，积极推广喷灌、滴灌、微灌等现代化的灌水技术，并普遍推行地膜覆盖以保水养墒，从而进一步节约了水量，扩大了灌面，促进了农业增产，使河西走廊的面貌得到了进一步的改观。

今天的河西走廊，呈现在你面前的，已不再是"地里不长草、风吹石头跑"的荒凉景象，而是一片神奇而富有魅力的土地。没有去过那里的人们，你也许根本想象不到，这片从戈壁滩上浇灌出来的土地，早在二十世纪七八十年代，通过采用带状种植及间套复种等耕作措施，最高粮食亩产就已达到了1,300公斤，比江南水乡的"吨粮田"产量还高。正由于河西走廊具有适合农作物生长得天独厚的气候条件，前些年国家曾把这一地区列为全国的商品粮基地。河西走廊以仅占甘肃全省17%的人口和19%的耕地，却生产出了占甘肃全省35%的粮食和99%的棉花。

河西走廊不仅是甘肃乃至全国的粮食生产基地，也是甘肃重要的工业生产基地。全国著名的镍都——金川有色金属公司就坐落在河西走廊；还有我国最早的大油田——玉门油田以及酒泉钢铁公司等大型企业也都坐落在河西走廊。河西走廊既是古丝绸之路的主要路段，又是新欧亚大陆桥的重要通道。今天的河西走廊，不仅铁路和高等级公路纵贯全境，还有从北京直达敦煌与嘉峪关市的航线。过去靠骆驼、毛驴跑运输的现象已基本不复存在，展现在你面前的是汽车、火车及飞机等现代化的交通工具。几年前，中共甘肃省委、甘肃省政府曾提出了"再造河西"的美好愿景。可以预期,随着"西部大开发"战略的实施,这片神奇的土地将会放射出更加绚丽的光彩。

　　九月的河西走廊,正是小麦吐穗、瓜果飘香、羊肥牛壮的季节。此时,当你来到这里时,首先映入你眼帘的,是一望无际的金黄色的麦浪。整个河西走廊仿佛成了一片金色的海洋。河西走廊的秋天,天空总是晴朗的,太阳照耀得比往常更加灿烂辉煌。祁连山顶的积雪也显得更加洁白,在太阳的照射下,放射出更加耀眼的光芒。大地上,除了金黄色的麦浪之外,你还可以看到 条条布局非常整齐、纵横交错的渠道。这些从20世纪70年代后半期改建而成的渠道,有的是用天然鹅卵石与水泥砂浆砌筑而成,有的是用预制混凝土板攘砌而成,还有的是用整齐的料石砌成。它们的过水断面有的呈梯形,有的呈矩形,有的呈"U"字形,显得既坚固,又美观大方。渠道旁边都修着公路或人行便道。规模较大的渠道(一般为干、支渠)每隔一段距离就有一座用料石砌筑而成的桥梁,每座桥梁的边缘都由能工巧匠雕刻上了各种不同的花纹及图案,俨然一派风景名胜区的园林景象。渠道外侧则是一排排整齐的防风护渠林带。这些从20世纪70年代开始培育的林带,现在都已枝繁叶茂,树干粗壮挺拔,在阳光的照耀下,显得格外郁郁葱葱;树叶在微风的吹拂下不停地发出"沙沙"的响声。有的渠道正淌着潺潺的流水,水质清澈透明,远远望去,宛如一条湛蓝色的丝带。靠近山坡的草地上,不时有人赶着白色的羊群在那里贪婪地觅食。这些树叶、羊群、草地、流水和麦浪交织在一起,呈现出不同的色调,互相辉映,使得整个河西走廊既显得美丽富饶,又充满了无限的生机和活力。每当我看到河西走廊的这一派景象时,不由得使我想起了刚到甘肃时曾经听到过的一首歌谣:

　　蓝蓝的天上飘着白云，白云下面盖着雪白的羊群。

　　羊群散布在绿色的草地上，好像是斑斑的白银。

　　高高的山上流下一道天河，天河里的水明亮洁净。

　　河水流淌在金色的田野上，走廊上飘扬着愉快的歌声。

　　眼下的河西走廊实际上比歌谣中所描述的境况更加美丽动人，也更加富有生活气息。

　　河西走廊还是有名的瓜果之乡。安西的白兰瓜、金塔的可可其、民乐的苹果梨、民勤的黄河密及籽瓜、古浪的金红苹果等等，不仅享誉甘肃省内外，有的产品甚至已经打入了国际市场。九月的河西走廊，你可以到处闻到瓜果的香味。

　　我在调离甘肃之前，是借着陪同水利部的两位专家考察灌区多种经营情况的机会最后一次去河西走廊的。其时正是 9 月中旬。我们首先驱车来到河西走廊最西端的敦煌市，在那里考察了党河、南湖两座中型水库及其所属灌区的情况。

　　敦煌市古名"沙州"。顾名思义，它的四周都是连绵起伏、一望无际的沙丘或茫茫的戈壁滩。初到这里时，给人以"世外桃源"之感。党河和南湖水库是敦煌市内仅有的两座中型水库，也可以说是镶嵌在敦煌这一"东方古代艺术王冠"上的两颗璀璨的明珠。这两座水库通过拦蓄来自祁连山的支脉——烫金山融化之后的积雪（其中南湖水库实际上是拦蓄由烫金山融化之后的积雪所形成的地下水）养育了敦煌市内的十多万人口，并浇灌出了这片"世外桃源"。那里的年降雨量不足 30 毫米，所以那里的一切用水几乎全靠这两座水库提供。由于这一原因，人们通常把党河称为"生命之河"，把南湖称为"生命之湖"。党河水库紧靠敦煌县（现已改名为敦煌市）城周围好几个乡镇。举世闻名的莫高窟、鸣沙山、月牙泉等名胜古迹就在党河灌区的范围内。南湖水库离敦煌县城将近 100 公里，从敦煌县城驱车出发，大概需要一个多小时才能到达目的地。这两座水库及灌区是目前河西走廊少数几处与内地相隔绝的灌区，具有典型的"绿洲"形象。尤其是南湖水库灌区，面积不大而土地集中连片，呈椭圆形，它的四周都是高大挺拔的白杨树，与周围的戈壁沙漠形成了一道明显的分界线。远远望去，很像一艘停泊在大海中的航空母舰。

看完了水库及灌区之后，我们便趁此机会参观了举世闻名的莫高窟以及鸣沙山、月牙泉等名胜古迹。当我们到达这些名胜景点参观时，正赶上一大批外国游客也在那里参观。他们有的是驱车而来的，有的是骑着骆驼而来的。

他们当中绝大多数人可能都是因莫高窟而被吸引到这里来参观的。莫高窟是当今世界上规模最大、洞窟最多、保存最完好、历史系连最长久、艺术价值最高的佛教艺术石窟群。自 1900 年莫高窟藏经洞被发现之后，顿时轰动了全世界，被誉为"世界上规模最大的历史博物馆"。自此之后，从世界各地到此参观考察的人便络绎不绝。特别是自从我国改革开放以来，更是游人如织。

虽然他们当中的绝大多数人都是慕莫高窟之名而来的，但对于我这个外行来说，给我留下印象最深的则要算离莫高窟不远的鸣沙山与月牙泉了。

大自然的造化真是神秘莫测，使人感觉到在这个世界上真有一种超自然的力量，它们似神、似鬼，更似一位变化无穷的魔术大师，不时向人们演绎出各种稀奇古怪的迷人景观。偌大的一座用细沙堆积而成的山，千百年来，被无数游人踏步或攀登，但就是没有将它压垮或夷为平地。其原因就在于当这些游人在向山顶攀登并将沙粒不断地向下踏踩的过程中,来自四面八方的风却不停地将这些沙粒往上吹,好像有千百双看不见的"手"将这些沙粒重新放回到原处一样,使它们永远保持着一种动态平衡。山体中还不时地发出"嗡嗡"的鸣叫声,"鸣沙山"的名字因此而来。在鸣沙山的脚下,有一片面积不大(约有两个足球场那么大)的水面,水质清澈透明,周围长着稀稀疏疏的芦苇及红柳等植物,其外形很像一轮弯弯的月亮。这就是有名的"月牙泉"。在茫茫的戈壁沙漠之中,偶然露出这么一片外形奇特的泉眼,这也是大自然馈赠给我们人类的一件稀世珍宝,是难得的自然美景。其实,在我的眼中,这片清澈透明的水面与其叫"月牙泉",还不如叫"月牙镜",因为它的外形更像一面镶嵌在大地上的形似弯月的镜子。我想这大概是某位神仙将他的"鸳鸯宝鉴"的一半馈赠给了我们人类的缘故吧。

离开敦煌之后,我们便转身来到了酒泉地区的酒泉市,先考察了几个灌区之后,便顺路参观了与酒泉市毗邻的万里长城最西端的嘉峪关城楼,其气势的宏伟使我对我们的祖国产生了更加自豪的感觉。

随后,我们还顺便参观了酒泉市的泉湖公园。在泉湖公园里,看到了当年霍去病抗击匈奴得胜之后犒赏三军时用过的那眼掺和着汉武帝所赐御酒的矿泉井,同时还看到了当年左宗棠平定新疆叛乱、抵御沙俄入侵路过河西走廊时令部将栽下的"左公柳"。

当我看到这些挺立在泉湖旁边的枝繁叶茂的"左公柳"时,不禁使我想起了我们这位湖南老乡当年为西北人民立下的丰功伟绩。他不仅武功卓著,而且还为西北人民办了不少好事。他在担任陕甘总督期间,经常深入基层体察民情,并上书慈禧太后与光绪皇帝,反映甘肃老百姓的疾苦,促使慈禧太后与光绪皇帝下令减免了甘肃三年的赋税;他致力于革除敝政,在担任陕甘总督期间,曾经制订并颁布了很多符合老百姓利益的法令,当时的西北人称之为"左包公的章程";他提倡洋务,亲自创办了"兰州制呢局",从而奠定了西北近代工业的基础。他尤其注重生态环境建设,在领兵去新疆平定叛乱的途中,曾令部将沿途种下了不少比较容易在干旱的土地上成活的垂杨柳。目前,从陇东的六盘山麓直至河西走廊的玉门镇之间,沿甘新公路一线,到处都可以看到他们当年栽下的垂杨柳,人称"左公柳"。当时曾有人写诗赞叹说:

> 大将筹边尚未还,
>
> 湖湘子弟满天山。
>
> 新栽杨柳三千里,
>
> 引得春风过玉关。

当我再次来到酒泉市的泉湖公园,看到挺立在泉湖旁边的"左公柳"时,不禁使我对我们的这位湖南老乡充满了无限敬佩和景仰之情。由于触景生情,我当时还步着苏东坡《念奴娇·赤壁怀古》的格调,写下了一首《念奴娇·陇原怀古》:

> 千里陇原,展新仪,巍巍祁连屹立。滚滚大河流不尽,万丈惊涛迭起。晓风劲吹,玉门关外,牛羊盖满地。北国边陲,风景分外秀丽!

> 遥想左公当年,驰骋沙场,横刀对西夷。新栽杨柳三千里,春风吹绿戈壁。一代风流,威震华夏,留与丹青笔。千秋功业,光芒永照大地。

考察完了酒泉地区之后,我们又沿途考察了张掖、武威两地区。在考察完这两个地区所辖灌区之后,我们又顺便参观了张掖市的大佛寺及武威市的海藏寺公园。大佛寺中摆放着佛祖涅槃时的塑像,据说这是我国最大的一尊"睡佛"塑像,始建于距今900年前的西夏时代。武威市海藏寺公园曾于 20 世纪 70 年代出土过东汉时期的"铜奔马"（又叫"马踏飞燕"），现已定为国家的旅游标志。

通过这次的河西之行，使我进一步体会到河西走廊不仅是我国的粮仓，也是我们伟大祖国的文物宝库。从而更加深了我对这片土地的热爱与依依不舍之情。

三、冬日南下

从河西走廊返回兰州时，已到了十月上旬。虽然正是中秋时节，但北方的中秋，已经感觉到了几分寒意。在兰州停留了 20 多天，办理了一切工作移交及调离手续之后，便正式踏上了通往雷州半岛的行程。

十一月初的兰州，已开始进入寒冷的冬季。不少居民家已送来了暖气或生上了火炉，路上行人都穿上了过冬的衣服。11 月 4 日这一天清晨，天气显得格外寒冷，我们单位专门派了一辆小轿车送我上火车。来到火车站时，已有不少多年相处的老同事及老朋友冒着严寒特地赶来为我送行。还有张掖市西干渠灌区的几位同事及朋友特驱车数百公里，也专程从张掖市赶来为我送行。对于同事及朋友们的这片深情厚谊，使我久久未能忘怀，也更增添了我对甘肃的眷恋之情。

大概是早晨七点多钟，火车从兰州车站徐徐地开动，我终于饱含着热泪告别了这些前来为我送行的同事及朋友，告别了我的第二故乡——甘肃省会兰州市。

火车从兰州车站开出以后，窗外的景色又一幕幕地映入了我的眼帘。

尽管甘肃这些年来，由于受计划经济体制的束缚，经济发展速度赶不上东南沿海地区，但自从改革开放以来，由于全省人民的艰苦奋斗，它的发展变化还是相当大的。所以,窗外的景色也就和我当年刚从大学毕业分配来甘肃时见到的景色大不一样。当年来甘肃时看到的很多黄土山坡,现已修成了层层的梯田,有的地方则变成了水渠或公路。铁路沿线的树木也比原来多了很多,有些地方已变成了成片的果园。不少农民已盖上了新房,房前挂着一串串鲜红的辣椒以及金黄色的玉米棒子,给人一种五谷丰登的兴旺景象。很多农家的院落内都有几棵果树或一片小小的果园,虽然当时树叶已经枯黄或脱落,也给这些农家平添了几分生气。不时看到一些农家的孩子在外面嬉戏玩耍,有时还看到一些中、小学生在乡间的小路上列队行走。他们有的穿着整齐的校服,有的穿着当时非常流行的各种时髦的服装,再也不是二十多年前穿不上裤子的孩子的形象了。

甘肃虽然改革的步伐比沿海地区缓慢,但也处处展现出了这种春天的气息。铁路沿线不时看到一些农贸市场,行人熙熙攘攘,商品琳琅满目,呈现出一派生机盎然、红红火火的景象。

经过了大约两天一夜的行程,火车终于到达了湖南与广东交界的地段。当火车穿过南岭隧道,到达广东地界时,一股强烈的改革开放的热浪夹杂着浓郁的南国风情扑面而来。每到一个车站,便看到车窗外面人流滚滚,人头传动。他们当中的绝大多数都是去广东打工的来自四川、湖南、湖北的农村青年。我所在的卧铺车厢先后上来几位讲广东话的旅客。经打听,他们有的来自香港,有的来自澳门及新加坡。他们都是去内地跑生意之后返回广东的。在车厢里,旅客们谈论得最多的话题,就是广东的改革开放及这几年的发展变化。我不时地听到一些人谈论说:某某人去广东做生意又发了;某某老板经济势力多么雄厚;某市最近又引进了几家外商在那里投资兴业。听到这些谈话之后,不禁使我对广东的明天更加充满了希望。

　　十一月的广东,气候和甘肃大不一样,感觉不到半点冬天的气息,几乎和兰州的夏天一模一样。小伙子们都穿着短袖衬衫,姑娘们则穿着裙子。田地里除了待收的水稻之外,有的地方种着莲藕,有的地方种着香蕉,有的地方种着各种蔬菜。山上到处是一片翠绿。铁路沿线的不少地方,一栋栋的小楼房鳞次栉比,很多楼房跟别墅一样,和甘肃农村的小平房决然不一样。由于这些楼房都集中连片,分不清究竟哪里是城镇,哪里是农村。还有一些地方开辟出了一块块的人造小平原,正准备修建新的楼房或工厂。

　　当火车快要进入广州市区时,首先映入我眼帘的是一座座的高楼大厦。这些高楼大厦都是近几年才建造起来的,格调特别新颖别致。不远处,一座新建成的立交桥连着两条高速公路。公路上,汽车穿梭般地来来往往,显得格外繁忙。天空中,有一架飞机正在低空中盘旋。因为广州火车站离白云机场不远,随时有飞机在机场起降。我以前只去过一次广州,但即使没有去过广州的人,看到眼前的一切,也会猜测到,这一定是广东省的省会广州市了。因为它给我们留下的是一派现代化大都市的景象。

　　在广州停留了两天时间,看望了两位阔别了三十多年的亲戚之后,我便于11月8日晚上乘坐一列从广州直达湛江的火车驶往目的地。

　　广州到湛江有500多公里的路程,需要乘坐十来个小时的火车才能到达目的地。我记得火车是晚上9点左右从广州车站出发的。当时夜幕已经降临,远处的景色已看不太清楚,但铁路沿线的灯光已把周围的环境照耀得同白天差不太多。我只看到近处一排排高大整齐的楼房从我的眼前一晃而过。远处不时出现两条平行的灯光线。很显然,这些平行的灯光线要么是由公路两侧的路灯,要么是由城市中的街灯连接而成。在更远处的高空之中,不时闪耀着一些零零散散的红色或白色的光点,它们好像天空中的流星不停地向车后移去。这些光点有的可能是为飞机导航的标志,有的可能是某处避暑山庄中旅游景点的标志。尽管窗外的景色和白天相比显得比较模糊,但从这些模糊的景色中也使我感悟到,这里一定是广东比较繁华的地段。后来我才知道,这就是广东省最繁华的珠江三角洲。

从广州西行不到一个小时,火车停留的第一站,就是广东省佛山市。再往西行大约一个半小时,并经过了一座斜拉式的横跨珠江的大铁桥,便到了人称广东"四小虎"之一的顺德市(原来叫顺德县)。

我在自己的铺位上睡了不到 6 个小时,便再也睡不着了,不得不离开床位,坐到车窗跟前,遥望窗外的夜色。过了不久,火车开进了离雷州半岛不远的茂名车站。此时大概是凌晨 5 点多钟,东方的天空开始出现了一片鱼肚色,窗外的景色又渐渐地依稀可见。从车窗向远处眺望,可以看到几个高大的烟囱,有的正冒着清烟,有的正在喷射出橘黄色的火苗,好像兰州市的西固区一样。后来我才知道,茂名市是广东省新开辟的石油工业基地,它的不远处就是全国著名的南海油田。

过了茂名车站,火车已正式进入了雷州半岛的地界。和珠江三角洲相比,这里的楼房虽然少了,也没有珠江三角洲的楼房那么气派,但花草树木却明显地增多。雷州半岛属于丘陵地带。透过车窗,可以看到由近及远一个又一个的小山包,上面长满了各种南方的乔木。它们和北方的树木不一样,显得特别枝繁叶茂,叶片中充满了水分,呈现出一派热带雨林的景象。铁路沿线是两排整齐的灌木丛。灌木丛中,除了翠绿色的叶片之外,不少灌木正开着鲜艳的花朵,有红色的,黄色的,白色的,还有紫红色的,给人以五彩缤纷的感觉,把南粤大地装点得既艳丽多彩,又充满了生气和活力。从这些景色中可以看出,雷州半岛虽不及珠江三角洲那么繁华,但风景却比珠江三角洲更加优美。

大概是早晨 8 点多钟,火车终于到达了我的目的地——河唇车站。这里离湛江市约 60 公里,而离雷州青年运河管理局却只有 1 公里左右。

我在刚到达雷州青年运河管理局的那天下午参观了雷州青年运河的水源工程——鹤地水库。由于这两天的参观,加上我原来曾代表水利部农水司来此作过短暂的调查,所以,尽管我这次刚刚踏上雷州半岛的土地,但整个雷州半岛的面貌已基本上映入到了我的脑海之中。

四、投身青年运河

提起雷州半岛,不能不和雷州青年运河的建设紧密联系在一起。刚到雷州半岛的人们,你也许根本想象不到,这一片森林茂密、碧波万顷、渠道纵横、田园成片、风景如画的天府之乡,在历史上竟是"赤地千里"的不毛之地,曾被历代的封建统治者作为流放犯人的场所。那么,究竟是什么原因使得雷州半岛发生了如此翻天覆地的变化呢?当你参观考察完了雷州青年运河的各项工程设施之后就会明白,这种变化主要来自于雷州青年运河工程的修建。

在雷州青年运河建成之前,这里水旱灾害连年不断,交替发生。尽管这里雨量非常丰沛(多年平均降雨量高达 1,700 多毫米),但分布极不均匀。当暴雨来临时,经常引发特大洪水,使雷州半岛成为泽国汪洋。我在雷州半岛的那几年,就曾遇到过几次特大洪水。特别是 1994 年那一次历史上罕见的特大洪水,曾经把雷州青年运河管理局下游的廉江市淹掉了一半,多亏鹤地水库拦蓄了 4 亿多立方米的水量,才大大减轻了廉江市的经济损失。而当降雨量偏小时,由于当地气温很高,水量蒸发很快,又经常发生旱灾。正如当地群众所说的:"三日无雨小旱,七日无雨大旱。"正是这种变化无常的自然气候条件,使得雷州半岛成了全国少有的多灾之乡。当地群众生活困苦不堪,经常以树皮、草根及仙人掌为食。由于雷州青年运河的修建,才基本上控制住了这种恶劣的自然气候条件,使雷州半岛出现了水旱从人的可喜景象。

如果说,河西走廊经济的繁荣,除了人为的因素之外,还得益于大自然的鬼斧神工的话;那么,雷州半岛经济的发展,则主要取决于人的因素。由于雷州青年运河的修建,产生了"一箭双雕"的神奇功效,既抑制住了水灾,也抑制住了旱灾的发生,从而带来了雷州半岛翻天覆地的可喜变化。但不论是河西走廊还是雷州半岛,它们面貌的改变,首先都得益于水利工程建设。我作为一名水利工作者,对此感到无比的自豪。正因为如此,在人们纷纷改行或"下海"经商的形势下,我始终舍不得离开水利工作岗位,舍不得抛弃这一和人类的生存发展关系最密切的崇高的事业。

现在让我再具体介绍一下雷州青年运河的情况。

雷州青年运河修建于 1958～1960 年的"大跃进"年代。它是一项集防洪、灌溉、城市供水、发电、淡水养殖、旅游、航运于一体的大型综合性水利枢纽工程。它的主体工程包括鹤地水库与雷州青年运河两大部分。

鹤地水库位于粤、桂交界处的九洲江中游,雷州半岛的北半部。总库容接近 12 亿立方米。它是一座低坝宽浅式水库,主副坝全长 7.91 公里,水面面积达 122 平方公里。由于它位于丘陵地带,库区范围内有许多小山头,水库蓄水以后,便形成了一百多个大小不等的岛屿,宛如一个人工"千岛湖"。库内水深最高达 28 米,一般水深约为 10 米。水库与雷州青年运河之间的地理落差将近 10 米。

　　由于老一辈水利科技工作者正确地选择了这一地理位置、工程规模与结构形式，从而为水库多功能的发挥创造了良好的条件。它的庞大的库容有效地削减了九洲江的洪峰，确保了九洲江以下数十万人民生命财产以及广茂、黎湛两条铁路线的行车安全，并为雷州半岛一百多万亩农田及湛江市数十万居民提供了灌溉及生活用水，有效地促进了雷州半岛农业及整个国民经济的发展。库区内的水域，可航行百吨级的船只。在水库和渠道的连接处，除了输水闸之外，还修建了一座船闸，可同时通行两艘 20 吨级的机帆船，直达总干河及五条分干河的下游。同时还修建了一座低水头的坝后电站，装机容量 5,150 千瓦，年发电量约 1,200 万度。水库中已放养了不少鱼苗，并安放了几十个养鱼的网箱，年产鲜鱼可达一百多万公斤。特别值得一提的是，由于独特的自然地理环境和水库设计者的巧妙构思，从而为旅游业的发展创造了极其良好的条件。

　　当天下午，天气非常晴朗，库区内没有刮大风，库面显得比较平静。雷州青年运河管理局的一位领导曾带领我沿鹤地水库大坝绕行了一周。当汽车来到靠近水库上游的坝段时，那里水面特别开阔，首先映入我眼帘的是几乎望不到边的蔚蓝色的湖水，在微风中泛起一个又一个的波涛，不停地有节奏地拍打着混凝土大坝的表面，不时还卷起一些白色的浪花。库中的小岛已全部绿化，种植着各种具有南国特色的树木，呈现出一派郁郁葱葱、生机盎然的景象，与蔚蓝色的湖水交相辉映。水库上空有许多乳白色的水鸟正在展翅飞翔。大坝跟前，有两只水鸟突然钻入水中，大概是去啄食。还有一些水鸟正浮在水面，显得那么悠闲自在。在远离大坝的一片开阔的水面上，大概是一艘客轮正缓缓地向水库下游的方向行驶。还有几位运动员模样的人正驾着舢板和快艇在水面上奔驰。原来他们是分别来自辽宁和湖南的两支体育代表队,正在这里进行冬季水上训练,据说准备参加明年春天举行的国际体育锦标赛。

在返回管理局的路上,汽车刚到达溢洪道跟前时便停了下来,我们登上了位于水库旁边的一个垂直约 150 米高的小山头。从山下向山上望去,只见上面种着各式各样的树木及花草,中间一条用石板砌成的台阶小路,一级一级直通山顶。小路两侧是用混凝土墩与铁链连成的栏杆。半山腰有一条环山小火车道和一辆供游人们乘坐的小火车。山顶有一座古典式的八角凉亭,凉亭正面高悬着一快匾额,上面刻着由郭沫若亲笔书写的"青年亭"三个字。原来这就是闻名遐迩的鹤地水库"青年亭公园"。当我们踏着亭内的螺旋式楼梯登上青年亭的最上层极目远眺时,整个库区风光尽收眼底,给人以心旷神怡之感。

汽车回到管理局大楼跟前时,我们又看到在水库大坝的下面,离办公大楼不远处的一座人工湖,面积约 50 公顷。原来这就是雷州青年运河的渠首。它的东面靠山,北面紧靠鹤地水库大坝输水闸及坝后电站,西面是管理局的机关大院及职工宿舍群,西南面是一座挡水坝,正前方(南面)与雷州青年运河相通。我们沿着湖边的小水泥路朝北面的电站方向走去。过了电站厂房不远,有一座小桥,直通湖心,并在小桥的端点修建了一座八角形的小凉亭。这又是雷州青年运河的一景,叫作"湖心亭"。在湖心亭的旁边,停泊着一艘驳船,上面设有餐厅及小卖部。这就是雷州青年运河渠首的"水上餐厅"。

在离湖心亭不远的岸上,有一座正在修建中的融中西风格为一体的豪华建筑。其屋顶是红色的,墙是米黄色的,前面是绿色的草坪,后面是蔚蓝色的湖水,周围还有不少花草树木,简直同《红楼梦》中的大观园一样。

由于鹤地水库及雷州青年运河渠首风景这么优美,曾吸引了不少游人前来旅游观光。据统计,当时每年的游客多达约 30 万人次。除了国内游客之外,还经常有来自国外及港、澳、台地区的游客。我国老一辈无产阶级革命家都曾来此进行过视察,并挥毫题词作诗或植树留念。所有这一切,为整个雷州半岛增添了更加鲜艳夺目的光彩。

雷州青年运河包括总干河及五条分干河两部分,是雷州青年运河灌区的引水工程,全长 271 公里。其中总干河长 76 公里,正常引水流量 110 立方米每秒,渠底宽 30 米,正常水深 3.7 米。它位于雷州半岛的脊部,水流自北向南。五条分干河分布于总干河的两侧。在分干河的两侧,又有 529 条干渠,全长 1,140 公里;在干渠的下面,还有 3,510 条支渠,全长 3,400 公里。这些干渠和支渠纵横交错,形成了一个庞大的灌溉水网。在总干河及分干河的沿线,还有 20 多座"长藤结瓜"式的水库,总库容达 1.3 亿立方米。这些"长藤结瓜"水库好像一颗颗璀璨的明珠,镶嵌在雷州青年运河这棵长青树上,使得雷州青年运河更加绚丽多彩。

雷州青年运河灌区设计灌溉面积 200 万亩,有效灌溉面积 146 万亩,受益范围几乎遍及整个雷州半岛,其中包括湛江市的 4 县(市)4 区以及茂名市的化州县(现已改为化州市)。

雷州半岛出产非常丰富,除了盛产香蕉、波罗、荔枝、桂圆、芒果、柑橘等热带及亚热带水果之外,还是全国第二大甘蔗生产基地。水稻一年可以三熟,森林覆盖率已达 50%。为了开发雷州半岛的森林资源,原国家林业部已在那里成立了雷州林业局,直属林业部领导。雷州半岛的木材除了做各种建筑材料之外,还是造纸的好原料。我即将调离雷州青年运河管理局时,那里正在筹建一座据说是当时全国最大规模的木浆厂。生产的木浆除满足国内的造纸需要之外,还将出口创汇。

地处雷州半岛中部的湛江市,是经国务院批准最早实行对外开放的全国 14 个沿海城市之一。它既是一个重要的港口城市,又是一个新兴的工业城市,还是一个漂亮的旅游城市。

湛江港是我国南海水域中规模较大的港口。当年的湛江码头可以停留 5 万吨级的巨轮,年货物吞吐量达 1,800 多万吨。据有关人士考察论证,湛江港是全国地理条件最好的深水良港之一。它的附近水域可以通行 40 万吨级的巨轮,背后紧靠大西南,并与东南亚及太平洋和印度洋沿岸各国的航行距离最短。所以,它是一个很有发展前途的港口。有人据此推论,以湛江港为依托,湛江市有望建成中国的第二个香港。

湛江市的工业包括船舶制造、海洋渔业加工、制糖、制盐、汽车制造、家用电器、复印机、墨粉、高压电器、流量仪表、机械、医药、建材等多项产业。其中汽车及家用电器是湛江市的两个“拳头”产业。以生产农用车及轻型客车为主的广东省三星集团公司就在湛江市。当时,该公司已位居全国 500 家最大工业企业的前列。还有,以生产家用电器为主的半球集团公司也在湛江市,其产品已远销国内外市场。

湛江市既是一个三面环海的“半岛城市”,也是一个山清水秀、空气清新、环境优美、景色宜人的海滨花园城市,旅游资源十分丰富。拥有得天独厚的亚热带风光和众多向往神迷的海岛、海滩以及颇有知名度和观赏价值的风景名胜古迹。自从改革开放以来,湛江市的旅游资源得到了有效的开发利用。按照湛江市政府当时的规划,准备在不久的将来,把湛江市建设成为一座最具诱惑力的国际旅游城市,并使之成为“东方的夏威夷”。

湛江市的一切变化和成就,实际上都和雷州青年运河的修建有着密切的关系。由于雷州青年运河的修建,每年直接提供给湛江市居民的生活用水就达一亿多立方米,并为湛江市补充了大量的地下水,避免了由于居民过度开采地下水而造成地层下陷及海水倒灌等不良后果。同时,由于雷州青年运河的修建,改变了整个雷州半岛的面貌,从而为湛江市的发展变化创造了良好的外部条件。

从河西走廊到雷州半岛,对我来说,不仅仅是地理位置的变化,更重要的是生活方式与思想观念的变化。这种变化集中反映在我往后几年的广东打工生涯中,我在下面将作详细的介绍。

第四章　粤海拾贝

一、三年广东打工生涯

（一）

广东人习惯上把所有参加工作的人统称为"打工者"。只不过在这些"打工者"中,有两种不同的类型:一种是在国家机关或国有企事业单位上班的人,人们通常把这一类人叫作"打国家工"的人;另一种是在个体或私有企业工作的人,人们通常把这一类人叫作"打私人工"或叫"打老板工"的人。还有一种分类的方法,就是把从事体力劳动的人称为"土打工者",而把从事脑力劳动的人称为"洋打工者"。这种分类的方法看来与目前西方工业发达国家把所有参加工作的人统称为工人,然后按照其所从事工作的性质不同而分为"蓝领工人"与"白领工人"有类似之处。

我在广东工作的几年,除了从广义的角度可以被认为是"打工"之外,从狭义的角度,我也确实品尝到了一般打工者(即通常所谓的"土打工者")的生活滋味。

现在回过头来看,我感到广东人比甘肃人性格更开朗,也更外向。当他真正体会到你是在为他办好事的时候,他对你的态度也会有明显的好转,并给你以特殊的礼遇。

大概是 1993 年 4 月份,广东省水利厅在韶关市召开全省工管科长会议。我当时已担任工管科负责全面工作的副科长,所以局里决定让我去参加这次会议。这次开会的地点并不固定,先后去了五个县(市),参观了各地的水利工程。

通过这次参观,首先给我留下的印象是,广东省的水利工程没有北方那么标准和规范。大概由于那里土质比较密实的缘故,很多渠道都没有衬砌。有些浆砌石建筑物外表上看来还可以,但内部灌浆都不密实,起不了防渗及挡水的作用。有些混凝土渠道周围杂草丛生,只有一两条所谓"三面光"(即全部用混凝土板衬砌)的渠道。这也是那次参观的重点。广东省计划用几年的时间在全省范围内普遍推广这种"三面光"的渠道。

工作之余,我还参观了离韶关市不远的丹霞山风景区和全国著名的佛教圣地——南华寺。

在丹霞山风景区,除了登上山顶观赏了各种花草树木及亭台楼阁之外,我还乘坐旅游船沿着当地的一条小河观赏了两岸的奇岩异石,其中有"犀牛入海"、"双白兔"、"五指石"等等,它们的外形分别像一头水牛、一对小白兔以及一只五指伸开的手掌。值得惊奇的是,这些外形奇特的石头都是经过大自然的鬼斧神工精雕细刻而成,并非人工制作。

南华寺据说是唐代高僧慧能当年讲经说佛的场所。这位慧能祖师本姓卢,世居范阳(郡治今北京西南),生在南海新兴(今属广东)。自幼家道贫寒,不曾识字,以砍柴为生,并供养老母。后听人诵读《金刚般若经》,才发心学佛,投入禅宗五祖弘忍的门下,当了一名伙徒僧。当禅宗五祖向弟子们讲经说佛时,他经常侧耳旁听。由于他天资聪明,悟性极高,对禅宗五祖的佛理领会最深。有一次,禅宗五祖命他的弟子们每人作一首偈子。他的大弟子神秀(也是唐代高僧,禅宗北宗的开创者)立即作了一首:

> 身似菩提树,心如明镜台。

> 时时勤拂拭,莫使染尘埃。

此时,正在厨房烧饭的慧能听到这首偈子之后,立即作了一首偈子进行反驳:

> 菩提本非树,明镜亦非台。

> 本来无一物,何处染尘埃?

他的这首偈子深受五祖的赏识,并立即授予衣钵,收纳他为正门弟子。后来他在韶州(今广东省韶关市)曹溪大倡顿悟法门,宣传"见性成佛",一般称为南宗,传承很广,成为禅宗的正系,被尊称为禅宗六祖。他死后,弟子们将他的语录编集成书,称为《六祖坛经》,并在他当年讲经说佛的地方修建了这座寺院。

南华寺内除了摆放着释迦牟尼、观音菩萨、众天神及众罗汉的塑像之外,最引人注目的是还有一尊慧能祖师的镀金真身(即木乃伊),并有几棵高大的菩提树。由于它的环境非常优美,建筑物及内部收藏物均具有考古价值,所以前来参观游览的人特别多。除了国内游客之外,还有不少来自国外的游客。他们当中的绝大多数都是单纯到这里来旅游观光的,但也有为数不少的人是慕名前来烧香拜佛的。我们当时还看到,有两位年龄不过20岁左右的外国女青年,打扮成尼姑模样,正和其他僧尼一块做法场。

广东人很讲究各种社交及联谊活动,武汉水利电力学院在广东工作的校友不少，也有一些校友在香港及澳门工作。他们当中既有资深的工程技术专家，也有各级水行政主管部门的领导，还有一些校友已成了腰缠万贯的大款。他们每年都要举办一次粤、港、澳校友会。记得有一年的校友会就是由一位已成为大老板的校友个人独立承办的。每当举办校友会的时候，雷州青年运河管理局总是为我们提供方便，让我们去参加。这些校友，虽然年龄、资历、行政或技术级别都不一样，但走到一块的时候，大家都是以完全平等的姿态互相交谈。和我同一届毕业的几位老校友，现在都已成了广东省水利界的技术权威，有的则担任了各级水行政部门的领导。在相隔了20多年之后的当时，和这些老同学、老校友初次相聚，他们都对我显得格外亲热。在与这些老同学、老校友的亲切交谈中，也使我对广东的社会经济情况及风土人情有了更深刻、更全面的了解。

　　我用了这么大的篇幅来回忆这一件件的往事，一方面是想借此机会表达我对雷州青年运河管理局的感激之情；另一方面也是想从一个侧面反映出我在广东那几年的生活情况以及整个广东的风貌。但世界上的任何事情都是相互对称的。有好的一面，必有坏的一面；有光明的一面，必有阴暗的一面。只不过由于我们所选择的坐标轴不一样，这种光明及阴暗面的比重也就不可能完全相等。我的三年广东打工生涯，虽然从物质生活来说，确实比当时的甘肃要好得多，但在精神生活上，也曾遇到过很多不愉快或令我感到非常苦恼的事情。这些不愉快的经历，都是在工作过程中出现的。当然，三年的工作经历，带给我的并不完全是苦恼，也有成功之后的喜悦心情。下面，我就想详细介绍一下三年来在广东的工作情况。

　　（二）

　　我来到雷州青年运河管理局不久，组织上便任命我担任了该局工程管理科(简称"工管科")负责全面工作的副科长。一年以后,便正式任命我为工管科科长。

工管科是雷州青年运河管理局下属的一个人数最多、任务最繁重而且技术性最强的科室。全科60多人,不仅担负着整个雷州青年运河(包括水源工程鹤地水库及输水工程雷州青年运河两部分)的工程维修、养护及管理任务,而且还担负着防汛、水库水量调度、堤坝白蚁防治、甘蔗灌溉试验、通讯、堤坝灌浆等多项任务。它的下面,除了从事一般工程及用水管理的技术人员之外,还设立了水利白蚁防治试验站、甘蔗灌溉试验站、通讯站、灌浆队以及渠首管理站等五个基层管理站,并成立了一个设计室,负责全灌区小型水利工程的设计。

我国南方白蚁为害十分严重,已成为水利工程的一大隐患,人们通常用"千里之堤,决于蚁穴"来形容白蚁为害的严重程度。因此,如何防治蚁害,已成为我国南方大部分地区水利工程管理的一项重要内容。广东省既是全国蚁害最严重的省区之一,也是在白蚁防治工作中成绩最突出的一个省份。广东省水利厅专门成立了水利白蚁防治领导小组,并在几个水利工程管理单位设立了水利白蚁防治试验站。而雷州青年运河管理局的白蚁防治试验站是全省的中心试验站,不仅承担着雷州青年运河的堤坝白蚁防治试验任务,而且还为省内外不少水利工程的白蚁防治提供有偿服务,曾荣获过国家科技进步二等奖,在省内外有一定的影响及知名度,当时直接归工管科领导。

雷州半岛是我国甘蔗的主产区。1990年,雷州青年运河管理局在武汉水利电力大学有关专家及教授的指导和帮助下,建立了一个甘蔗灌溉试验站。这个试验站据说是当时亚洲规模最大的甘蔗灌溉试验站,曾先后接待过澳大利亚、印度尼西亚等国的代表团前来参观考察,当时直属工管科领导。

通讯站既负责全灌区(包括水源工程及输水工程两部分)有线通信设施及线路的维修和管护,也负责全灌区无线(微波)通信设施的维修和管护,同时还要负责全灌区的水情测、预报工作。

灌浆队与设计室除了承担灌区范围内的堤坝灌浆及小型水利工程的设计之外,同时还对外承担一些民用建筑物的基础灌浆与设计工作,进行有偿服务。特别是由于当时广东省房地产市场非常火爆,所以对外承担房屋建筑设计已成了设计室的一项主要任务。

渠首管理站主要承担渠首工程的养护和管理,并负责局机关范围内的环境绿化工作。我调离工管科以后,该站便划归给了局办公室领导。

从上述内容不难看出,工管科当时承担的工作任务是非常繁重的,而我由于刚来到这个全新的工作环境中,各方面的情况都很不熟悉,特别是语言不通,业务方面也非常生疏,尤其因为我过去长期在省级机关从事一般的水利工程管理工作,不善于具体的工程设计,所以工作中感到压力很大。加上周围某些人的排外倾向,更增添了我工作中的难度。

我刚来到雷州青年运河管理局时,虽然工作没有打开局面,并碰了不少钉子,但我也曾利用自己的特长和优势为该局办过一些好事,特别是曾作过一件对该局的生存和发展产生过较大影响的工作。

由于我在甘肃一直负责水价改革工作,并对水利经济学有一定的研究。我当时曾向局领导提出建议说:"必须进行水价改革,以提高雷州青年运河的水价标准。"我的这一建议立即得到了局领导的采纳与积极支持,并吩咐我负责这项工作。

我在对雷州青年运河进行初步水价改革工作的过程中,曾得到了主管全国水价改革工作的水利部水管司的大力支持。当时水管司负责水价改革工作的一位高级工程师特地把全国各地现行的水价标准复印了一份,并以邮政特快专递的方式为我寄来,以便同雷州青年运河现行的水价标准进行对比(因为当时全国各地的水价,特别是北方一些干旱缺水地区的水价标准都远高于雷州青年运河现行的水价标准)。我在广泛收集各方面资料的基础上,从理论与实际相结合的角度,曾代表雷州青年运河管理局向湛江市政府写了一份请求调整雷州青年运河水价标准的报告,并于1992年底直接早送给了湛江市物价局及市政府的有关领导。

尽管这次的水价改革还很不彻底,新的水价标准离供水成本还有相当大的距离,特别是农业水价标准仍然远低于供水成本,但由于水价标准的初步调整,已使雷州青年运河管理局的水费收入至少翻了一番,全年的水费总收入至少比过去增加了500多万元。从而大大缓解了经费入不敷出的矛盾,并为下一阶段的水价改革工作奠定了新的基础,使雷州青年运河管理局开始步入了经济良性运行的轨道。

雷州半岛这个地方,历史上由于交通闭塞,自然条件恶劣,外地人去得比较少,从而养成了当地人一种保守排外的意识。这种保守排外意识比北方某些农村显得更为严重,不仅带有地方主义的色彩,而且还带有房头及宗派的色彩。

广东人都很注重宗亲关系,这大概是由于他们长期离乡背井、去外地谋生,从而产生了强烈的思乡思亲观念之故。特别是每当清明节到来时,不管你在哪里工作,也不管你的职务有多高,通常情况下,都得赶回自己的老家去扫墓祭祖。这本来是我们中华民族的一种优良传统,但这种传统在雷州半岛这个地方却增添了几分当地的色彩,往往超出了一般扫墓祭祖的范围,有时显得比北方地区过春节还隆重。而当春节到来时,各族各姓都要聚集在一块,抬着猪、羊、鸡等祭品,燃着香烛,并抬着祖宗的牌位或神像,一面敲锣打鼓,吹着唢呐;一面燃放着鞭炮,打着灯笼,走村串巷,显得热闹非常。其形式跟北方农村玩社火一样,当地人把这种活动叫作"游神"。游神和玩社火相比,虽然形式上没有多大的区别,但却增添了几分迷信的色彩,而且是以宗族为单位举行的。有时候族与族之间还互相攀比,以此来炫耀本族的势力。

这种房头宗族观念与地方保守主义结合到一块,往往产生了一种比北方很多地方更强的排外倾向。这大概是由于历史形成的某些社会矛盾与冲突长期积累的缘故,就像当年甘肃河西走廊由于历史上的引水纠纷而造成同一条河流上游与下流的矛盾与冲突那样。

由于这种排外心理在作怪,所以我当时在工管科遇到了各种各样的困难。

曾记得美国著名的成人教育家载尔·卡耐基有句名言:"一个人事业的成功,只有百分之十五是由于他的专业技术,其余百分之八十五要靠人际关系与处世技巧。"他认为一个人的自信心与行为科学的结合是事业成功的基础。为了应对这些挑战,摆脱当时的危机,我曾有意识地按照行为科学的原理,正确处理周围的人际关系,团结一切可以团结的力量,尽可能地化消极因素为积极因素,并已取得了明显的成效。

在这里,我应该深深地感谢周围的几位好心的同事和朋友,给了我工作上的大力支持和帮助。与此同时我也尽自己的努力对周围的同事们给予了必要的关照和帮助。如根据当时管理局的有关规定,通过积极向局领导反映意见,曾帮助解决了几名老职工子女的就业问题,并给几名学历不高但工作能力较强的年轻职工解决了初级技术职务问题。每当职工有病住院时,我除了想尽办法解决他们医疗过程中的一些实际困难之外,并总要抽时间去医院看望他们。正是从这些琐碎事务中,使我在工管科逐步赢得了一部分基本群众的同情和支持,从而为克服当时工作中的困难创造了良好的外部条件。

1993 年,雷州青年运河管理局与湛江市郊区区政府达成一项协议,计划在该区所管辖的麻章经济开发区合资修建一座日供水量为 3 万立方米的自来水厂。这座自来水厂从雷州青年运河下游的一座"结瓜"水库引水,以解决麻章经济开发区的用水问题。当时决定,自来水厂的全部设计任务由工管科来承担。

我们的设计工作直到 1993 年下半年才开始进行。前前后后花了两个多月时间,到 1993 年年底,整个设计及施工图纸都绘制出来了。可是因为某个特殊原因,安装高程定得不合理,不仅增加了基础开挖工程量,更重要的是降低了水泵出水口的高程。因为自来水厂不仅要给麻章经济开发区供水,必要的时候,还要把水送到另一条输水渠道,以补充向湛江市的供水。如果水泵出水口高程太低,水就无法送达到这条输水渠道。于是,我们必须重新进行设计。这就意味着我们花了两个多月时间进行的设计,其成果几乎全部报废。

由于水泵机组安装高程的来回变动,不仅浪费了设计人员很多宝贵的时间,也给我们的工作带来了很大的被动。因为当时郊区自来水公司正等着我们的设计图纸出来组织施工,麻章经济开发区也正盼望着自来水厂早日建成供水。可是,我们的设计图纸却迟迟拿不出来。原来我们曾向郊区区政府保证,最迟在1994年元旦以前提供设计图纸,可是由于设计方案的变更,直到1994年1月15日,我们的设计图纸还交不出来。为了赶在1月20日前交出设计图纸,我立即召集全体设计人员开了一个动员会,要求他们加班加点工作。为了调动大家的积极性,我特地给每个设计人员买了一份营养品,并请局里的电工将设计室的照明灯进行了重新装修,以改善当时的照明条件。每天晚上,除了有其他工作安排之外,我也一直陪伴着大家进行加班。我的这些实际行动尽管不能从根本上解决问题,但对于激发每个设计人员的积极性,多少还是起了一定的作用。

由于全体设计人员的共同努力,加上我们当时对设计任务曾作了一些新的调整,进一步明确了分工。结果,在5天的时间内便完成了平时20多天才能完成的任务,使麻章自来水厂一级泵房的设计图纸终于赶在了元月20日前全部完成。

1993年,对于我来说,是道路坎坷、经历着一次又一次严峻挑战的一年。但由于"老天"的保佑,这一年总算比较平安地度过来了,没有闯出大的乱子或栽大的跟斗,也没有在严峻的挑战面前退却,我终于迎来了在广东的第二个春节。过完春节,便正式跨入到了1994年。新的一年,对于我来说,是更不平坦的一年,是经历着工作及生活中更大挑战的一年,但同时也是我在三年的广东打工生涯中取得较多成果的一年。因此,这一年将作为最值得我回味的一段时光而永远留在了我的记忆之中。

1994年,我们除了承担着比过去更繁重的设计任务之外,正赶上湛江地区出现了多年不遇的旱灾以及自鹤地水库建成蓄水以来最大的一次洪灾。紧张而繁重的抗旱及抗洪抢险双重任务首当其冲地落到了工管科的肩上。但由于全科职工的共同努力,也由于我们比较自觉地运用了一些现代管理科学知识来指导自己的实际行动,较好地安排部署了一年的工作,从而使工作中的一道道难关都得到了有效的克服,取得了最后的胜利。这一年,我们还接待了印度尼西亚水利代表团的参观访问,我曾先后参加了在北京举办的中日学术研讨会和在武汉水利电力大学举办的国际学术研讨会,并先后撰写了四篇学术论义。

1994 年,我们除了继续承担着麻章自来水厂的设计任务并负责该工程的施工任务(因为雷州青年运河管理局下属的一个工程施工队当时也靠挂在工管科的名下)之外,同时还承担了一项引水流量为 10 立方米/秒、净跨50 米的渡槽设计任务。这座渡槽位于湛江市遂溪县一个名叫"塘口"的地方,它是从雷州青年运河下游的一条分干河引水、横跨黎湛高速公路、专为湛江市区供水的一项引水工程。广东人通常把渡槽叫作"天桥",所以人们也就把这一渡槽叫作"塘口天桥"。本来,从雷州青年运河至湛江市已有一座横跨公路的渡槽,但由于原来的公路要扩建为高速公路,路面要加宽,所以原有的渡槽必须撤除,重新修建一座规格较高的渡槽。修建渡槽的全部费用由遂溪县承担,主管单位是遂溪县交通局。

我当时由于吸取了麻章自来水厂设计工作中的教训,深知虽然自己不会具体的工程设计,但对于设计工作不但必须亲自过问,而且还必须从头至尾,一抓到底。否则,将来在设计工作中出了问题,最后的责任仍然会落到我的头上。我和领导沟通后,决定麻章自来水厂后续的设计工作由一位副科长负责,塘口天桥的设计工作则由我负责。

在设计正式开始之前,我曾主持召开了一个征求意见的会议。会议的内容主要是研究设计方案,确定渡槽设计的几个基本参数(如过水流量、净跨以及槽身离路面的高度等)及结构形式。

在会上,朱总工程师把他事先拟好的一个方案并绘成草图向大家作了介绍。他认为,塘口天桥由于横跨高速公路,是一项装门面的工程,所以结构形式必须新颖别致。他建议采用一种叫作"中承式双肋拱"的结构形式。这种结构形式当时在广东省的水利工程中还从来没有采用过,朱总工程师是在广州市附近看到一座公路大桥采用了这种结构形式,觉得外形非常美观,而且适用于横跨公路渡槽的设计,便决定将这种结构形式移用到塘口天桥的设计中来。

大家听了朱总工程师的介绍之后,一致表示赞同,于是决定采用这种结构形式。同时大家还一块议论并确定了其他几项设计参数,最后由我拍板,决定将这项设计任务交由小郭一人去承担。

尽管当时科里有些人对我的这一决定并不满意,但我经过慎重考虑,还是觉得小郭是最适当的人选。因为一方面,她的业务能力比较强。尽管她当时只是一名助理工程师,但由于她一则理论功底比较扎实,二则脑瓜子比较机灵,实际工作能力并不比某位已获得高级工程师职称的老同事差;另一方面,由于她资历较浅,比较听得进别人的意见。

这一决定做出之后,没有过多长时间,果然矛盾就出来了。由于小郭毕竟是一位刚从学校毕业不久的学生,缺乏实践经验;加上这种渡槽结构形式在水利系统还是第一次采用,没有现存的资料可供参考,有些问题往往一个人定不下来。当她遇到一些具体问题时,只好直接向朱总工程师请教。后来,其他部分的设计图已全部由小郭绘制出来了,只剩下连接双肋拱与槽身的吊链,因为不知道两端的连接方式,所以无法绘制。朱总工程师也是第一次遇到这种结构形式。这样,绘制吊链两端结头的设计图就成了本项设计任务的最后一道难关。

为了攻克这道难关,我不得不亲自带领小郭专程去广州找公路工程公司请教。本以为会困难重重,不想,当我把情况向该公司的几位领导作了详细介绍之后,他们对我们的态度非常热情,立即指派了一位年轻的副总工程师为我们绘制了一份吊链两端结头的设计施工图。

就这样,塘口大桥的设计任务终于胜利完成了。

尽管我们送图纸的时间比原来预定的时间稍微晚了一些,但一方面由于我们的设计成果比较出色,除了内容新颖之外,我还精心设计了一个资料袋。在这个资料袋的表面,曾绘制了一座塘口天桥建成后的外观图,给人一种新颖别致的感觉;另一方面,我在送图纸时曾再三向遂溪县交通局的领导表示歉意,并说明了设计图纸出来较晚的原因。我当时曾对他们说:"一方面由于我们的设计能力有限,加上管理局今年工程管理的任务特别艰巨繁重;另一方面我们所设计的塘口天桥的结构形式在广东省水利部门还是第一次采用,技术难度比较大。所以送图纸的时间晚了一些,希望得到你们的谅解。"

我们的这一举动不仅消除了遂溪县交通局一些人原来对我们产生的埋怨和误解,而且深为我们这种诚恳负责的态度所感动。时隔不久,《湛江日报》还报道了我们的这项设计成果。

1994 年,是雷州青年运河建成以来经受水旱灾害考验最严峻的一年。

1—6 月上旬,遇到了历史上罕见的旱灾,致使鹤地水库的水位比死水位还低了 0.95 米。6 月中旬,由于当年第 3 号强热带风暴的影响,又使九洲江出现了自鹤地水库建成蓄水以来最大的一次洪峰。这次洪峰曾经将位于水库下游的廉江市淹掉了一半,鹤地水库水位猛然从死水位以下 0.95 米上涨到超过防洪限制水位 0.01 米。随后,又相继发生了第 4—8 号热带风暴,致使鹤地水库库区的累积降雨量比建库以来最大年降雨量还多了 185 毫米(建库以来最大年降雨量为 1973 年的 2,318 毫米,而当年 6—8 月份的降雨量即已达到了 2,503 毫米)。

在严峻的自然灾害面前,由于我们抱着高度认真负责的态度,并自觉或不自觉地运用了系统工程中的一些基本原理来指导我们的抗旱及抗洪抢险工作,从而使灾害损失降到了最低程度。

在第三号强热带风暴到来之前,湛江地区虽然遭遇到了历史上罕见的干旱,供需水矛盾非常突出,但由于当时另一位专门负责水量调配的副科长经常深入到全灌区进行调查研究,倾听群众的意见,并注意抓好信息反馈工作,基本上保证了水资源的合理分配,减少了水资源的浪费,从而使当年 1—5 月份,在水库可供水量比正常年景减少了近 5,000 万立方米,而湛江市的城市生活用水量又比 1993 年增加了 1,050 万立方米的前提下,不仅没有使农田灌溉受到较大影响,而且还使某些多年用不上雷州青年运河供水的地方(如灌区范围内的海涛管区),破天荒第一次用上了雷州青年运河的供水。

在旱情最紧张的时候,我们根据系统工程中的"全局性"、"相关性"以及"反馈控制原理"、"协调原理"、"最优化原理"等基本理论和知识,在认真抓好抗旱保灌、力争使干旱损失降到最低程度的同时,丝毫也没有放松抗洪抢险的各项准备工作。在汛期即将来临时,我们便组织力量进行了一次防汛大检查,落实了各项防汛抢险措施。特别是当第三号强热带风暴到来之前,我们事先接到了湛江市"三防"(即防汛、防旱、防风)指挥部发出的通知并收看天气预报,得知当年第三号强热带风暴即将于6月8日到来,我们便于6月7日开始组织人员昼夜值班,严密注视汛情的发展。后来由于相继出现了第4—8号热带风暴,汛情频繁发生,我们便几乎每昼夜都轮流值班,一直坚持到8月底。从而确保了水库大坝的安全。

当洪峰到来时,我们仍然运用系统工程的基本原理和水文学的基本知识,对水情进行科学预测,加强水库的控制运用和科学调度,从而使水库的兴利除害功能得到了最充分的发挥。如当第三号强热带风暴即将过去时,虽然当时库水位涨势非常迅猛,曾一度超过了防洪限制水位0.01米。在这个关键的时刻,我们根据上游各水文观测点及时反馈过来的信息,并运用水文学的有关知识进行分析,断定在短时期内不会再有大的洪峰到来,决定不采取泄洪措施。结果,终于顶住了洪水的压力,确保了水库大坝的安全。不仅没有造成水资源的浪费,而且大大减轻了九洲江下游(特别是廉江市)因洪灾带来的经济损失,也没有造成人员伤亡。

总之,由于我们正确运用了系统工程的某些基本原理及科学方法来指导当年的抗旱与抗洪抢险工作,从而取得了这两项任务的全面胜利。

紧张的抗洪抢险工作结束不久,当年10月份,我们还承担了一项接待印度尼西亚水利代表团参观考察的任务。这个代表团是应水利部的邀请前来我国进行参观考察的。他们来雷州青年运河管理局,主要参观考察了我们的甘蔗灌溉试验站及水利白蚁防治试验站。因为这两个试验站当时在全国都有一定的影响和知名度,所以曾引起了水利部的关注。而由于这两个试验站当时都归工管科领导,所以接待参观考察的任务便落到了工管科的肩上。代表团成员都是当时印度尼西亚水利部的官员,都会英语,其中一位领队曾毕业于英国牛津大学。所以,虽然我们不会印尼语,但可以用英语同他们进行交流。当时虽然水利部已配备了一名专职的英语翻译(女),但其中有不少专业术语及风土人情曾由我代替进行翻译。我用很不流畅的英语同他们进行了内容比较广泛的交谈,基本上达到了沟通思想的目的。在临别的晚宴上,我还和一位代表团成员合唱了一首印度尼西亚民歌——《宝贝》。这是我上大学时学唱的一支歌曲。因为旋律优美动听,歌词内容感人,所以至今仍记忆犹新。虽然当时我是用汉语演唱,这位代表团成员是用印尼语演唱,但音调非常和谐统一,终于赢得了周围听众的热情喝彩,场面十分热烈。在代表团到达之前,我还组织工管科几位年轻的校友将甘蔗灌溉试验站与水利白蚁防治试验站的情况写了两篇文字介绍材料,并翻译成英文发放到了每个代表团成员的手中,从而使他们留下了更深刻的印象。

当年,甘蔗灌溉试验站与水利白蚁防治试验站都取得了较好的成绩。尤其是水利白蚁防治试验站成绩更为突出,不仅使雷州青年运河基本上达到了无蚁害的标准,而且试验站的几名工作人员还经常被邀请到省内外其他一些有蚁害的水利工程管理单位进行白蚁防治技术指导,实行有偿服务,生意非常红火。当代表团参观完了我们的白蚁防治试验室之后,一位代表团的成员曾感慨地对我说:"If I saw any termite after backing to my country, I would can never resist to think of the Leizhou Youth Canal and Your laboratory on provention and elimination of termite. (当我回国以后,只要看到白蚁,就会想起雷州青年运河和你们的白蚁防治实验室。)"

这一年,我还有幸参加了两次国际学术会议。其中第一次是当年5月份在北京召开的"中日水利工程技术及水管理技术研讨会"。我撰写的一篇论文《从雷州青年运河看灌区水资源的综合利用和管理》曾应邀在会上作了宣读，并已选入了会议《论文集》。第二次是同年 9 月在武汉水利电力大学召开的"转换灌区经营机制（Irrigation Management Transfer"）的国际学术研讨会。这次会议由武汉水利电力大学与国际灌溉管理研究院（IIMI）共同举办，参加会议的有来自世界各国（其中主要是广大发展中国家）的水利专家及社会经济学专家。会议的主题是研究如何将灌溉管理的责任和权利由政府转移到农民手中，也就是如何推行"用水户参与灌溉管理（Participatory on Irrigation Management）"。我当时宣读的一篇论义的题目叫"An irrigation district managed fully by farmers（一个完全由农民管理的灌区）"。主要介绍湛江市吴川县塘缀镇引青灌区的经营管理情况。这是一个完全由农民集资兴建，并由农民自行管理，从雷州青年运河引水的中型灌区。我在分组讨论会上一面用很不流利的英语进行宣讲，一面用幻灯片进行演示。大概一方面由于我来自会议的东道国；另一方面由于我宣讲的内容主要是介绍中国灌区的实际情况，并不是空洞的理论，比较符合大家的心愿。所以，在当时的五位发言者中，我是唯一受到代表们鼓掌欢迎的一位。我宣读过后，有几位来自发展中国家的代表曾向我提出了几个实际问题，我都一一用英语做了回答。

通过参加这次国际学术会议，使我的认识大大深化了一步。首先使我了解到，目前世界各国（尤其是广大发展中国家）都在认真探讨如何改革灌溉管理体制和转换灌区经营机制的问题。其次，使我认识到，目前世界各国灌区改革的一个大方向，就是把灌溉管理的责任和权利从政府转移到农民手中，以吸引用水户广泛地参与灌溉管理工作。从而为我参与灌区改革工作奠定了新的思想基础。

当年 11 月,雷州青年运河管理局召开了第二届科技大会。作为分管全局科技工作的工管科,自然成了这次会议的主角。在这次会议上,共安排了五个典型发言,主要介绍如何用科学技术知识来指导自己的实际工作。其中工管科就占了三个名额。而在工管科的三篇典型发言材料中,有两篇发言材料就是由我亲自撰写的。其中一篇的题目叫《用系统分析方法搞好水库控制运用与水资源的优化调度》,并由我亲自宣读;另一篇的题目叫《用行为科学作指导,加强"软件"建设,确保设计及施工两项硬任务的完成》,由工管科的一位副科长宣读。第三篇是介绍水利白蚁防治经验的材料,开始也由我起草,后来交给水利白蚁防治试验站站长进行了认真的修改,并由他宣读。这三篇经验介绍材料实际上相当于三篇学术论文,宣读过后,曾在全局职工中产生了强烈的反响。尤其是前两篇材料,曾给人以耳目一新的感觉。

总之,1994 年,既是我在三年的广东打工生涯中遇到困难最多、工作压力最大的一年,但也是我在工作中取得较大成绩的一年。尽管在一年的工作中还存在着这样那样的一些缺点或问题,但总算经受住了周围环境向我提出的一次又一次的严峻挑战。这一年,我曾先后被广东省水利厅及雷州青年运河管理局评为优秀科技工作者。在年终的总结表彰大会上,工管科几乎囊括了雷州青年运河管理局的一切荣誉称号:既是先进科室,又是先进党支部,还是先进工会小组(雷州青年运河管理局每个科室都成立了一个工会小组)。在全局 7 个先进基层管理站中,工管科就占了四个。

（三）

正当我在工管科科长这一工作岗位上开始打开局面,并准备利用我的知识和能力为雷州青年运河及湛江市的水利事业做出一番新的贡献的时候,不想由于某些复杂的关系,管理局的领导却突然以我不懂具体的工程设计和对全灌区的情况缺乏深入了解为由,将我调出了工管科,被安排到局办公室当了一名副主任。

我在雷州青年运河管理局的三年,总的来说,工作一直是非常繁忙的。广东人的生活节奏远比甘肃人的生活节奏要快。在广东,几乎找不出一个闲人。但是,相比较而言,我在办公室的工作则比在工管科的工作要轻松得多。这一方面由于办公室的工作大部分是软任务,时效性或紧迫性没有工管科的工作那么强;而更重要的一方面是,我已从第一把手的工作岗位上解脱了下来,当了办公室的一名副主任。到了办公室以后,情况发生了很大的变化。我除了完成自己分内的业务工作之外,其他事情都用不着我去操心。正是在这种比较宽松的工作环境中,使我有空撰写出了我的第三部专著——《灌区企业化管理》(第二版)。

我的《灌区企业化管理》一书于1987年第一次出版以后,曾一度在社会上(主要在水利行业)产生了较大的反响。不仅在不到一年的时间内,初版的九千余册书即销售一空,而且后来还陆续收到了一些单位及个人的来信,向我索购此书。而从此书第一次出版到1994年的7年间,一方面,我国灌区的面貌已发生了根本性的变化,经营管理水平有了显著的提高;另一方面,我本人的认识水平也产生了很多新的飞跃。在这段时间内,我不仅成功地进行了"西干渠实验",并代表水利部农水司到全国一些大、中型灌区进行了深入的调查考察。特别是1992年年底,我又从甘肃省水利厅正式调到了广东省雷州青年运河管理局工作。所有这些活动,大大丰富了我的阅历。不仅使我对全国灌区的经营管理状况有了更全面、更深刻的了解,而且对沿海经济发达地区的改革开放情况也有了不少感性认识。正是在这样的客观条件下,使我产生了重新撰写一部有关灌区经营管理专著的念头。来到办公室以后,我便利用当时工作比较轻松的有利条件,开始了这项工作。

在我刚来到办公室时,正赶上过春节。由于灌区管理单位地处农村,在工作安排上往往要考虑到农村的风俗习惯,春节有一段较长的假期。加上雷州青年运河管理局的客观环境非常好,不仅空气清新、温度适宜,而且海拔也很低。在这样的环境下工作,总感到精力充沛,每天伏案写作到深夜十一二点,都不觉得太疲倦。正是在这种良好的客观环境下,我只花了约半年时间,即将书的初稿基本写成。

我的这部新的专著实际上是在《灌区企业化管理》第一版的基础上作了大量的补充和修改之后而完成的。按照出版社的规定,一部著作如果修改的幅度超过了原书的30%,即可看成是一部新的著作,所以此书也可以看成是我所撰写的第三部专著。本来当时曾想将此书冠一个新的书名,并已想出了一个比较通俗化的名字,叫作"灌区经营管理学"。但一方面考虑到当时水利部正准备全面推行灌区企业化管理的改革,《中国水利报》也正在加强这方面的宣传力度;另一方面,当时出版界正号召提高书的再版率;同时考虑到自从《灌区企业化管理》第一版出版以来,总的来说社会反响比较好,尽管听到过一些反对的声音,但正好说明了人们对《灌区企业化管理》一书以及对灌区改革工作的重视,而且书的销售情况也很不错。所以,我最后决定,仍然将此书冠上《灌区企业化管理》这个名字,只是在书名后面增添上了"第二版"三个字。

此书初稿写成以后,我仍然将书稿投寄给了水利电力出版社(此时已改名为"中国水利水电出版社")。由于此时我已是中国水利水电出版社的一名老作者了,从社长到一般编审都对我比较熟悉,所以书稿寄出去不到一个月时间,便正式列入了出版选题,并确定仍然由郑哲仁老师担任此书的责任编辑。

此书列入出版选题以后,根据审订人及责任编辑的建议,我又对书稿作了认真的补充和修改,直到 1996 年初才正式定稿。定稿以后,此书于 1996 年 6 月正式出版发行。(见影印件五)

实事求是地说,我的这部新的专著同《灌区企业化管理》第一版相比,无论内容或形式都有了较大程度的充实和提高。由于此时我已在水利界稍有一定的知名度,我根据书稿的内容,特慕名拜请了水利界几位权威专家担任

影印件五

此书的审订人。这几位审订人不仅对书稿进行了认真的审查,提出了非常中肯的修改意见,而且还为我提供了不少宝贵的参考资料。特别值得一提的是,我国水利界的"泰斗"级人物钱正英,在百忙之中曾亲自为此书作序。由于钱老的关爱,也引起了中国水利水电出版社对此书的高度重视。特别是此书的责任编辑郑哲仁老师曾多次向我来信,鼓励我一定要把这本书修改好,"争取出一本高质量的专著,打响这一炮"。为了帮助我修改好这部著作,他还为我提供了不少新的参考资料,甚至把出版社即将出版但还没有正式出版的新书清样都为我寄来,以供我参考。

值得庆幸的是,由于此书的出版,特别是由于我们的老水利部长钱正英亲自为此书作序,再一次引起了水利部农水司对我的关注。所以,我于 1996 年初曾再一次被借调到水利部农水司及中国灌区协会工作了一段时间,从

而结束了我三年的广东打工生涯,开始了一段新的人生旅程。

二、在广东的所见、所闻与所思

在三年的广东打工生涯中,我除了亲身经历或亲身感受到了很多新鲜事物之外,还亲眼看到或亲耳听到了一些新鲜的东西或事物。这些在当时看来比较新鲜的东西或事物,有不少是值得内地、特别是值得经济落后地区的人们学习和借鉴的,它对于转变人们的思想观念、促进内地经济的发展、特别是推进"西部大开发"具有重要的意义。但也有一些东西是值得内地的人们警惕或必须加以防范的。在这里,我想根据自己的认识和体会,将我所见所闻的某些事物向读者作一简要介绍,以供读者参考。

(一)"爱拼才会赢"

在广东工作和生活的三年,给我留下印象最深的是,广东人那种敢于拼搏和开拓进取的精神。这大概从他们的老祖宗那里就留下了这种优良的传统。

众所周知,广东是我国著名的侨乡。当年的很多广东人,由于生活所迫,加上大海的熏陶,纷纷背井离乡,远涉重洋,到海外去谋生。很多人凭着他们的勤劳、勇敢和智慧,在大洋的彼岸开辟出了自己的一片天地。不仅为自己创造了丰厚的物质财富,也为当地社会做出了宝贵的贡献。改革开放以来,这些海外游子们纷纷回乡探亲或寻根问祖。他们不仅为故乡广东带回了巨额的物质财富,也为故乡广东带回了宝贵的精神财富,这就是把海外的很多新鲜事物,特别是他们那种敢于拼搏和开拓进取的精神传给了今天的很多广东人。

我们还可以把历史的镜头瞄得更远一些。广东在中国的版图上,是一片开发较晚的土地。当年很多长期在北方生活的人们,有的由于被流放而来到了广东,有的由于生活所迫,或为了躲避战乱而迁徙到了广东。这些原来长期在北方生活的人们,把古老而先进的中原文化带到了广东,形成了所谓的"客家"文化。这种"客家"文化同广东原来的本地文化又融汇到了一起,从而形成了独具特色的"岭南"文化。"岭南"文化的一个显著特点,就是视野开阔、敢于创新、锐意进取。在这种文化的熏陶下,使得今天的不少广东人都具有一种敢于拼搏和开拓进取的精神。

广东人的这种敢于拼搏、开拓进取的精神主要表现在以下两个方面:其一是勤劳刻苦;其二是敢冒风险。

当你同广东人长期生活在一块的时候,你就会发现,在很多广东人的身上,都有一股使不完的劲。他们没日没夜地工作,千方百计地为自己寻找生财之道。拿雷州青年运河管理局的职工来说,他们在完成自己正常工作任务之余,大多数人都兼有第二职业,有的甚至还兼有第三职业。工管科一位年轻职工曾经对我说,他每天除了正常上班之外,晚上都开着摩托车到河唇火车站去接送旅客,经常忙到深夜一两点钟。双休或节假日则为别人修理家用电器,进行有偿服务。他的父亲原是水利系统的一名老职工,退休以后,他除了为湛江市水电局看守大门之外,还附带在家里喂养鸽子、鹧鸪、鹌鹑等珍禽,以便投入市场创利。这种根据自己的特长从事力所能及的体力劳动的行为,在今天还是不多见的。他们这样做,不仅为家庭及社会创造了财富,也使自己的晚年生活变得更加充实,有利于身心健康。

在很多广东人的身上,还有一种勇于拼搏、敢冒风险的精神。用一首闽南歌谣来形容,就是"爱拼才会赢"。这首闽南歌谣当年在南粤大地上曾经广为传唱,这大概道出了很多广东人的心声,说明了他们敢闯敢拼、敢冒风险的出发点。广东人这种敢冒风险的精神主要表现在他们敢于闯荡世界、拓展自己的生活领域与生存空间,为自己寻找更多的发财机遇。

前些年,外地去广东打工的人很多。与此同时,广东人去外地做生意或从事其他工作的人也不少。广东人以他们特有的精明能干在外地曾占领了广阔的市场。今天的不少广东人,不仅双脚踏遍了祖国的大江南北及长城内外,而且还步着他们前辈的后尘,把足迹扩展到了海外。只不过他们的前辈是由于生活所迫,到海外去谋生;而今天的很多广东人则是为了寻求新的发展机遇。雷州半岛虽然地处粤、桂、琼三省(区)交界之处,在广东算是比较偏僻落后的地区。但在那里,也有不少普通老百姓涉足到了海外。他们当中有的人去了香港、澳门,有的人去了越南、老挝、柬埔寨、泰国、新加坡等东南亚国家。雷州青年运河管理局曾有人先后去过索马里、古巴、毛里求斯等国。这些人大多是外出打工,也有的是出去做生意。前些年,当越南刚刚实行"革新开放"政策时,很多人抓住这一机遇,去那里做生意。虽然生活条件比较艰苦,但却为他们提供了良好的赚钱机会。

总之,对于今天的不少广东人来说,哪里能为他们提供生财之道,他们就敢于往那里闯,不管那里条件多么艰苦,风险有多大。

(二)一个时髦的称呼——"老板"

在广东,我发现人与人之间的称呼也与内地、特别是和甘肃有所不同。在几年前的内地或甘肃,仍然保留着五六十年代的那一套称呼。比方说,当你遇到一个身份一般的人时,通常称呼他为"同志"。特殊情况下,当遇到一个女人时,则称呼她为"女同志"。而在今天的广东,这种传统的称呼几乎听不到了。当你遇到一个身份一般的男人时,一般称呼他为"先生"。当遇到一个年轻的女人时,一般称呼她为"小姐"。对于年长的已婚女人,则称呼她为"太太",如"张太太"、"李太太"等等。

　　除了这些一般的称呼之外,还有一个很受广东人青睐的时髦称呼,这就是"老板"。

　　所谓"老板",本来是指旧社会工厂或商店的主人。还有佃农称地主、雇员称雇主,一般也叫"老板"。现在的个体经营者,当然也属于"老板"的范畴。除了这些名副其实的老板之外,有时人们把一些并非老板的人也称为"老板",以示恭维。如把某个单位的领导也叫作"老板"。有时甚至见到一个素不相识的人,为了表示对他的尊敬,也称呼他为"老板"。记得有一次,我去河唇火车站排队买票时,一个当地的老乡见了我便说:"看你这模样,一定是从北方来的大老板。"

　　其实,我的模样同一般老板的模样存在着很大的差别。一个稍有身份的老板,决不会亲自排队买火车票。他说此话的目的,也是出乎一般的礼节与恭维。

　　为什么广东人对于"老板"这一称呼如此感兴趣呢? 这一方面反映出了广东个体经济发达的程度,由于个体经营者人数众多,"老板"已成了很多人头上的桂冠,而不只是个别人的专有头衔;另一方面也反映出了"老板"在广东人心目中的地位。

　　今天的广东,老板是一个最吃香的阶层。因为大多数老板不仅有钱,而且有经济头脑及组织活动能力。不少老板已有相当高的文化素质,再不是过去的"土包子"或"大老粗"。很多老板由于对社会做出了较大的贡献,慷慨投资兴办各种公益事业,从而受到了父老乡亲们的衷心爱戴和政府的特别嘉奖。

　　在甘肃,由于个体经济发展比较迟缓,私有经济无论数量、规模以及经营者的素质都远不如广东，所以个体经营者在人们心目中的地位也就远不如广东。前些年，在很多甘肃人的心目中，都瞧不起个体经营者。有人甚至带着轻蔑的口气对个体经营者说："别看你是个万元户，你的身上还有虱子呢！"

言下之意，个体经营者虽然有钱，但他们都是一些既没有文化、又不讲卫生的二等公民。有一次，我去一家规模较大的理发店理发，顺便问一位穿着时髦的女理发员："你们这是国营理发店吗？"

这位女理发员听了我的问话之后，连忙理直气壮地回答说："当然是国营的嘛！"

言下之意：你可别小看我，我是堂堂正正的国有企业的职工，并非个体户。

由于存在着这种思想观念上的差异，所以前些年大多数甘肃人都不希望当个体户老板，更不希望到私人企业去当打工仔，千方百计地挤进国有企业当一名国家正式职工，哪怕国有企业的收入再低。而广东人则与此相反。根据20世纪90年代初的社会调查，当时大多数广东人最想去的工作岗位就是"三资"企业，其次是势力雄厚的个体企业，最不想去的单位就是一些不太景气的中小国有企业。很多人曾自动离开了国有单位。有的是采取停薪留职的方式；有的甚至连职务也没有保留就离开了国有单位，去自谋职业。在河唇镇，我认识了一位个体户朋友，他姓钟，我叫他"钟老板"。有一次，他请我去吃早茶。交谈中，他曾对我说："我过去也是在一家国有单位上班。后来由于生活所迫，不得不丢掉了那个'铁饭碗'，自谋职业，开了个小门市部。由于赶上了好时代，所以这些年来生意愈来愈红火，现在每月收入可达七、八万元。"

由于广东人对老板如此感兴趣,很多人都希望当一个老板,所以广东的私有经济发展非常迅速,在很大程度上促进了广东整个国民经济的腾飞。难怪几年前有人曾说过一句这样的话:"哪里私有经济最发达,哪里的经济增长速度就最快。"广东经济发展的事实充分证明了这一点。

我们中国人向来对于那些精明能干的老板们曾抱有一种偏见。而且愈是经济落后的地区,这种偏见表现得愈严重。很多人把经济落后的原因归结为老板对员工的剥削压迫上。他们骂这些老板们都是"吸血鬼"。在中国的传统文化中,曾有所谓"为富不仁"、"无商不奸"的说法。但近二十年来改革开放的事实证明,绝大多数老板不仅不是"吸血鬼",而是商品经济的助产士。正是他们的不懈努力,才促进了整个国民经济的发展和社会的全面进步。是他们以缴纳税款的方式支撑了国家的财政支出;是他们为千千万万的劳工提供了就业的机会;是他们通过捐款、投资等方式开办了希望小学、扶贫济困基金等社会工程以及一大批基础设施建设……无可否认,这些老板们在创办各种企业或事业时,首先想到的当然是他们自身的利益,即为了使企业多赢利,使自己尽快致富。但我记起英国著名的古典经济学家亚当·斯密(Adam Smith,1723－1790)曾经说过一句这样的话:"一个人在为自己谋利益的时候,常常比他真心实意地为公众谋利益更能有效地增进公众的利益。"

由此看来,西部经济要想得到迅速的发展,必须多一些"唯利是图"的老板,少一些只说空话、不干实事的官僚或政客,尤其要清除那些假公济私的贪官污吏。

(三)关于发"红包"和给"小费"

在广东工作的几年,我几乎找不出一个闲人或工作偷懒的人。其所以出现这种状况,我想除了由于广东人在长期的市场竞争环境中,养成了奋发向上和勤劳刻苦的作风和习惯之外,还有一个更直接的原因,就是由于广东省坚持了效率优先的原则。即谁的工作干得出色,效率高、贡献大,谁的收入就多。

广东人大概由于长期生活在这种竞争激烈而且情况瞬息万变的市场经济环境中,在那里平均主义已没有任何市场,每个人所看重的是个人的机遇及主观的努力。所以,他们对于每次奖金的多少并不过分介意,也不那么斤斤计较。即使有时出现一些不太公平的现象,他们对于主持奖金分配的领导也不过分埋怨。

在广东,除了发"红包"之外,还有给"小费"的情况。这主要是一些私营服务性企业,如酒店、餐厅或其他娱乐性场所等。这种给"小费"的现象虽然比较普遍,但和发"红包"相比范围要小。发"红包"和给"小费"虽然表现形式有所不同,但实际内容基本上是相同的,都是对员工的一种刺激和鼓励,也是对他们的劳动和服务的一种奖赏。

现在回过头来看,我认为发"红包"和给"小费"这种奖励方式有利也有弊。但对于一些从事具体生产经营活动的基层单位来说,总的看来,还是利大于弊。尤其在目前人们的思想觉悟还不太高的情况下,采取这种奖励方式,可以有效地调动大多数职工的积极性,使工作效率得到明显的提高。

当然,发"红包"或给"小费"有时也会带来一些负面效应。但从目前情况来看,我认为发"红包"或给"小费"比绝对平均主义的分配方式还是要好一些,至少可以打破过去那种死水一潭的局面。如何将科学的奖励机制引入到劳动管理之中,看来这也是每个企业值得认真研究和探讨的一个问题。

第五章　两次被借调到水利部工作的日子

　　我于 1992 年底,怀着一种好奇和对沿海经济发达地区无限向往的心情,毅然告别了曾经工作和生活了 24 年之久的第二故乡——甘肃,正式调到了广东省湛江市雷州青年运河管理局工作,转眼不觉三年时间过去了。这三年,对于我来说,是极不平凡的岁月。三年,对于人的一生来说,只不过是一段非常短暂的时光,还不及我国目前人均寿命的二十四分之一;三年,也仅仅相当于我原来在甘肃所经历的时光的八分之一。但是,在这短短三年多的时间内,我亲身经历或感受到的新鲜事物却几乎超过了过去二十四年的总和。这是因为,一方面,这三年,正是我国改革开放和现代化建设取得突出成绩的关键时期,而广东又是全国改革开放的前沿阵地和现代化建设的主战场,在那里,各种各样的新鲜事物到处可见,并且层出不穷;另一方面,由于广东独特的地理条件——它一方面紧靠大海、毗邻港澳及东南亚各国;另一方面,它是我国少有的亚热带区域,从而使那里的自然及人文景观也与内地有所不同。它不仅同甘肃相比,存在着很大的差异;就是同我的老家湖南相比,也存在着较大的差异。每当我乘坐火车从湖南穿过南岭隧道到达广东的地界时,就好像来到了异国他乡一样,给人一种耳目一新的感觉。而我从甘肃到湖南,途经陕西、河南、湖北三省,驱车数千公里,却没有这种异样的感觉。

广东,由于它紧靠大海,地处祖国的边陲,独特的地理条件使它早在明代葡萄牙人入侵澳门以前,就开始接触西方文化。在近代史上,英勇的广东人民,面对着西方列强的侵略,曾经进行了长时期不屈不挠的斗争。在这一过程中,他们一方面对帝国主义列强进行了顽强的抵抗,捍卫了祖国的领土与民族的尊严;另一方面也把西方列强某些先进的生产方式与思想文化吸收了过来,以便"师夷之长技以制夷"。

新中国成立以来,由于广东毗邻港澳,加上那里华侨很多,是我国著名的侨乡,不可避免地受到了一些外来(主要来自西方国家)思想文化与生活方式的影响与熏陶。特别是自从改革开放以来,这种外来文化对广东的影响与渗透更为明显。

正是在这种独特的政治与地理条件下,使得目前很多广东人无论生活方式与思想观念都与内地有所不同。这种生活方式与思想观念的差异首先表现在衣、食、住、行四个方面。

先拿穿戴打扮来说,目前不少广东人都比较喜欢穿花色衣料。特别是一些上了年岁的老太太,仍然喜欢穿花裙子并抹着口红;一些年过花甲的老头经常穿着牛仔裤;不少年龄稍大的广东人都喜欢镶金牙。这种现象在内地几乎是见不到的。还有不少广东男士喜欢佩戴金戒指或金项链(女士当然更不用说),这种现象在内地也不多见。

又拿吃的方面来说,除了独具特色的广东早茶及粤菜之外,在比较正规的宴席上,很多广东人都喜欢喝洋酒,如人头马、大将军、XO等等,最高档次的洋酒则是以法国皇帝命名的路易十三。相反,一些国产名酒(如茅台、五粮液、竹叶青等)往往受到冷落,一般商店也很少能买到。对于普通老百姓来说,通常都是喝当地的米酒。早上,除了进餐馆喝早茶之外,平时则经常用洋面包当早点。在广东,你几乎找不到一家卖豆浆、油条或烙大饼的小吃店。

又从住的方面来说,除了个别贫困地区的居民之外,绝大多数广东人这些年来都盖起了新楼房。广东的楼房和北方的楼房相比,在外观上也不完全相同。当时北方的楼房无论外形或颜色都比较单一,外形基本上为方形,颜色一般为灰白色;而广东的楼房则形态各异,既有方形,也有圆形或多面体,外表都镶砌上了各种颜色的瓷砖,给人以一种新颖别致的感觉。当时广东人的家庭摆设也比内地讲究。很多有钱人家都喜欢添置雕刻着各种图案的红木家具。由于当时广东的家电产业比较发达,所以大多数中等以上收入的家庭已基本上实现了电气化。

再从行的方面来说,当时大多数广东人出门都是骑摩托或乘坐进口小轿车,很少有人骑自行车。尤其是中等以上的城市,几乎找不到一个骑自行车的人。整个广东省,几乎找不到一辆带帆布篷的老牌国产轿车,绝大多数都是从国外进口的高档小轿车。

除了衣、食、住、行与内地相比存在着较大的差异之外,在语言交往上也与内地存在着较大的差异。大多数广东人除了讲白话(新中国成立之前的广东官方语言)或客家话以及倭(读"ai")话、黎话等当地土语之外,近年来还引进了一些外来语,特别是英语,我想这大概是受香港影响的缘故。比如"打电话",广东人通常叫"拷电话",并把当时流行的传呼机叫"拷机",这实际上是英语"call"的译音。又比如,北方人把大、小便室叫"厕所"或"茅房",广东人则叫"洗手间"。这实际上也是受英语的影响,因为英语通常把上厕所叫"洗手"（to wash hands）。再比如，北方人把去医院查看病情叫作"看病"，而广东人则叫"看大夫"，实际上也是受英语的影响。因为英语也把看病说成"看大夫"（to see doctor）。还有，朋友或同伴之间各付各的钱一块聚餐，我们老家叫"打平伙"，英语叫"to go duch"，而广东人则叫"A—A餐"，我想这大概也是受西方的影响而产生的新名词。

　　总之，在广东，目前已出现了不少类似的新名词，其中大多数都是从英语演绎而来的。除了这些从外地引进的新名词之外，还有一些在旧中国经常使用而在新中国成立之后很长一段时间不再使用的称呼，如先生、小姐、太太、老板等等，现已成了广东很时髦的称呼。这些外来名词或时髦称呼虽然目前大多数都已在全国普遍采用，但最早实际上都兴起于广东。

　　还有，广东人见了面喜欢说"恭喜发财"，并喜欢用金钱来衡量某一事物的质量好坏与得失。我经常听广东人说："这个东西很值钱"，"ⅹⅹ人很有钱"，"ⅹⅹ人的身价值多少钱"，"ⅹⅹ人这回又赚了多少钱"等。不像北方人，在"钱"字面前显得有些腼腆或难为情，并采取转弯抹角的回避态度。这说明广东人既有经济头脑，也很实在。因为在经济学上，一般都是拿货币值作为衡量一切事物的尺度。即使是不属于用货币值衡量的东西，通常也把它量化为货币单位。比如，对于国家新出台的某项政策，我们经常说它的"含金量"有多少，以此来形容它的好坏与适用程度。

　　总之，我觉得广东人和内地人相比，无论思想观念或生活方式都存在着较大的差异。其中有不少观念是很值得内地人、特别是甘肃人学习的，它对于促进甘肃或西北地区经济的发展将起重要的作用。当然，也有一些消极的东西是值得内地人加以防范的。

　　我记起毛主席在《实践论》中曾经说过："无论何人要认识什么事物，除了同那个事物接触,即生活于(实践于)那个事物的环境中,是没有法子解决的。"回想起我在正式调到广东去工作之前,虽然经常从报纸、杂志上看到关于广东的报道,也经常从广播、电视以及一些到过广东的人的口述中听到关于广东的情况介绍,但广东的实际情况究竟如何? 对我来说,仍然是忽明忽暗或一知半解,如同隔靴搔痒,没有深刻的体会。通过这几年的实际生活,才使我对广东的情况有了比较深刻而清晰的了解。

毛主席在《实践论》中还指出:"中国人有一句老话:'不入虎穴,焉得虎子。'这句话对于人们的实践是真理,对于认识论也是真理。"回想起我在广东工作和生活的几年,虽然遇到过不少艰难险阻或危机和挑战,但正是这些艰难险阻及危机与挑战,才使我对广东的情况有了更深刻的了解。实践经验告诉我们,对于同一个事物,由于人们的地位和身份不一样,往往看法也不完全相同。所以,有很多东西,单纯以新闻记者、上级机关的调研人员或挂职锻炼人员的身份,是无法得到更深刻了解的。只有像毛主席所说的那样,要敢于深入"虎穴",并成为"虎穴"的主人,你才能对"虎穴"的情况有更深刻的了解,也才能真正得到"虎子"。

通过三年的广东"打工"生涯,不仅使我对广东的情况有了比较深刻的了解,也使我对基层水利管理单位的情况有了更深刻的了解。不仅了解到了基层工作的一般特点,而且也亲身体验到了作为一个基层水利工作者的思想、心理以及他们的价值观念。所以,我当时曾产生了这样一个念头:如果我能重新调回甘肃工作的话,我一定要争取再写一本书,把我在广东的所见所闻、特别是我的很多亲身经历和感受告诉给甘肃的父老乡亲及其他的读者。

尽管我当时曾经产生过重新调回甘肃的念头,但考虑到当时甘肃和广东的生活差距,要真正迈出这一步也不那么容易,思想上毕竟存在着不少顾虑。可是,万万没有想到,就在这个关键的时刻,生活中一个新的转机突然出现在了我的面前:我被再一次借调到了水利部农水司以及中国灌区协会工作。一年以后,又由于一个偶然的机遇,促使我终于回到了久违的第二故乡——甘肃。

在介绍我重返甘肃工作的一段经历之前,我想首先把我第二次被借调到水利部工作的情况作一简要介绍。

1996 年 3 月的一天上午,我不知道外出做什么事情,大概 10 点多钟才回到办公室。刚走到办公室门口时,便听办公室的文秘小杨对我说:"陶主任,刚才北京来电话,我到处找您都找不到。他们要您赶快给回个电话,并留了个电话号码在这里。"

我于是按照小杨抄下的电话号码立即给中国灌区协会的何秘书长挂了个电话,询问有什么事。

原来刚才正是何秘书长打来的电话,通知我立即去北京参加中国灌区协会的理事会议。

中国灌区协会是我国水利行业目前一个最有影响的民间社团组织,主要由全国的大型灌区自愿联合而成,它的最早发起单位是山西省的潇河灌区、河北省的石津灌区与陕西省的泾惠渠灌区。1989 年,这三个大型灌区自发结成了姊妹灌区。他们的这一行动立即得到了主管全国灌溉工作的水利部农水司的首肯与大力支持。1990 年 5 月,在农水司的倡导下,这三个灌区又联络了全国十多个大型灌区,在潇河灌区所在地——山西省榆次市——成立了"灌区建设与管理协作组",这就是中国灌区协会的前身。我当时正在甘肃省水利厅水利管理局工作,曾应邀参加了这次会议。同时被邀请参加这次会议的,还有我正在进行承包经营试点工作的甘肃省张掖市西干渠灌区,这也是当时唯一被邀请参加这次会议的一个中型灌区。正是在这次会议上,我有幸认识了雷州青年运河管理局前来参加会议的一位领导,从而促成了我的几年广东之行。

1991 年,"灌区建设与管理协作组"又在安徽省淠史杭灌区(一个规模仅次于都江堰的特大型灌区,实际灌溉面积已达 900 多万亩)所在地——安徽省六安市——召开会议,决定正式成立中国灌区协会,并着手成立协会前的各项准备工作。

1992 年,中国灌区协会在湖南省韶山灌区管理局正式召开成立大会。参加会议的有来自全国 30 多个大型灌区(除甘肃省张掖市西干渠灌区为中型灌区之外)的代表。在这次会议上,通过了事先已草拟好的协会章程,选举产生了协会会长、副会长、常务理事单位、理事单位及正、副秘书长。通过几年的发展壮大,中国灌区协会现已成为一个拥有 200 多个会员单位(绝大多数都是大型灌区)、覆盖全国 30 个省(市、自治区)、并拥有 2 亿多亩灌溉面积的大型行业性社会团体。不仅在国内有一定的影响力与知名度,而且还同国际上一些民间社团组织经常发生业务往来。

1995 年,中国灌区协会与水利部农水司的有关领导得知我已从甘肃省水利厅调到了广东省湛江市雷州青年运河管理局工作,便决定任命我为不脱产的协会副秘书长。在中国灌区协会的成立大会上,雷州青年运河管理局已被当选为常务理事单位。我征得领导的同意之后,便于第二天从湛江乘飞机赶到了北京。

这次理事会议看来是中国灌区协会成立以来一次比较重要的会议。在这次会议上,当时水利部一位分管全国农田灌溉工作的负责人曾作了重要讲话。这位负责人在讲话中首先对中国灌区协会几年来的工作曾给予了充分的肯定,并指出:"根据目前国内的发展趋势和世界潮流,今后要进一步发挥民间社团组织的作用,逐步弱化政府部门的职能。中国灌区协会作为我们水利行业一个联系群众最广泛的社会团体,今后要多开展一些符合自己身份的社会活动,承担一些过去一直由政府部门承担的社会责任。为了达到这一目的,中国灌区协会首先要注意包装自己、推销自己,逐步扩大自己在社会上的影响力与知名度。"

紧接着,该负责人还向中国灌区协会提出了两项具体建议:

其一,他建议中国灌区协会组织人员写两篇有分量的宣传材料:其中一篇是自我介绍材料;另一篇是介绍中国的农田水利事业及其对促进中国粮食生产、实现中国粮食安全所起的重要作用的材料,以便向外界进行宣传。

其二,他建议适当的时候以中国灌区协会的名义邀请部分全国政协委员到灌区进行考察,以便到时候请全国政协向国务院提出建议,增加对大型灌区续建配套及更新改造的资金投入。为了做好这项工作,他希望灌区协会事先组织力量,对全国灌区的基本情况进行一次全面调查,以便在邀请政协委员去灌区进行考察之前向全国政协进行汇报。

与会代表听了这位水利部负责人的讲话之后,都感到非常兴奋,对中国灌区协会将来的发展充满了希望。当大家在研讨如何落实水利部领导提出的这两项任务时,有人曾提议撰写宣传材料的任务交由我去完成,立即得到了与会者的一致赞成。随后,农水司灌溉处的负责人又特地将我请到他的办公室,和我商量关于开展灌区调查的事宜。按照他的意见,开展灌区调查这项工作拟由灌溉处具体负责,并要我协助灌溉处完成这项任务。他当时还吩咐我替灌溉处草拟了一份调查提纲,准备以灌溉处的名义向各省(市、自治区)水利厅(局)发放。这样,这两项任务实际上都落到了我的肩上。

为了完成这两项任务,农水司决定,以"干部交流"的名义将我从雷州青年运河管理局借调来北京,一方面协助农水司进行灌区调查;另一方面独立承担撰写宣传材料的任务,并以中国灌区协会副秘书长的身份参与中国灌区协会的一般日常工作。就这样,我终于离开雷州青年运河管理局,来到了水利部农水司协助工作,直到1997年6月初我即将从广东调回甘肃时才离开水利部。

这是我参加工作以来第二次被正式借调到水利部工作。当时有人曾经把我的这一次被借调戏称为"二进宫",也有人把我的这一次去水利部比喻为"刘姥姥二进荣国府"。但从我个人的感受来说,我觉得后一种说法更为恰当。因为我当时是从一个最基层的水管单位突然来到最上层的中央国家机关工作,确有《红楼梦》中的刘姥姥进大观园时的感觉。

我第一次被借调去水利部工作是1989年初。

尽管当时的水利部从物质条件来说显得非常贫穷,但由于老一辈领导处处以身作则、从严理政,不仅培养出了一种良好的机关作风,也带出了一批高素质的水利职工队伍。在第一次被借调到水利部工作的那段时间里,曾使我有幸见识了一批资深的农田灌溉专家及水利管理专家。这些资深的水利专家不仅政策及理论水平较高,而且对基层情况非常熟悉。这大概一方面由于他们平时经常深入基层进行调查研究工作;另一方面也由于他们中的不少人曾被下放到基层工作过一段时间,从而对基层情况有更深刻的了解之故。这些资深的水利专家不仅阅历丰富、工作能力较强,而且特别平易近人。从他们的身上曾使我学到了不少宝贵的东西。

我第二次被借调到水利部工作时,此时的水利部已经发生了显著的变化。

几年来,全国水利职工的工资收入也有了明显的提高。由于整个水利行业目前基本上还是按事业性质对待,所以绝大多数水利管理单位职工的工资基本上和其他行政事业单位相类似。而由于近年来国家曾多次增加了行政事业单位工作人员的工资,所以水利职工的工资也就得到了相应的提高,基本上赶上了全国职工的平均水平。而作为中央国家机关的水利部,由于某些方面的优越条件,职工的工资收入比一般基层单位提高得更快。

相对于第一次借调到水利部工作之时,水利部的工作人员已进行了大换班。由于自然法则,很多老水利专家已相继退出了水利部的职工队伍,一批年轻的水利工作者已成了水利部机关大院的主人,成了全国水利事业的领航人。

这一批年轻的水利部的工作人员虽然没有老一辈工作人员那么丰富的阅历和工作经验,但他们的学历一般要比老一辈工作人员的学历高。他们当中的绝大多数都具有相应专业大学本科的学历,少数人还具有硕士研究生以上的学历。而且他们所学的知识都是当代最前沿的科学技术知识,基本上不存在知识老化的问题。对于我这个长期在基层工作的水利工作者来说,从这些年轻人的身上,曾使我学到了不少宝贵的新的知识,并使我的思想感情和年轻人的思想感情进一步融汇到了一块。

我在第二次被借调到水利部工作的一年多时间里,大部分时间还是在中国灌区协会上班。

由于我当时的主要任务是协助水利部农水司进行灌区调查,后来又参与了农水司一些其他方面的工作,所以,我除了在灌区协会上班之外,还得经常往农水司跑,与农水司(主要是灌溉处)的同行们打交道。无论在工作或事业上,还是在生活上,他们都曾给予过我不少关照和帮助,使我至今未能忘怀。

这些年来,世界银行曾在世界各国(主要是广大发展中国家)开展了一场关于"用水户参与灌溉管理"的改革。其所以要进行这场改革,据说自从20世纪60年代以来,世界上一些发展中国家的政府通过向世界银行贷款,相继修建了一大批水利工程(主要是农田灌溉工程)。这些工程建成以后,又由各国政府出资组织专门机构进行管理。这样,一方面使各国政府肩上了沉重的财政包袱,甚至影响到对世界银行债务的按期偿还;另一方面也使广大用水户对水利工程不关心、不爱护,挫伤了他们管好工程用好水的积极性。针对着这一状况,从20世纪80年代开始,一些国际组织——如国际灌排委员会(ICID)、国际灌溉管理研究院(IIMI)等——的有关专家便提出了"把灌溉管理的责任和权力从政府转移到农民身上(Irrigation Management Transfer)"的建议和主张。1994年9月,国际灌溉管理研究院(IIMI)与武汉水利电力大学曾在武汉水利电力大学共同举办了一场名为"Irrigation Management Transfer"的国际学术研讨会,研究探讨如何将灌溉管理的责任和权力从政府转移到农民的身上。随后,世界银行(World Bank)的有关专家根据行为科学中"参与式管理"的基本原理,明确提出了"用水户参与灌溉管理(Participatory on Irrigation Management)"的建议和主张。为了使这一理论能够付诸实施,世界银行一方面派出专家,协助各发展中国家进行"用水户参与灌溉管理"的改革;另一方面不定期地召开各种类型的国际会议,总结推广"用水户参与灌区管理"的改革经验。我国代表也在土耳其参加了这次会议,是世界银行主持召开的第二届用水户参与灌溉管理的国际会议。参加这次会议的,主要是来自各发展中国家水行政主管部门的官员。

我国属于发展中国家,自从 20 世纪 50 年代以来,也和其他发展中国家一样,修建了一大批水利工程。虽然我国的水利工程绝大多数都是通过发扬全国人民的自力更生精神,由国家投资、农民投劳修建而成的,但在管理体制与经营机制上,也和其他发展中国家一样,有着相同的弊病。所以,由世界银行发起的"用水户参与灌溉管理"的改革,同样适应于我国的国情。为了同国际接轨,同时也为了进一步深化我国的灌溉管理体制改革,水利部决定将"用水户参与灌溉管理"这项改革措施在我国逐渐推行,并委派相关人员参加了这次国际会议。

当时,世界银行曾派出了一位专家前来我国协助进行"用水户参与灌溉管理"的改革,并在水利部农水司的密切配合下,同时在湖北省漳河水库与湖南省铁山水库两个灌区进行了"用水户参与灌溉管理"的改革试点。这位世行专家姓孙,名叫孙伯泉,英文名字叫"Petson",是位美籍华人。水利部也借此机会召开一个小型会议,研究商讨如何将"用水户参与灌溉管理"的改革在我国全面推行。当时农水司的一位负责人还没有正式分管灌溉处及中国灌区协会的工作,但当他得知我已被借调来农水司及中国灌区协会工作的消息时,便决定要我也参加了这次会议。

参加会议的除了农水司负责人、孙先生和我之外,还有水利部国际合作司与农水司的几名工作人员。农水司负责人首先向参加会议的人员介绍了他在土耳其参加国际会议的情况,然后便向孙先生介绍了我国目前的灌区改革情况。他在介绍我国目前的灌区改革情况时,特地将甘肃省张掖市西干渠灌区推行承包经营责任制的情况向孙先生作了详细介绍,并嘱咐我将我所写的《灌区改革的成功之路——试论灌区承包经营责任制》一书赠送一本给孙先生。由于我当时没有携带这本书,只好临时从中国水利水电出版社找了一本,并通过国际合作司的工作人员转交给了孙先生。

这次会议最后决定,当年 10 月份在四川省都江堰管理局召开"全国大中型灌区用水户参与灌溉管理及转换经营机制改革研讨会"。参加会议的人员有来自全国各省(市、自治区)水利厅(局)分管灌溉工作的领导以及一些改革试点单位的代表。根据农水司负责人的吩咐,我当时既作为中国灌区协会的代表,又作为工作人员参加了这次研讨会。在研讨会上,除听取了几个典型灌区介绍他们的改革经验之外,还特地安排那位孙先生向大会作了一个专题报告,介绍当前世界各国推行"用水户参与灌溉管理"的情况。

通过这次研讨会,使我增长了不少见识。尤其是听了孙先生的专题报告之后,更使我对"用水户参与灌溉管理"这项改革产生了浓厚的兴趣。

我在第二次被借调到水利部协助农水司开展灌区调查工作的初期,由于一方面人员太少,另一方面时间非常紧迫,来不及抽派人员深入灌区进行实地调查,只好采取间接调查的方式。

开始,由我草拟的《调查提纲》经领导修改以后,以农水司的名义作为正式文件下发给了各省(市、自治区)水利厅(局),要求各省(市、自治区)水利厅(局)按照《提纲》要求,并抽派专人深入灌区进行实地调查,最后将调查资料迅速上报给农水司灌溉处。时隔不久,农水司灌溉处便陆续收到了从全国各地反馈上来的调查资料。随后,又由刚从大学分配来灌溉处工作的小刘编了一个数据库程序,将调查资料全部输入到了数据库。当全国各地的调查资料反馈得差不多时,便由我执笔起草调查研究报告。

我在起草调查研究报告时,一方面根据当时的调查统计资料;另一方面参考了农水司过去整理的有关资料;同时根据我过去多年深入到全国各灌区进行调查研究获得的感性认识；另外，在撰写调研报告之前，农水司的有关领导还特地邀请了一部分已退休的老专家开了个座谈会，我也列席参加了这一座谈会。在集思广益的基础上，前后花了十多天时间，终于写出了一份近两万字的《全国大型灌区调查研究报告》初稿。

这份《调研报告》初稿虽然还很不完善，后经农水司组织有关人员进行了多次修改，最后才呈交给全国政协参考。但一方面，当时总算开了一个头，提出了调研报告的基本思路；另一方面，也解决了农水司领导一时的燃眉之急。

我撰写灌区《调研报告》初稿的任务完成以后，根据农水司新的工作安排，便没有再参与到灌区调研的工作中去了。

我在协助水利部农水司进行灌区调查的同时，还抽时间完成了另外两项任务：一是编写了《中国灌区协会简介》；二是以中国灌区协会的名义撰写了一篇题为《中国的灌溉事业与中国的粮食生产》的论文。这两篇材料当时曾提请农水司几位资深的专家进行了审查和修改，目的是想在世界粮食首脑会议上进行宣传。这两份材料一直保存在农水司灌区处。

1996年5月，山东省陈垓灌区举办建成通水35周年庆典活动，特邀请水利部农水司和中国灌区协会派代表参加。我受委托曾代表中国灌区协会前去参加了这次庆典活动。

陈垓灌区位于鲁西南地区，是引黄河水进行灌溉的一个大型灌区，有效灌溉面积40多万亩。那里是历史上有名的"水泊梁山"所在地。庆典活动期间，会议东道主曾邀请我们游览了这座历史名山。我们攀登到了山的顶峰，观赏了当年宋江等一百〇八条好汉集会的场所——聚义厅，同时还参观了一些其他的景点。

在我原来的想象中,"水泊梁山"一定是四面环水,山上林草茂密甚至古树参天。但当时展现在我们面前的,却是另一番景象。站在山顶居高临下,正北面是一大片农田,只有在较远处靠近黄河的地方,才隐隐约约地看见一片面积不大的湖面。正南面则是陈垓灌区管理处所在的梁山县城。离县城不远处是刚刚修建而成尚未正式通车的京九铁路。山上树木也非常稀少,到处都是断崖峭壁和连绵起伏的光秃秃的小山丘。据会议东道主向我们介绍说,以前的梁山确实是四面环水,山上树木葱茏茂密。由于近几十年来不适当的围湖造田和对树木的乱砍滥伐,加上黄河经常断流和降雨量的减少,才造成了目前这样的境况。当下,政府正在大力开发梁山的旅游资源,准备采取一切可行的措施,以恢复昔日"水泊梁山"的风貌。

尽管梁山的自然景观已经失去了过去的风采,但梁山人的性格却仍然保持着过去那种豪爽与大方的特征。梁山人特别热情好客,庆典活动期间,会议东道主曾带领我们到全灌区进行了参观考察。我们所到之处,当地群众都给予了我们热情的欢迎和招待。

庆典活动期间,中共梁山县委和梁山县政府还特地举办了一场别开生面的座谈会,邀请前来参加庆典活动的嘉宾对梁山县的水利工作提出宝贵的意见和建议。看来,这也是这次庆典活动的一个主题。由此也不难看出梁山县的领导未雨绸缪、求真务实的工作作风。他们举办这次庆典活动的目的,并不只是借此机会讲讲排场、赶赶热闹,或者说是为庆典而庆典,而是想借此机会促进梁山县水利事业的发展。参加这次座谈会的除了水利部农水司灌溉处的负责人和农水司分管灌溉工作的一位负责人之外,还有黄河水利委员会、水利部新乡灌溉研究所、山东省泰安水利专科学校等单位的领导及有关专家。我也应邀参加了这一座谈会。

梁山县紧靠黄河,主要靠引黄河水进行灌溉。陈垓灌区就是引黄河水进行灌溉的灌区。可是,近年来,由于黄河年年出现断流,从而给梁山县的农业及国民经济的可持续发展带来了严重的威胁。正是在这样的背景下,中共梁山县委、梁山县政府的领导便决定通过举办这次庆典活动,邀请全国水利界的同行与专家们前来献计献策,以减轻或避免因黄河断流对该县工农业生产及国民经济带来的损失。

在听取了好几位专家的发言之后,我也曾发表了自己的一点看法。我主要是从节水的角度谈了自己的一点认识,我当时曾说:"面对着黄河年年断流的严峻形势,目前的唯一出路就是大力普及各项节水措施。而在科学技术高度发达的今天,在节水的具体技术措施上已经不存在大的问题,关键在于如何提高人民群众的水忧患意识,从思想上认识到节水的重要性。而要想达到这一目的,一方面要加强对群众的宣传教育工作;另一方面则要利用经济杠杆,促使广大群众自觉采用节水技术措施,以提高水的利用率。而从目前陈垓灌区的情况来看,每方灌溉水的价格才2.8分钱,每亩地全年的水费仅相当于两瓶矿泉水的费用,自然造成群众心理上的误解,对节水工作不重视。所以当前必须进一步深化水价改革……"

我的这番谈话已得到了与会者的普遍认同,在思想上产生了强烈的共鸣。

1996年6月,中国灌区协会在湖南省韶山灌区召开理事会议,并顺便参加了韶山灌区成立30周年的庆典活动。我和何秘书长以及裴副秘书长三人同时参加了这次会议。

　　韶山灌区离我的家乡湖南省安化县不到两百公里的距离,作为已经阔别故乡 30 多年的我,这一回虽然没有正式踏上故乡的土地,但总算闻到了家乡的泥土气味,所以内心感到无比激动,并对韶山灌区产生了一种格外亲切的感觉。

　　在韶山灌区总共逗留了四天时间,除了两天的理事会议并参加韶山灌区成立 30 周年的庆祝大会之外,另外两天时间分别参观了韶山灌区的工程设施,并驱车前往毛泽东、刘少奇、彭德怀的家乡瞻仰了这三位伟人的故居。

　　韶山灌区,在我所参观考察过的大型灌区中,称得上是管理水平最高的灌区之一。那里不仅工程设施非常完善、自动化程度较高,而且田间配套也搞得很出色,土地非常平整。我想这大概是由于我们湖南是个农业大省,世世代代都是以农为本、从上到下都对水利事业非常重视之故。韶山灌区的同行们在灌溉管理上确曾下了不少功夫,我以前经常在水利刊物上看到来自韶山灌区的论文及报道。这次亲临韶山灌区进行考察,深深地感到,该灌区的同行们在灌区管理工作中,无论理论和实践,都值得我认真学习。

　　湖南在中国近现代史上是一个群星灿烂、人才辈出的省份。从曾国藩、左宗棠、谭嗣同、黄兴、蔡锷到毛泽东、刘少奇等一大批对中国近、现代史产生过重大影响的杰出人物,都出生在湖南。大概由于这些杰出人物的影响与熏陶之故,我感到湖南的社会风气与文化氛围和外省相比,多少有些不同。特别是在毛泽东和刘少奇这两位伟人的故乡,那里政治空气比较浓,而商贾气息比较少。当你走进各家书店时,你会看到书架上摆放的大多是政治理论书籍或名人传记。

　　尽管今天的韶山也和全国各地一样,兴起了轰轰烈烈的经商热,但我感到那里的社会环境和外地相比,仍然有着很大的区别。虽然同样是闹市区,但在那里你却很难听到那种嘈杂刺耳的叫卖声,更看不到那种欺行霸市或采取不正当手段拐骗外地人钱财的丑恶行为。

1997 年 4 月,我受当时的农水司司长的委托,曾代表水利部农水司前往甘肃省武威市参加了由甘肃省水利厅与武威地区行署联合举办的拟在武威市黄羊河灌区建立现代企业制度的"方案听证会"。

我在第二次被借调到水利部工作的一年多时间里,还参加了由农水司举办的其他几次全国性的专业工作会议,并承担了其他几项文件的起草任务。不管这些文件是否最后被采纳,但它们都已构成了我这一年多来的工作内容及成果。

我于 1996 年 3 月从广东省湛江市雷州青年运河管理局借调到水利部农水司及中国灌区协会工作,转眼便到了 1997 年 5 月。按照农水司有关领导的打算,他们曾希望我能在中国灌区协会长期工作下去。

可是,就在这个关键的时刻,一个偶然的机遇,却使我产生了重新调回甘肃工作的念头。我当时曾把我的这一打算向农水司的一位领导做了汇报,以征求他的意见。他当时坚决不同意我重新调回甘肃,目的还是希望我能继续留在中国灌区协会工作。直到 1997 年 5 月底,中国灌区协会在湖北省漳河水库管理局召开第二届会员大会,在即将进行换届选举之时,这位领导最后一次把我叫到他下榻的宾馆卧室,问我是否仍然打算调回甘肃。由于我当时已经基本上办妥了调回甘肃的各项手续,不得不把实际情况告诉了他。我清楚地记得他当时坐在自己的沙发上,眼睛望着天花板,迟疑了片刻,然后便很叹息地对我说:"呵,既然如此,那就这么定下来了。这样,你也就更安心了。"

　　就这样,我终于怀着忐忑不安的心情离开了曾经使我增长了不少见识,并给我带来过一定的荣誉与光环的水利部与中国灌区协会,踏上了回归甘肃之路,并开始了一段更加充满艰难险阻与挑战的人生旅程。

第六章　重新回到甘肃的怀抱

一、我终于吃上了"回头草"

中国有句老话："好马不吃回头草。"大概由于我不属于"好马"这个范畴的缘故,在我从甘肃调往广东工作还不到 5 年的时间里,由于一个偶然的机遇,又重新回到了甘肃的怀抱,终于吃上了"回头草"。也许正是这一原因,决定了我在调回甘肃之后所经历的一段比我当初调往广东工作时更觉难堪的人生旅程。

记得大概是 1996 年 12 月中旬的一个晚上,一位原来和我关系不错的甘肃省水利厅水利管理局的年轻同事出差来到北京。他得知我已被再次借调来水利部工作,特地赶到我下榻的招待所前来看望我。由于阔别多年,当我们初次见面时,彼此都感到格外亲切。我们在一块交谈了很长时间,大概从晚上 8 点多钟一直谈到将近 12 点。由于他下榻的宾馆离我所在的招待所还有相当长的一段距离,为了不影响他第二天的活动,才不得不和他分手。

他当时曾向我介绍了甘肃这些年来发生的深刻变化。大概由于我在甘肃这片土地上已经生活了将近半辈子,我的身体的基因主要由甘肃的水土滋润或转化而成的缘故,从而使我对甘肃这片土地产生了一种特殊的感情。当听到他谈及甘肃这些年来发生的深刻变化时,内心感到无比的喜悦和激动。也许由于他当时已经看出了我的这种喜悦和激动的心情,在他即将和我分手时,突然向我发问说:"您想不想重新调回甘肃去工作?"

紧接着,他又向我提供了一个新的信息,并带着几分动员的口气对我说:"告诉您一个好消息:全国著名的引大入秦工程已经建成通水。为了抓好工程的运行管理,甘肃省政府最近已批准成立了'引大入秦工程管理局',现正需要大批的管理人员。您在甘肃已经工作了二十多年,在灌溉管理中曾取得过显著的成绩,并已打下了坚实的工作基础。加上这些年您又在广东工作了一段时间,对沿海经济发达地区的灌溉管理及改革开放情况也有了较深的了解。我知道您是一个'事业狂',如果您再调回甘肃去工作,一定会在事业上取得更加显著的成绩。"

他的这一番谈话如同一阵春风,吹入到了我的脑海之中,使我的思想感情的波涛在不停地翻滚,并把我的思绪重新带回到了甘肃这片古老而神奇的土地。

甘肃,地处我国的大西北。从地图上看,它的外形很像一只在水中漂游的大金鱼。这条大金鱼的头和两片鳃鳍朝着东南方,尾对着西北方。从西北到东南全长1,600多公里,而从西南至东北的最大宽度却不到600公里,最小宽度甚至不到30公里。总面积45.52万平方公里,占全国国土面积的4.7%,相当于4个江苏省的面积。这样一片辽阔而狭长的土地,决定了它内部地质构造及自然气候条件的多样性与复杂性。

在甘肃省内,共有三大水系,并以此将甘肃划分成了三个流域。其中河西走廊统称为内陆河流域;以兰州为起点的中、东部地区属于黄河流域;它的最南端则属于长江流域。这三大水系为甘肃各民族的繁衍生息提供了最基本的生活资源——水,加上其他多方面的有利条件,从而使甘肃成了我们古老的中华民族的发源地之一。

而在这三大水系中,又以黄河对甘肃的影响为最大。因为黄河在甘肃省内流域面积最广,提供的水量也最多。所以,黄河既是整个中华民族的母亲河,也是甘肃省内各民族的母亲河。20 世纪 80 年代中期,富有创造才能的甘肃人曾在甘肃省会兰州市内靠近黄河南岸的一片繁华地段塑造了一尊"黄河母亲"的雕像,以此来表达两千多万甘肃儿女对黄河母亲的爱戴与景仰之情,这一尊"黄河母亲"雕像现已成了兰州市内最具吸引力的一处旅游景点。

尽管黄河对甘肃经济文化的发展曾经起过举足轻重的作用,但在过去漫长的岁月中,由于科学技术的落后,加上甘肃地理条件的特殊性与复杂性,致使黄河的水资源没有得到充分合理的利用,黄河母亲的乳汁没有为甘肃儿女们所尽情分享,从而影响到了甘肃经济文化的迅速发展,并使甘肃一度成了全国最贫穷落后的省区之一。

唐代诗人李白曾经写过两句赞美黄河的诗:"君不见,黄河之水天上来,奔流到海不复回。"当你来到甘肃境内,望着那滚滚东去的黄河之时,你就会对李白的这两句诗有一种特别深切的感受。因为甘肃地处黄河上游,紧靠它的发源地青海省。当你站在甘、青两省交界之处,望着那滔滔不绝的黄河之水从海拔 5,000 多米的青藏高原飞流直下的时候,确实会使你产生"黄河之水天上来"的感觉。

进入甘肃以后,地势相对平坦,黄河的流速逐渐减弱。由于甘肃地处黄土高原,土质疏松且易溶于水(由于黄土具有'湿陷性'),在黄河水流的不断冲刷下,致使黄河的河床不断下陷,远低于两岸的地面。从而使大量的黄河水从人们的脚底下白白地流淌过去而得不到合理的利用,也就给人们留下了"奔流到海不复回"的千古遗憾。

在甘肃这片辽阔的土地上,除了连绵起伏的山峦之外,还有一望无际的平川。特别是沿黄河的两岸,更有数不清的大大小小的川台地。那里不仅地势平坦,而且土质肥沃、气候温和、日照时间长,很适合万物的生长。但由于甘肃气候干燥、降雨量稀少,致使那些平坦而肥沃的土地长期得不到开发和利用。其中大部分土地已成了亘古荒原,有的则被北面茫茫的沙漠所侵蚀。只有极少部分被当地群众所开垦,或作为放牧牛羊的场所。

生活在这片土地上的人们,千百年来,尽管他们从黄河母亲的身上吸取的乳汁是那样的稀少,生活是那样的窘迫,但他们还是舍不得离开这片土地。因为他们知道,离开这片土地就等于离开了母亲的怀抱。失去母爱的孩子生活将变得更加艰难困苦。为了能在这片土地上生存下去,在当时科学技术非常落后的情况下,虽然他们不可能从黄河中提取较多的水量,也就是说,不可能从母亲身上吸吮更多的乳汁,但他们曾想尽一切办法,将附近沟沟岔岔的水引到地里进行灌溉。他们还在居住地的周围挖了不少水窖。当老天快要下雨时,连忙将水窖周围的场地清扫干净,以便将从天上降下的雨水引到窖里存贮起来,除了作为生活用水之外,也将部分窖水用于灌溉。他们就是通过这种简单而粗放的方式,把一部分原本流入黄河的水拦蓄了下来,作为生活及生产之用。

为了减少水分的蒸发,他们从生产实践中还摸索出了一种特有的耕作方法,专门从黄河滩上捡来了大量鸡蛋大小的石子覆盖在耕地的表面,赖以保水养墒。当地群众把这种用沙砾石覆盖而成的耕地称为"压沙地"。二十多年前，当人们还没有大量提引黄河水进行灌溉时，在甘肃省内沿黄河的两岸，到处都可以看到这种像洒满了珍珠似的"压沙地"，这已成为甘肃一道独特的景观。实践证明，这种"压沙地"对于保水养墒确有一定的作用。在年降雨量不到 300 毫米的干旱地区，在一般的土地上，农作物根本不可能成活。而在"压沙地"里，小麦或糜谷每亩单产往往可达一百多斤，有时甚至可达两百多斤。不过，造一亩"压沙地"一般需要付出大量的劳动力以搬运沙砾石，而且每隔十来年就得将沙砾石进行更换，才能起到保水养墒的作用。所以当地群众形容种"压沙地"是"累死老子、富死儿子、穷死孙子"。同时，由于"压沙地"只有保水养墒的功能，并不能增加土壤中的水分。由于土壤中水分含量太少，所以粮食单产仍然很低。那些长期靠种"压沙地"过日子的农民，生活一直处在非常贫困的状态之中。

为了提引黄河水进行灌溉，早在 400 多年前的明代，甘肃人便学会了利用木料制作成筒车（当时称之为"天车"）。从外形上看，这种木制筒车很像大马车的一个轱辘。它的中心是一根长度不到一米、形状像腰鼓似的木圆柱。圆柱的周围呈辐射状镶嵌着一根根的木肋条。每根肋条长约 6—8 米，从而构成了一个直径约十多米的大圆盘。圆盘的边缘，每隔一定弧度距离并与圆弧的切线方向成一定的夹角，安装了一个打水的小木桶和一个挡水的叶片，以便借助水的推力使圆盘转动。筒车一般安装在靠近河岸的一个木排架上，下缘嵌入水流中。有些筒车在河道的上游还修筑了一道小堤坝，以便将河水引导到河岸边流过，推动筒车围绕着它的轴心不停地旋转。当安装在筒车边缘的小木桶随着筒车的旋转达到最低位置时，便将水盛满。然后，随着筒车旋转到上半圆一定位置时，由于方位的变化，又将水倒出。在筒车的中部，沿水平方向还安装了一个固定的与筒车圆面平行的木槽。

从桶中倒出的河水统统流到这个木槽里。木槽的中部有一个泄水孔,孔的下面又安装了另一个与筒车圆面垂直的木槽,以便将从孔中流出的水引到地里。

我的老家湖南省安化县过去也有这样的筒车,但都是用竹子制造,规模没有黄河的筒车大,制作也没有这么精美。黄河的筒车不仅具有良好的实用性,而且还有一定的观赏性。目前,在靠近甘肃省会兰州市的黄河段,仍然保留着不少这种古老的提水机械,它已成为黄河上游一道亮丽的风景线。

尽管甘肃人从明代开始就知道引黄河水进行灌溉,但由于当时科学技术的落后,只能依靠这种原始的提水机械来提引黄河水,不仅提取的水量非常小,而且提水高度也非常有限。对于那些远离黄河河床的居民来说,只能是"望河兴叹"。

那些长期居住在离黄河河床较高或较远地区的人们,眼巴巴地看着滔滔不绝的黄河水从自己的脚底下白白地流淌过去,他们在发出一声声叹息的同时,也在自己的脑海中编织出了一个金色的"梦":希望有朝一日能将这滔滔不绝的黄河水提引到自己的周围,将亘古荒原改变成绿色的充满生机和活力的田野。

随着我国科学技术的不断进步和经济势力的不断增强,居住在甘肃境内的黄河儿女们做了千百年的美梦终于变成了光辉的现实。

从50年代末开始,在党和政府的亲切关怀和大力支持下,勤劳智慧的甘肃人民和当时从全国各地分配来甘肃工作的广大科技工作者紧密结合,先后在黄河沿岸修建了一大批电力提灌站,将滚滚东流的黄河水提升到离黄河河床数百米高的荒原进行灌溉。迄今为止,全省沿黄地区共修建了大大小小的电力提灌站达5,000多处,每年可提起黄河水8亿多立方米,发展灌溉面积200多万亩,有力地促进了甘肃经济的发展和生态环境的改善。

通过修建高扬程电力提灌站,把黄河水从它的河床提升到数百米高的川台地,虽然解决了沿黄地区大部分居民的生产及生活用水问题,使黄河沿岸的一片片荒原变成了绿洲,但在大量提起黄河水、造福黄河两岸人民的同时,由于电力提灌站需要消耗大量的电力,在目前电力资源还不十分丰富的前提下,又从另一个方面制约了甘肃经济的发展。于是,在不少甘肃人的脑海中,又产生了另一个新的梦想,希望有朝一日能将那些来自天上的黄河水直接引到地里进行灌溉。

在甘肃省会兰州市以北约60公里处,有一片广袤而平坦的土地,总面积约1,000多平方公里。那里也像甘肃其他的川台地一样,土质肥沃、气候温和,而且交通比较方便。它的西北面,越过乌鞘岭,就是蜿蜒一千多公里的河西走廊。这一片辽阔的土地很适合农作物的生长,但由于气候干旱,年降雨量只有200多毫米,而年蒸发量却高达1,800多毫米,所以,在过去漫长的岁月中,除了极少部分土地已被当地群众改造成压沙地进行耕种之外,绝大部分土地都是未曾开垦过的处女地。虽然它紧靠兰州市,但却一片荒凉,人烟稀少。这就是甘肃省有名的秦王川,相传这里曾经是当年秦始皇统一六国时厉兵秣马的场所。

而在秦王川的西南方向,在甘肃与青海两省交界之处,有一条河流,水量丰沛稳定,水质澄清透明。它的年平均流量约90立方米/秒,年径流量约30亿立方米。这就是黄河上游的二级支流——大通河。大通河发源于青海省境内、祁连山南麓的木里山,然后在甘肃省境内汇入黄河的一级支流——湟水,再流入黄河。大通河离秦王川的最近直线距离大概不超过50公里。而从它的中游,即甘肃与青海两省交界处的天堂寺到秦王川的直线距离大概也不到 100 公里。天堂寺海拔将近 3,000 米,而秦王川的海拔则不到 2,000 米。不难设想,如果中间没有高山阻挡的话,完全可以不费大力气就能将大通河水引到秦王川进行灌溉。但由于在大通河与秦王川之间横亘着祁连山的余脉,从而使大通河水只能从祁连山的南麓白白地流入黄河而不能浇灌秦王川的土地。这种看似得天独厚的自然条件,由于一山之隔而使饱受干旱之苦的陇原儿女们只能仰天长叹,并天天盼望着,有朝一日仁慈的"上帝"能派来几位神仙,帮助他们将眼前的这些山峦搬走,以便将大通河水引入秦王川进行灌溉。

新中国成立以后,时刻关心人民群众疾苦的中国共产党,立刻把修建引大(大通河)入秦(秦王川)工程之事提到了议事日程。从 50 年代初期开始,甘肃省政府就组织力量对工程线路进行了踏勘。通过工程技术人员长达二十多年的勘测设计,并报上级主管部门审批之后,这一牵动着党中央和国务院有关领导的心、凝聚着一代又一代陇原儿女们殷切期待目光的引水工程,终于在 1976 年正式动工兴建了。

可是,时隔不久,由于多方面因素的制约,这一令无数甘肃人望眼欲穿的引水工程,不得不于 1980 年中途下马,并停工缓建达 5 年之久。

正当那些迫切希望尽快改变甘肃面貌的志士仁人们眼看着这一修了小半拉子的工程突然下马而感到一筹莫展的时候,正当那些饱受干旱之苦的陇原儿女们做了千百年的美梦再一次濒临破灭的时候,不想天赐良机——改革开放的春风吹遍了神州大地。当时中共甘肃省委和甘肃省政府的有关领导立即抓住这一千载难逢的机遇,一方面决定局部恢复工程建设;另一方面积极向党中央、国务院汇报,请求中央对引大入秦工程予以大力扶持,以使其早日建成通水,从而解决数十万甘肃人民的温饱问题。以邓小平为核心的中共第二代中央领导集体根据中共甘肃省委、甘肃省政府的报告,在对引大入秦工程作了全面的考察与分析论证之后,终于做出决定,将该工程正式列入全国重点扶贫开发项目及重点基建项目,并将该项工程作为基建行业实行对外开放的一个突破口:一方面由国家财政担保,首次向世界银行贷款一亿多美元;另一方面向国际公开招标,以引进国外先进的技术及管理经验,加快工程建设步伐。

在人类历史发展的长河中,神话和现实之间往往存在着一一对应的相似关系。在科学技术不发达的古代,我们的祖先凭借他们丰富的想象力,曾经编织出了一个又一个引人入胜的神话。而随着科学技术的不断发展,这些离奇的神话不仅一个个变成了光辉的现实,而且现实生活中的很多东西已经远远超过了古代神话中所描绘的东西。如在古代神话中,曾有所谓"千里眼"、"顺风耳"之类的传说,而在当今世界上,人类所发明创造的卫星通信装置,其功能就远远超过了"千里眼"、"顺风耳"的神奇功能。

当年毛主席曾经向人们讲述过一个"愚公移山"的神话故事。说的是中国古代有一位老人,住在华北,名叫北山愚公。他的家门南面有两座大山挡住了他家的出路。一座叫作太行山,一座叫作王屋山。愚公下决心率领他的子孙们要用锄头挖掉这两座大山。他的这种精神终于感动了上帝,上帝便派了两个神仙下凡,背走了这两座大山。

毛主席当年讲述的这个神话故事,看来与今天甘肃人修建引大入秦工程的情况有着惊人的相似。甘肃人这种不畏艰险、敢于向困难挑战的大无畏精神也终于感动了"上帝"。这个"上帝"当然可以理解为曾经支援过甘肃的全国各族人民。但如果说得更确切一点,我认为更应该理解为以邓小平为领导核心的中国共产党。由于以邓小平为核心的中共第二代中央领导集体做出了英明的决策,为甘肃派来了大批的"神仙",从而使引大入秦工程得以在较短的时间内建成通水,终于圆了甘肃人做了千百年的美梦。

引大入秦工程自 1987 年全面复工以来,依靠先进的施工技术和设备,从而使得这一举世瞩目的工程得以在 1994 年基本建成通水。

按照原来的规划,引大入秦工程建成以后,每年可从大通河引水 4 亿多立方米,发展灌溉面积 80 多万亩,不仅将彻底解决秦王川地区近 30 万贫困居民的温饱问题,并可接纳甘肃省内其他贫困地区近 10 万居民到此安家落户。由于引大入秦工程还和甘肃省另外内处大型电力提灌工程连在一起,其总设计灌溉面积已超过 200 万亩。因此,它们不仅将成为甘肃中西部地区一个稳定、高产的粮食生产基地,对实现甘肃的粮食自给、保证甘肃的粮食安全和开发多民族经济具有举足轻重的作用,而且由于它们地处黄河的上游,毗邻腾格里沙漠及蒙古大草原,还将成为祖国大西北的一道天然屏障。由于它们的存在,不仅在很大程度上阻止了北面风沙的南侵,而且还减少了水土流失,保护了黄河这条中华民族的母亲河。

在此顺便值得一提的是,随着改革开放及"西部大开发"战略的不断深入,引大入秦工程所承担的历史使命也越来越繁重并且多元化。由于引大入秦工程为秦王川提供了稳定充足的水源,而秦王川又紧靠兰州市。2011年,经国务院批准,秦王川已成为继上海浦东新区、天津滨海新区之后的第五个国家级城市新区——兰州新区。它不仅将有力地促进兰州地区经济的迅速发展,而且还将成为整个西北地区经济发展的引擎或驱动器。不过这都是我退休多年之后才发生的事情,已不属于本书所描述的范围。

当我的这位年轻的朋友问我愿不愿意重新回到甘肃去工作时,我来不及作深入的思考,便信口开河地向他表示说:"如果引大入秦工程管理局同意接纳我的话,我可以考虑到那里去工作。"

　　说实在的,尽管我当时曾向这位朋友作了这种言不由衷的表态,但从我的内心来说,并没有真正想到要去引大入秦工程管理局工作。我当时只是考虑到,像我这个年龄层次的人,即使原来在甘肃取得的成绩再显著,工作能力再强,在"年龄是个宝"的今天,甘肃也绝不会同意再接纳我了。可是,万万没有想到,由于这一表态,却终于促成了我重新回到甘肃的怀抱。

　　当甘肃省水利管理局那位年轻朋友从北京返回兰州以后,立即告知了当时正被聘请担任引大入秦工程管理局技术顾问的原省水利管理局的一位领导。这位领导一方面将这一情况立即向引大入秦工程管理局的有关领导做了汇报,并力促这些领导做出同意接纳我的决定;另一方面又叫那位年轻朋友立即向我通了个电话,表示引大入秦工程管理局已基本上同意接纳我,并建议我找一个出差的机会亲自来引大入秦灌区看一看,并同引大入秦工程管理局的有关领导见一见面,以便具体商量我调来引大入秦灌区工作之事。

　　我收到那位年轻朋友的电话之后,曾经征求了中国灌区协会何秘书长的意见。何秘书长当时也很支持我重新调回甘肃工作,并立即给了我一个出差甘肃的机会。就这样,在我正式调来引大入秦管理局工作之前,曾以中国灌区协会特派员前来引大入秦考察的名义对这个新的工作岗位进行了一次暗访。

　　记得我是 1997 年元月初从北京乘火车到达兰州的。第二天一清早,在他人的陪同下,我来到了引大入秦工程管理局所在地——离兰州市约 110公里的甘肃省永登县(隶属兰州市)的县城。吃罢中午饭以后,便去参观了引大入秦工程的几项标志性建筑物。

第二天上午,我特地去拜会了当时引大入秦工程管理局的主要负责人。

我在同引大入秦工程管理局的那位负责人正式交谈之前,特地将我撰写并出版的两本专著——《灌区改革的成功之路——试论灌区承包经营责任制》和《灌区企业化管理(第二版)》——作为见面礼赠送给了他,然后便坐在那张长条形沙发上和他坦诚地进行交谈。

我首先礼节性地向他表示说:"我这次是慕名特地从北京赶来拜见您的,希望将来有机会能在您的直接领导下工作,为引大入秦灌区的建设和管理做一分贡献,以报答甘肃的父老乡亲过去对我的关爱之情。"

然后便简要地向他介绍了我的基本情况。我在向他介绍我的基本情况时,重点谈了我对多年来从事灌溉管理工作的体会。我向他谈工作体会的目的,也是想借此机会向他表明,如果我将来能够调来引大入秦灌区工作的话,我将如何从事灌溉管理工作。

他当时对我的谈话听得非常仔细,对我说:"你的情况我们有了详细的了解。我们非常欢迎你来引大入秦灌区工作,我们正需要你这样的人才。刚才听了你的自我介绍,更加坚定了我的信心。现在正是'孔雀东南飞'的时期,我能把已经飞走的'孔雀'再引回来,这是我为甘肃所做的贡献。我们现在正准备选拔一批业务骨干担任处一级的领导,将来还准备设立'三总师'。你调来以后,既可以担任处长职务,也可以担任总工程师或总经济师的职务。"

听了他的这一番谈话及明确表态之后,深深地为他这种态度爽朗的精神和风格所感动。我当时的思想几乎完全被他俘虏了过去,对于未来工作中的实际困难根本没有做过多的考量,从而下定了调来引大入秦工程管理局工作的决心。

说实在的,对于我该不该调来引大入秦工程管理局工作,我的思想一直处在矛盾状态之中。虽然一方面由于我对甘肃这片土地的眷恋之情,另一方面由于对事业的执着追求和向往,我曾希望在我退休之前还能够找到一个更能够充分发挥我的潜能的比较理想的场所,以弥补这些年来由于某些客观原因在事业上所造成的损失。所以,当我听了甘肃省水利管理局那位年轻朋友对甘肃情况的介绍之后,确曾产生过调往引大入秦灌区工作的一丝念头。但是,当我想到当时甘肃与广东之间在经济及自然气候条件方面存在的巨大差距时,又使我产生了望而却步的心理。

但通过和这位负责人的一席交谈,终于使我下定了调来引大入秦工程管理局工作的决心。我当时曾想,像我这种年龄层次的人,引大入秦工程管理局不仅还愿意接纳我,而且负责人对我的态度是那么的热情和执着。"士为知己者用",既然如此,不管未来的工作及生活会遇到多大的困难,我也应该以实际行动来感谢他的这一片知遇之情。

一个人一旦做出了某种决策之后,对于原来的某些思想阻力往往可以得到自行排除。

我原来曾经担心,引大入秦灌区的自然环境太差,我的身体适应不了。但我后来转而一想,当年修建引大入秦工程时的自然环境及客观条件比现在更差,而当时的建设者们,有的来自异国他乡,身体状况也不见得比我好。既然他们都能适应这里的自然环境,我为什么就不能适应呢?

俗话说,"明知山有虎,偏向虎山行",我当时实际上就是抱着这种挑战自我的心态,终于做出了调来引大入秦灌区工作的决定。

我从兰州返回北京以后,由于已经临近春节,没有过多长时间,便从水利部农水司返回到了雷州青年运河管理局。过完春节不久,水利部农水司又借调我去工作了一段时间。在这段时间里,我一方面参与筹备了中国灌区协会第二届会员大会,另一方面还承担了农水司分配给我的一些其他的工作任务。

5 月底,中国灌区协会第二届会员大会在湖北省漳河水库管理局召开。我在参加完了这届会员大会,并向新的协会秘书处办理了一切工作移交手续之后,便最后告别了水利部农水司,再一次回到了我的"第二故乡"——广东省湛江市雷州青年运河管理局。

春节期间,我曾把我准备调回甘肃工作之事告诉了局领导。时隔不久,引大入秦工程管理局便正式向雷州青年运河管理局发出了商调函。此时,虽然从领导者们的内心来说,并不希望我调走,但他们也深知我要求重新调回甘肃工作的思想动因在哪里。在人才可以自由流动的客观形势下,他们也不便于硬性挽留我,只得答应了我的请调要求。

我于 1992 年 11 月从甘肃省水利厅调到广东省湛江市雷州青年运河管理局工作,到 1997 年 6 月底,前后还不到 5 年时间,又调离了雷州青年运河管理局,终于吃上了"回头草"。尽管我在雷州青年运河管理局工作的时间不长,但在这不到 5 年的短暂时间里,我曾尽自己的最大努力为雷州青年运河管理局做了我应做的一份工作,并取得了比较显著的成绩。从负责水价改革到参与 1994 年的抗洪抢险;从主持工管科的日常工作到后来参与办公室的行政领导、开展水库库区移民生活情况调查等,都曾做出了我应有的一份贡献。特别是后来被借调到水利部工作,不仅使雷州青年运河管理局在全国水利界的知名度有了一定程度的提高,而且通过我的努力,还为雷州青年运河管理局争取到了灌区续建配套资金。也许正是这些看得见、摸得着的成果,从而使我最终赢得了雷州青年运河管理局全体员工对我的友谊与亲情。在我即将告别他们时,雷州青年运河管理局曾给予了我最优厚的款待与礼遇。

中国有句古话:"相见时难别亦难。"同事及朋友们的这片深情厚谊,使我对这片虽然工作时间不长,但却曾经倾注过我的全部心血和汗水的家园产生了一种依依不舍的眷恋之情。这种心情一直保留到现在,并将永远留在我的记忆之中。

从湛江到广州的飞机大概是在早晨八点半钟起飞。可是,很不凑巧,飞机刚刚起飞不到 40 分钟,由于广州正降暴雨,而且乌云密布,飞机无法在广州机场降落,不得不绕到桂林机场临时停飞。在桂林机场滞留了约一个小时,可喜广州突然雨过天晴,我们的飞机又从桂林机场起飞,继续向广州方向进发。

在桂林机场滞留期间,我突然产生了一种预感:这次调回甘肃工作,道路并不平坦。看来,在未来的人生旅途中,也会像这次的飞机航行一样,一定会遇到较大的波折。

飞机终于在 12 点以前到达广州白云机场。下飞机以后,我立即办理了转机手续。大概在下午两点半钟,我乘坐的另一架直接飞往兰州的飞机又从白云机场起飞。

当飞机刚刚离开机场跑道,向空中徐徐升起的时候,我连忙透过机座旁边的玻璃窗户向后面的方向望去。突然间,一条蔚蓝色的河流映入了我的眼帘,原来这就是滚滚南下的珠江。沿着珠江向南瞭望,又看见一片广阔无垠的水域,原来这就是我们伟大祖国的南海。此时,我情不自禁地高喊了一句:"再见了,我的第三故乡!"

飞机穿过厚厚的云层,展现在我眼前的,是浩渺无际的蓝天。我不时地向地面俯视,尽管此时飞机离地面的高度已达一万多米,但地面上的景物仍然依稀可见。送入我眼帘的,大多是连绵起伏的山峦。远远望去,好像大海中的波涛。大概快到五点钟的时候,飞机进入了甘肃地带。忽然间,地面上一条弯弯曲曲的橙黄色的"绸带"又映入了我的眼帘,原来这就是九曲黄河。沿着飞机前进的方向再向西瞭望,我的眼帘中又出现了一望无际连绵起伏的山峦,原来这就是巍峨的祁连山。

当飞机快要降落到兰州市中川机场时,我又情不自禁地高喊了一句:

"您好,我终于回来了,我的第二故乡!"

二、再次惨遭人生"滑铁卢"

记得我是 1997 年 6 月 30 日,也就是香港回归祖国的前一夜,从湛江乘飞机经广州抵达兰州市的。由于我当时在兰州市还没有房子,只得临时居住在我的好友袁润琨的家里。

在兰州市停留了不到一个星期,我便去引大入秦工程管理局报到并正式上班。从此便开始了我在引大入秦工程管理局的一段新的生活。

由于当时引大入秦工程管理局的新办公大楼还没有建成,旧办公大楼的房子又基本上安排给了其他工作人员办公或居住,负责后勤的工作人员特为我在管理局招待所内安排了一间客房作为我的临时卧室兼办公室。

招待所与旧办公大楼紧密相连,并组成了一个"T"字形,在同一个大院内。这间客房位于招待所的阳面,紧靠永登县城的一条大马路。虽不如城市中宾馆的客房那么讲究,但在引大入秦工程管理局的招待所中,算得上是档次较高的一间客房了。面积约 15 平方米,设施比较齐全。房间内除了两张并排的单人床之外,靠近马路一侧的右墙角处还摆放着一张书桌,书桌上有一台当年兰州春风电视机厂生产的 12 英寸的彩色电视机和一个搪瓷茶盘,并配有两个白色的瓷茶杯。书桌上还摆放着一个烟灰缸。在两张单人床的中间,有一个小小的床头柜。这个小床头柜除了可以搁放东西之外,还可以当书桌使用。由于室内唯一的桌子已摆放着电视机等物,那一段时间,我经常是坐在自己的床缘上借着这个小床头柜办公或写作。虽然感觉到面积比较狭小,但仅用右手搁在桌面上写字,左手支撑在自己的大腿上,基本上还能凑合,并不影响办公的效率。

室内还有两把普通的钢制折叠椅,可以供来访者坐。在靠近走廊及房门的一侧,有一间面积约 3 平方米的厕所兼卫生间。卫生间除可以洗脸之外,还有一个洗澡盆池,每天都定时供应热水。

由于这间客房以前主要是用来接待上级机关前来检查工作的领导或其随行人员,所以地面上特铺设了一幅红地毯,给客房增添了几分富丽堂皇的气氛,同时也起到了防寒及防潮的作用。靠近马路一侧的墙壁上有一扇玻璃窗户,窗前挂着两层窗帘。贴近窗户的一层是白色的纱窗帘,外层则是紫红色的绒窗帘。从而使得整个客房既明亮、又美观大方。

总之,在当时管理局用房比较紧张的情况下,负责后勤的工作人员根据领导的吩咐,给我安排了这么一间档次较高的客房作为我的临时卧室兼办公室,也算是引大入秦工程管理局的领导对我生活上的又一特殊照顾了。

我在这间客房里居住了将近一年半,直到管理局新办公大楼建成之后才离开这里。那一段时间,我除了节假日回兰州市或到外地出差之外,其余时间基本上都是在招待所度过的,从而使我有机会同招待所的服务员们(大部分是女性)经常接触,并同他们建立了比较深厚的友情。也正是在这种特殊的生活环境中,使我有幸认识了王春兰女士,并演绎出了一段颇具戏剧性的"爱情浪漫曲"。

由于当时引大入秦工程管理局真正从事过灌溉管理工作的只有三人,其余人员有的是刚从学校毕业不久的学生。他们来到引大入秦工程管理局以后,一直作为监理人员从事施工监理工作。还有一部分行政管理人员。在这些行政管理人员当中,有少数人以前曾经担任过县委书记或县长等行政职务,他们在行政领导方面确实很有一套,但对于具体的灌溉管理工作却并不在行。所以,如何搞好引大入秦的灌溉管理工作,责任便落到了我和另外两人的肩上。

在此以前,虽然引大入秦工程管理局已经正式挂牌成立,但组织机构很不健全。由于当时的主要任务还是在完成引大入秦的扫尾工程方面,没有把主要精力投入到灌溉管理工作中来。根据这一情况,当时摆在我们面前的第一项任务,就是建立和完善引大入秦工程管理局的下设管理机构。

根据有关领导的建议,当时特将我安排在多种经营管理处工作。之所以安排我到多种经营管理处工作,目的并不单纯是要我抓多种经营,还想发挥找的特长,同时抓好其他几方面的工作。因为我以前在甘肃省水利管理局工作时,除了负责全省水利多种经营的行业管理工作之外,还独立承担了全省的水价改革及转换灌区经营机制(主要是推行灌区承包经营责任制)等多项工作,并担任过该局总工程师的行政职务。所以,根据建议,当时一共给多种经营处安排了六项任务,其中包括水价改革、转换灌区经营机制、经济效益分析、对多种经营项目的全过程管理以及收缴各经济实体的上解费用与分流富余人员等多项内容。可以说,除了工程管理与用水管理这两项具体任务之外,整个灌区的经营管理业务几乎全部落到了多种经营处的肩上。而用当时多种经营处处长的话来说,"这六项任务中,除了收缴各经济实体的上解费用及安置富余人员这两项任务之外,其余四项任务都是针对着你而提出来的"。我当时也很希望利用我的知识和能力,出色地完成这几项任务。

在基本上完成了管理局下属机构的组建任务之后,为了在职工群众中普及灌溉管理知识,当时引大入秦工程管理局曾举办了一期灌溉管理培训班,由我们三人担任讲课任务。我讲课的题目是"关于灌溉管理体制和管理方法",主要从理论和实际相结合的角度,阐述了当前灌溉管理体制中存在的一些问题以及今后的改革方向,并简要介绍了古典行政管理理论、行为科学理论与系统工程理论及其在灌溉管理工作中的具体应用。由于我在讲课中曾紧密结合自己多年的工作实际,比较深入浅出地介绍了一些以前在一般的水利教科书中很少见到过的新的理论和知识,看来效果比较理想,受到了不少职工的好评。当时很多年轻职工都希望我能将讲课内容整理成教材发放给他们去仔细阅读,但后来由于情况的变化而没有实现他们的这一愿望。

为了扩大眼界、拓宽思路,认真学习兄弟灌区经营管理的经验,1997年底,引大入秦工程管理局特组织了一批业务骨干前往省内外一些知名的先进灌区进行参观学习。我也随同前往,并最后由我代表参观学习的全体成员写了一份长达一万多字的参观考察学习报告。这份学习报告曾于1998年3月在管理局召开的管理工作会议上,由一位直接分管全局灌溉管理工作的领导向全体员工作了宣讲,得到了全体员工的一致好评。

我当时除了参与引大入秦灌区一般的管理工作之外,根据多种经营处当时所承担的任务,还在认真地思考着一个重要的问题,即如何使引大入秦灌区的工程效益得到更快、更充分的发挥。我根据自己多年来从事灌区改革工作、特别是在甘肃省张掖市西干渠灌区进行承包经营试点工作的经验,加上前些年到全国一些灌区改革试点单位考察时所耳闻目睹的情况,我认为要使引大入秦灌区工程效益得到更快更充分的发挥,首先必须从改革入手,而当务之急是必须抓好两项改革工作:其一是在引大入秦工程管理局内部积极推行承包经营责任制,实行所有权与经营权的部分分离及责权利的基本统一,以充分调动管理局内部全体员工的积极性;其二是在灌区范围内积极推行由世界银行倡导的"用水户参与灌溉管理"的改革,建立"供水公司 + 用水者协会 + 用水农户"的灌溉管理新体制,以打破目前这种"官本位制"以及政企(事)职责不分、权责关系不明的旧体制,并把广大用水户的积极性充分调动起来,以投入到当前的各项管理工作中去。

根据这一设想,我当时曾加班加点,赶写出了两份书面材料,呈交给了引大入秦工程管理局的有关领导。第一份书面材料的题目叫《关于在引大入秦工程管理局内部实行承包经营责任制的建议》;第二份书面材料的题目叫《引大入秦灌区用水户参与灌溉管理实施方案》。

可是,令我感到非常遗憾的是,我的这两项建议,最后都没有得到引大入秦工程管理局的采纳。特别是关于在引大入秦工程管理局内部推行承包经营责任制的建议,我刚一提出,就遭到了强烈反对。最后只得达成妥协,暂不推行承包经营责任制。

　　关于"用水户参与灌溉管理"的改革,尽管我当时还没有这方面的实践经验,但从我所参观考察过的几个试点灌区(特别是世界银行当时在我国所抓的两个试点灌区)的情况来看,我仍然认为,这是关系到引大入秦灌区发展前途的一项重要的改革措施。而且,它不仅关系到引大入秦灌区,还关系到中国灌区改革的方向。1999 年四月,我曾有幸参加了中国灌区协会在江苏省宿豫县皂河灌区召开的"用水户参与灌溉管理"的改革现场会。回到单位以后,我立即写了一篇题为《从皂河灌区推行"用水户参与灌溉管理"看中国灌区改革的方向》的论文。这篇论文后来不仅在《灌区建设与管理》杂志上全文发表,而且在 2000 年 7 月由中国灌区协会、世界银行(World Bank)与英国国际发展部(Department for international Development, UK)在湖南省岳阳市联合举办的"用水户参与灌溉管理改革研讨会"上,又被选入了该会的《论文集》(由于某些客观原因,这次会议我本人未能参加)。

　　引大入秦作为一项刚刚修建而成的水利工程,在它的内部蕴藏着巨大的发展潜力。不仅在灌溉供水方面潜力非常巨大,而且在多种经营方面潜力也非常巨大。尤其在多种经营方面,它和一般的水利工程相比较,有着很多得天独厚的有利条件。如何把这些内在潜力充分挖掘出来,如何使引大入秦灌区的资源优势尽快地转化为经济优势,这既是摆在引大入秦工程管理局面前的一个重大课题,更是摆在引大入秦工程管理局多种经营处面前的一个重大课题。

　　为了促进引大入秦灌区多种经营快速健康地发展,针对当时在发展多种经营中存在的问题,1998 年初,我曾以引大入秦工程管理局的名义,撰写了两篇文章。第一篇文章的题目叫《引大入秦工程管理局关于大力开展多种经营的决定》；第二篇文章的题目叫《引大入秦工程管理局关于加强对所属经济实体管理的暂行办法》。这两篇文章，通过广泛征求有关人员的意见，进行反复修改之后，终于先后在引大入秦工程管理局办公会议及党委会议上获得了通过，已成为引大入秦灌区开展多种经营的两个指导性文件，对引大入秦灌区多种经营的发展还是起了一定的指导和促进作用。

　　除了先后撰写过几篇关于开展多种经营的理论文章之外，我还想以自己的实际行动为引大入秦灌区多种经营的发展出一分力。

　　引大入秦工程是我国最早利用世行贷款，并采用国际公开竞争招标修建而成的一项规模宏大的跨流域引水工程，被人称为西北的"都江堰"。它的建成标志着邓小平改革开放理论的巨大胜利，所以曾被中央有关部委以及中共甘肃省委、甘肃省政府分别列为全国及甘肃省的爱国主义教育基地与邓小平理论教育基地。自从工程建成通水以来，慕名前来参观考察的海内外人士曾络绎不绝。加上该工程紧靠兰州市，位于古丝绸之路的重要路段，在工程所经过的区域范围内，除了工程本身的观赏价值之外，还有很多极富魅力的人文景观及自然景观。这些人文及自然景观为引大入秦灌区旅游业的发展提供了得天独厚的良好条件。由于我在广东省雷州青年运河管理局工作时，亲眼看见了旅游业不仅对灌区经济的发展，而且对生态环境的改善以及开拓人们的眼界、转变人们的思想观念所起的重要作用，来到引大入秦灌区不久，我便积极向引大入秦工程管理局领导提出建议，希望利用引大入秦灌区的天然优势，大力开办旅游业。

　　我开始曾把自己的设想同多种经营处几位年轻的同事进行了交谈，并得到了他们的积极响应与支持。随后,我又将自己的设想并结合全处职工提出的建议写了一个书面报告,交给了多种经营处处长。我在报告中曾建议,暂时由多种经营处牵头,并争取管理局工会、团委及办公室的配合与支持,首先成立一个旅游服务机构,以负责全灌区的旅游开发业务。我在报告中还建议,这个旅游服务机构暂时由多种经营处一位年轻的工程师具体负责。

处长看了我的书面报告以后,立即在报告上写了两条批语:首先对我们的意见及设想表示非常支持;但他同时建议,这个旅游服务机构暂时由我负责,多种经营处那位年轻的工程师予以协助。

我看了处长的批语之后,一方面考虑到,由于开办旅游业的建议是我最先提出来的,既然领导提出要我负责,我当责无旁贷,应尽最大的努力挑起这一副担子;另一方面考虑到我当时还没有任何其他的行政职务,工作比较轻闲。为了尽可能地多为引大入秦灌区干一些实际工作,所以,我当时连一句谦虚或客气的话都没有说,便欣然接受了这一任务,以引大入秦灌区旅游业负责人的身份正式投入了这一工作。

经过反复协商,并报请引大入秦工程管理局党委批准,我们开始便成立了一个旅游服务机构,这个服务机构取名叫"引大入秦爱国主义教育基地服务中心",暂时由我担任中心主任,多种经营处那位年轻的工程师任副主任并分管财务;另外还有两名副主任,分别由局团委书记和办公室一位年轻的职工兼任。同时还聘请了顾问。

我们当时之所以将这个旅游服务机构取名叫"引大入秦爱国主义教育基地服务中心",主要考虑到引大入秦灌区是全国有名的爱国主义教育基地,为了利用这一块"金字招牌",以便吸引更多政策,所以才取了这样一个名字。

　　按照我们最初的打算,主要想通过加强对外宣传与联络工作,先组织一些人,特别是兰州市的中小学生,前来引大入秦灌区旅游观光,从中接受爱国主义教育。同时也准备像一般的旅行社那样,从当地组织一些人到甘肃省内的其他旅游景点进行参观游览

　　为此,我们曾印刷了大量的宣传资料,在兰州市内广为散发。并通过邮寄的方式,将部分宣传资料分别寄送给了全国数十家水利工程管理单位。我们还先后走访了甘肃省及兰州市十多所大、中专院校以及甘肃省教委与兰州市教委。同时还邀请甘肃省及兰州市旅游局的领导和几家大型旅行社的老总们前来引大入秦灌区参观考察,以征求他们对开办旅游业的意见和建议。1998 年 9 月 27 日是世界旅游日,当年旅游日的主题是"大力开展生态旅游"。为此,我们又抓住这一难得的机遇,在甘肃省旅游局的统一组织下,在兰州市的中心广场开展了一场别开生面的宣传活动。

　　根据我最初的设想,通过开展这些宣传及联络活动,一定可以组织大批的游客前来引大入秦灌区旅游观光,并可从中获得一定的旅游服务收入,为下一步正式开办旅游业打下一定的经济基础。可是,实际情况与我的主观愿望完全相反。最终结果,连一个游客也没有引来。不仅没有为引大入秦工程管理局争来一分钱的旅游收入,而且还花掉了引大入秦工程管理局的开办费(主要用于印刷宣传材料及办理工商、税务登记手续)。

　　在此情况下,我突然陷入到了非常尴尬和难堪的境地,各种冷嘲热讽及尖锐的批评突然从四面八方一齐向我袭来。很多人曾一针见血地对我说:"你以前在上层机关登久了,写个文章还可以,搞实际工作根本不行。"

　　还有人埋怨说:"当初本来想叫 X X X 负责这项工作,因为他比你有经

济头脑,而你却偏要抢着干,结果弄成了这个样子!"

面对着周围群众的种种冷嘲热讽与尖锐批评,我当时既不便于向大家进行解释,也不想对任何人作过多的解释,只是在扪心自问:我这次的错误究竟出在哪里? 为什么辛辛苦苦工作了这么长时间,连一个人也没有引来,最后落得这样一种尴尬的境地?

现在回过头来看,之所以在开办旅游业的工作中落入到了这种极为尴尬的境地,我认为我的最大错误就是对引大入秦灌区当时的客观条件还认识得不够。只想到它在发展旅游业方面存在的巨大潜力,而对目前开办旅游业存在的实际困难却估计得不足,因而在时机上选择得不太恰当,有点操之过急。至于在具体的经营策略及方法步骤上,并没有犯任何原则性的错误。

引大入秦作为一项集自然景观和人文景观为一体、并具有很大知名度的水利工程,在开办旅游业方面,确有很多得天独厚的有利条件。但再好的条件,并不等于现存的资本和财富,必须对它作进一步的加工整理,才能赢得人们对它的青睐。家有梧桐,还必须在梧桐树上构筑起舒适美观的巢穴,才能引来凤凰;一块价值连城的璞玉,还必须对它进行精雕细刻,才能实现它的真正价值;一位丽质天成的少女,还必须对她进行梳妆打扮,才能赢得无数俊彦对她的倾倒。引大入秦工程,从它的规模及施工难度来说,堪称我国水利史上的一大奇迹。但是,作为一个旅游景点来说,则还有很多工作要做。

首先,为了增加它的吸引力,必须对它周围的环境进行绿化和美化;

其次,为了便于游客进行游览,必须在它的周围配备适当的休息及娱乐设施;

　　再次，一方面为了保持旅游环境的安全与舒适，另一方面也为了防止某些人不买票而随便闯入旅游区域范围内，还必须将每一处以水利工程设施为主要内容的旅游景点与它周围的环境隔离开来，以实现封闭式的管理。

　　但由于引大入秦工程竣工的时间并不太长，所有这些旅游配套设施几乎是一片空白。特别是几处很有参观价值的水工建筑物，地处荒山秃岭之中。在它们的周围，不仅看不到一点点绿色，有些地方甚至连通行汽车的道路也没有。

　　由于旅游配套设施没有跟上，致使周围的很多人都不愿意自掏腰包到这里来旅游。尽管以前慕名来此参观考察的人曾络绎不绝，但基本上都是免费参观，有的参观者还要由引大入秦工程管理局为他们提供食宿招待。

　　创办旅游业，不仅要有良好的硬件设施，还要有良好的群众基础。但从引大入秦灌区当时的情况来看，由于人们还没有尝到过旅游业的甜头，所以群众对开办旅游业的积极性并不太高。

　　旅游业，本来是一项很有发展前途的朝阳产业，它虽然眼前投入的本钱比较多，而且它的效益不可能很快就显现出来，可是一旦时机成熟，它就会产生多方面的效益，特别是将产生明显的生态效益与社会效益。但由于当时人们头脑中普遍存在着急功近利的思想，他们并没有把旅游业当产业看待，而是把它当成一项小本经营，好像普通农家养鸡下蛋那样，希望投入的资本不多，而又很快就能获得一定的经济回报。

　　通过　年的工作实践，我已经意识到，根据引大入秦灌区当时的实际情况，开办旅游业的条件还很不成熟。在此情况下，"引大入秦爱国主义教育基地服务中心"的继续存在，不仅不能为引大入秦工程管理局增加一分钱的经济收入，反而会增加引大入秦工程管理局的经济负担，从而招来人们更多的埋怨和指责。所以,我当时不得不做出决定,主动请求解散"引大入秦爱国主义教育基地服务中心"。大概是1999年7月份,我曾向引大入秦工程管理局正式呈交了一份请求解散"服务中心"的书面报告。后经引大入秦工程管理局领导研究,终于同意了我的这一请求。

　　尽管我在为引大入秦工程管理局开办旅游业的工作中完全以失败而告终,当时很多人都把我看成是一个最没有经济头脑、最不懂经营管理的书呆子,但也许是仁慈的"上帝"有意要为我讨回一个公道,证明我当时提出开办旅游业的出发点和大方向并没有错,同时也证明我们当初为开办旅游业所做的努力和所付出的代价并没有白白浪费,当"引大入秦爱国主义教育基地服务中心"刚刚解散时,客观形势便出现了新的转机。随着"西部大开发"战略的深入贯彻实施,党中央、国务院曾明确提出,要把发展特色旅游业作为西部大开发的一项重要内容,并已拨出专款扶持西部旅游资源的开发。与此同时,中共甘肃省委和甘肃省政府也明确提出,要把旅游业作为发展甘肃经济的一项支柱产业。在此情况下,甘肃省旅游局特将引大入秦工程正式列为甘肃的一条旅游线路,并要求引大入秦工程管理局抓紧作好这方面的规划。

　　在甘肃省内众多的水利工程中,当时被甘肃省旅游局正式列为旅游线路的,除了闻名全国的刘家峡水利枢纽工程之外,就是引大入秦工程。其所以引大入秦工程能被正式列为甘肃省的一条旅游线路,除了工程本身的知名度之外,不可否认,与我们当初对引大入秦灌区旅游资源的大力宣传不无密切的关系。

　　在此情况下,引大入秦工程管理局对开办旅游业又开始重视了起来,并立即组织了一个专门班子,到全省各旅游景点进行考察和学习,同时分别向甘肃省旅游局及甘肃省水利厅提交了一份书面报告,请求国家对引大入秦灌区旅游资源的开发给予技术指导与资金扶持。

在此值得一提的是,对于在引大入秦灌区开办旅游业,我不仅是积极的支持者,而且还是一个倡导者。同时,我在负责"引大入秦爱国主义教育基地服务中心"工作期间,曾经同甘肃省旅游局以及兰州市旅游局的同行们打过多次交道,同他们已有了一定的共同语言及感情基础;更为重要的是,我以前一直在甘肃省水利厅从事多种经营的行业管理工作,我不仅同甘肃省水利厅多种经营处的同行们关系非常密切,而且同水利部负责多种经营工作的同行们关系也非常密切。而水利旅游实际上是水利多种经营的一项重要内容,它当时的主管部门就是甘肃省水利厅的多种经营处和水利部的经济管理局。根据这一情况,即使我对旅游业是个十足的"门外汉",从争取水利主管部门对引大入秦灌区旅游业的大力支持这个角度来考量,也有我的用武之地。可是,由于种种原因,此时引大入秦工程管理局的某些人却有意将我排除在了这一工作之外。

这个新成立的旅游工作班子虽然忙乎了很大一阵子,也花掉了引大入秦工程管理局不少经费,但由于得不到上级主管部门的积极支持,不到半年时间,也就不宣而散了。

我用了这么长的篇幅来介绍我初到引大入秦时所从事过的几项具体工作,目的是想说明以下两个问题:

其一,作为寄托着无数代甘肃人的希望,并集中了国内外广大科技人员及普通劳动者的智慧和力量修建而成的引大入秦工程,是一项有着巨大发展潜力的水利工程。尽管目前的效益发挥得很不理想,但决不像某些悲观论者所说的那样,"引大入秦工程是一项劳民伤财、得不偿失的工程"。随着将来管理水平的不断提高,我相信引大入秦工程的效益迟早会得到充分的发挥。

其二,我作为一个长期从事农田灌溉管理工作的水利工作者,引大入秦灌区完全有我的用武之地。而且从我的良知和社会责任感来说,也很希望在我快要步入退休年龄之时,能为引大入秦灌区的经营管理做出一定的贡献,以使引大入秦的工程效益早日得到充分的发挥。

令人遗憾的是,由于种种主客观原因,时隔不久,我的这些美好的愿景也就随之化成了泡影。详细情况,由于篇幅所限,不能在此做过多的陈述,只能留待读者去慢慢猜测或揣摸。

三、寒窗著书

我于1997年6月30日从广东省湛江市雷州青年运河管理局调来甘肃省引大入秦工程管理局,转眼不觉两年时间过去了。我也很快就要越过我的第二起跑线、步入人生旅程的最后一站——退休的岁月了。

回想起我刚来到引大入秦时,曾经满怀信心,希望借助引大入秦这片土地,把我的知识和能力全部释放出来,为引大入秦灌区的建设和管理做出自己应有的一份贡献,以便在自己的人生旅途中建造起一座新的事业的丰碑。可是万万没有想到,我原来的梦想又一次变成了泡影。

为了迎接生活中这一新的、更严峻的挑战,为了以积极的姿态度过这段难熬的岁月,同时也为了弥补近十年来由于工作环境的变迁而给自己的事业所造成的损失,我当时曾产生了一个想法,希望利用目前时间比较充裕,而且健康状况尚好的有利条件,再撰写出一部比较有意义和有价值的著作,以期对社会做出一份新的贡献。

　　但由于自己是一名水利工作者,刚开始曾考虑到,要想撰写出一部真正有意义、有价值的著作,只能紧密结合自己的专业技术工作,撰写出一部关于水利技术方面的专著。而我现在已经完全"靠边站"了,基本上脱离了自己的专业技术工作,再也不能像过去那样对水利工作提出自己新的看法和见解了。在此情况下,我还有没有可能再撰写出一部真正有意义和有价值的著作,从而弥补过去在事业上所造成的损失呢?

　　后来经过仔细考量,我认为人生在世,除了从事专业技术工作之外,实际上大部分时间都是在参与一些与专业技术工作无关的其他社会实践活动。一个人事业的成功,不仅取决于他所从事的专业技术工作,而且在很大程度上还取决于他所参与的其他社会实践活动以及他对生活所抱的态度。正如戴尔·卡耐基的那句名言:"一个人事业的成功,只有百分之十五是由于他的专业技术,其余百分之八十五要靠人际关系与处世技巧。"所以,作为一名专业技术工作者,除了对他所从事的专业技术工作可以提出自己独到的见解之外,对于他所参与的其他社会实践活动照样可以提出自己独到的见解。如果说在专业技术工作中有很多问题值得我们认真研究和探讨的话,在其他社会实践活动中照样有很多问题值得我们认真研究和探讨。特别是关于人生哲学或人生舞台这个话题,更是一本看不完、也写不完的书。

　　其次,回顾自己自从参加工作以来,一方面由于工作性质所决定;另一方面也由于本人的性格所决定,曾经去过不少地方。但我所到过的这些地方,并不是大多数人都非常羡慕和向往的繁华的大都市或经济特别发达的地区,而是很多人都不愿意去的偏僻落后的农村。正是这些一般人都不愿意去、也不屑于一顾的偏僻落后的地区,曾使我了解到了社会生活的另一个侧面。

举个例子来说,我从甘肃调到广东去工作,这是我人生旅程中一个重大的转折点。但我的这个人生旅程的重大转折和当年绝大多数从贫困地区调到沿海经济发达地区的人大不一样,它带给我的不仅不是好的机遇,从某种意义来说,它是我三十多年的人生历程中一次最坏的机遇。在这一过程中,我失去的东西远比我得到的东西要多。我不仅在事业上遭受了重大的损失,尤其在人气上几乎是一落千丈。当我看到几乎和我同时从甘肃调到沿海经济发达地区的很多人,由于他们所处的社会环境不一样,加上他们本人的应变能力比较强,不仅在事业上取得了显著的成绩,而且还将大把大把的钞票也挣到了手;而我由于来到了这个客观条件相对落后而且人际关系比较复杂的地区和单位,加上我本人的应变能力比较差,不仅在事业上未能取得新的显著的成就,而且在经济上也没有摆脱原来的困境时,我除了对那些在新的工作环境中取得新的事业成就的人们感到非常敬佩和羡慕之外,也在哀叹自己一则太无能;二则命运不好,运气太差,上帝对我太不公平。但我后来经过仔细考量,我觉得人世间的得与失也是相对而言或相辅相成的。我从甘肃调到广东去工作,从一个方面来说,我失去的东西确实太多;但从另一个方面来说,我认为我曾得到了常人难以得到的一些宝贵的东西,这就是通过三年的广东打工生涯,使我了解到了一个实实在在、真真切切的广东,和过去从新闻媒体上所了解到的虚无缥缈的广东存在着很大的差异。我不仅看到了广东光明的一面——当然,这是它的主流;同时也看到了广东一些鲜为人知的阴暗的一面。我所了解到的一些东西不仅使远隔数千公里之外的甘肃以及其他一些地区的人们感到非常震惊,甚至连一些长期在广东工作和生活的地地道道的"广东人"也感到非常惊讶。

又如,我从原来的省级机关先后调到两个基层水利工程管理单位工作,这又是我人生旅程中的一个重大转折。尽管在这一过程中,我不仅在事业上没有取得原来所预期的成果,而且在人气上还遭受到了重大的损失,但通过这两次深入基层工作,不仅使我对这两个基层水利工程管理单位的情况有了非常透彻而全面的了解,而且使我对全国水利战线的情况也比过去有了更深刻的了解。

我曾想,我的某些经历对他人来说也许是一笔宝贵的财富,我亲眼见到、亲耳听到或亲身感受到的很多事务也许正是目前很多人积极探寻或迫切希望了解的东西。这些东西对于他人来说,不无一定的参考和借鉴作用。正是出于这种思考,所以我决定将我自参加工作至刚刚退休这三十多年间所走过的这段路程、所遇到过的机遇和挑战、所接触过的人和事、工作及生活中的经验和教训以"自传体小说"的形式表达出来,以期对他人有所启迪和帮助。

但由于我多年以来一直从事的是专业技术工作,写自传体小说对我来说,是一个崭新的"课题",它和过去撰写技术论文或专著的情况大不一样。

首先,作为技术论文或专著,通常都是研究探讨自然界的某些客观规律,一般不涉及具体的人和事,而自传体小说则不然。有一些客观事物虽然看起来很好写,但真正着手去写时就感到很为难,不知道如何对它们进行描述,才能既不至于歪曲事物的本来面目,又不至于产生不良的社会后果,或者对他人造成不应有的伤害。

其次,撰写技术论文或专著,通常是属于逻辑思维的范畴,而写小说则是属于形象思维的范畴。由于自己既没有某些专业作家那么丰富的想象力,也不如某些专业作家那样掌握着大量生动的文学词汇。所以,很多鲜活生动的客观事物到了我的手下却变成了干瘪枯燥的教条，达不到感染读者的目的。

正因为如此，这项工作对于我来说，是一个重新学习、重新历练的过程。也正因为如此，我的这部作品从开始写作到基本完稿，时间已经过去了好些年，中间曾进行了数十次认真反复的修改，才得以最终和读者见面。尽管如此，我心里非常明白，它和一般的小说相比较，在表达方式或水平上仍然存在着很大的差距。

虽然此书在写作方法或技巧上远远赶不上一般小说的水平，但我个人认为，我在作品中所反应的客观事物对于广大读者来说，是很有价值的资料，不像某些小说那样凭空虚构甚至牵强附会。正是出于这种思考，所以我立意要将这部作品奉献给广大的读者。

在引大入秦工程管理局从事写作，还有一个很不利的因素，就是必须克服高原反应。因为搞写作和干其他工作不一样，必须在精力最充沛、头脑最清醒的时候才能够进行。引大入秦工程管理局由于地势太高，空气比较稀薄，对于我这个初来乍到的人来说，经常感到头昏脑涨。所以，在引大入秦工程管理局，除了每天上午可以从事这项特殊的脑力劳动之外，其余时间都只能从事一些轻度的脑力劳动，或做一些其他的工作。

为了完成这一新的"课题"任务，我不得不利用一切可能利用的时间和机会，连节假日都顾不上休息。无论我走到哪里，就将书稿带到那里。只要有适当的时机，只要身体吃得消，就将书稿拿出来，继续进行写作。为了不致将书稿磨损（按：由于当时还没有普及电脑技术，写书时只能利有纸笔），我在携带书稿的时候，特地将书稿装在一个携带贵重物品的密码箱里。我的这一举动当时曾引起了周围不少同事的好奇。很多人曾经开玩笑式地对我说:"你的密码箱里装的是美元还是金条?"

我也曾不止一次地用开玩笑式的口气回答说:"这是比美元和金条更值钱的东西,但我现在还不能告诉你。"

1998 年,引大入秦工程管理局的新办公大楼已经建成并交付使用,所以我从 1998 年底便从局招待所搬到了这座新办公大楼办公。尽管我没有任何行政职务,但考虑到我的"高级工程师"的技术职务,引大入秦工程管理局还是给我安排了一间单独的办公室兼卧室。

在海拔 2,000 米以上的高寒地区,由于空气比较稀薄,不仅年平均气温比同纬度的低海拔地区要低得多,而且阴面和阳面的温差也相当大。根据我的实地测量(为此,我曾特地买了一个可以随身携带的温度计),通常情况下,在海拔 2,000 米以上的永登县城的气温,比海拔还不到 1,500 米的兰州市的气温就低了 5~6℃。所以,引大入秦工程管理局每年从 10 月初开始就得给职工送暖气,直到第二年 5 月底才停止暖气供应(兰州市供暖气的时间是 11 月初至第二年三月底)。在永登县城生活的人们,大部分时间都是在比较寒冷的气候中度过的,每年真正的暑季一般不超过两个月。只有在盛夏时节,喜欢漂亮的年青姑娘们才敢于穿裙子,展现出少女的风采。而我的这间阴面的房子,在冬季有暖气的情况下,通常比阳面房间的温度又低了 8~9℃,致使房间的温度经常处于 10℃ 以下。所以,我的这间办公室兼卧室,称得上是地地道道的"寒窗"。虽然是"寒窗",但它对于我从事写作曾提供了一个非常安静的环境。

尽管在整整两年的时间里,我一直是在地地道道的"寒窗"之中度过的,可喜我的心并没有因此而冷却下来,而且对生活始终充满了希望。虽然在这两年多的时间里,我没有机会为引大入秦灌区的经营管理做出较多的贡献,但实际上,我连一天也没有白白浪费,一直在利用这一难得的机会,从事这项有意义的脑力劳动,从而构成了我人生旅途中一道奇特而亮丽的新的风景线。

四、"西部大开发"给我带来了新的希望

我于1997年从广东重新调回甘肃工作,从某种意义来说,是又从一个极端走到了另一个极端。因为在一般人的心目中,广东不仅是我国改革开放的前沿阵地,而且是经济最发达的省份,而甘肃则是我国最贫穷落后的省区之一。实际情况也确是如此。当时的甘肃和广东相比,无论自然环境、经济条件以及人民群众的思想观念,都存在着较大的差距。加上新闻媒体对广东优越性或光明面过分夸大的宣传,更增添了人们对广东这片热土的向往。所以当时很多人都把目光投向了广东及东南沿海地区,从而形成了"孔雀东南飞"或"一江春水向东流"的社会洪流。而就在这一滚滚洪流的面前,我却反其道而行之,从广东重新调回到了甘肃来工作。所以,当时很多人对我的行动都百思不得其解,有人甚至怀疑我的脑子有毛病。特别是当我刚来到引大入秦工程管理局这个新的工作岗位,在生活和工作中遇到种种困难以及周围环境对我的冷遇时,连我自己对自己的行动也产生了很大的怀疑和后悔心理,并对前途产生了很大的悲观失望情绪。

正当我在人生的旅途中再一次陷入迷惘并对前途产生悲观失望情绪之时,不想生活中一个新的转机又出现在了我的面前:"西部大开发"的动员令像一声春雷,响彻了全国、特别是西部地区的上空。它既给西部地区的广大人民群众带来了新的希望,同时也给我的生活带来了新的希望。

"西部大开发"在我国的历史上,堪称一桩史无前例的伟大事件。从某

种意义来说,这是一场既看不见刀光剑影、又听不到隆隆的枪炮声,而是伴随着亿万群众的欢歌笑语和气势恢宏的进军脚步声的深刻的社会大变革。

在我国西部辽阔的土地上,蕴藏着极其丰富的自然资源,并居住着约占我国人口总数百分之三十的勤劳勇敢的各族人民。这些世世代代生活在这片土地上的华夏儿女们,凭着他们的勤劳、勇敢和智慧,与极其恶劣的自然环境作斗争,不仅开辟出了一片片赖以生存的家园,而且还创造出了光辉灿烂的古代华夏文明。但在过去漫长的岁月中,由于科学技术的落后,西部地区宝贵的自然资源一直得不到有效的开发和利用,从而使居住在这片土地上的人民群众的生活水平长期得不到提高,并一直处在贫困落后的状态之中。

在人类的史前时期,我们的祖先基本上过的是"逐水草而居"的游牧生活。随着农业的出现,才开始过着定居的农耕生活。但在过去漫长的历史时期内,由于科学技术的落后,人类的生存方式仍然只能是适应自然环境,而不能从根本上改造自然环境。随着人口的不断增长和比较容易开发利用的自然资源的逐渐减少,原本生活在西部地区的很多人便开始向东迁徙。由于东部地区的某些自然资源比西部地区优越,那里不仅气候温和、雨量丰沛,特别是随着船舶制造业的发展,由于那里江河湖泊比较多,又紧靠大海,因而使那里的交通运输条件也远比西部地区优越,从而有力地促进了东部地区经济的发展。

自从英国工业革命以来,随着近代工业的兴起,西方帝国主义列强曾经用坚船利炮从东南沿海一带打开了中国的门户。他们在从中国的土地上掠夺走大量财物及宝贵的自然资源、并蹂躏中国人民的同时,也把他们某些先进的思想文化及科学技术不自觉地传入到了中国的东部,从而进一步促进了东部经济的发展,并造成了东、西部经济的巨大差距。

面对着东、西部地区经济发展的距大差距,早在晚清时期,一些具有远见卓识的思想家和政治家,就提出了"西部大开发"的建议和主张。如康有为在上光绪皇帝的书中,就提出了屯垦戍边的建议;左宗棠在担任陕甘总督期间,更是极力主张加快西部(特别是西北)地区的建设,并采取了很多实际步骤。新中国成立以来,以毛泽东为核心的中共第一代中央领导集体更是把加快西部地区的建设提到了自己的重要议事日程,并先后进行过两次"西部大开发":第一次是"一五"时期,当时的重点是大西北;第二次是"三线建设"时期,当时的重点是大西南。这两次"西部大开发"对西部地区经济的发展曾经起了一定的作用,并初步奠定了西部地区现代工业的基础。但一则由于当时科学技术的落后,再则由于我国当时的国力还不强,加上管理体制中存在的种种弊端,致使整个西部地区贫困落后的面貌并没有从根本上得到改变,并和东部地区继续保持着较大的差距。

改革开放以来,以邓小平为核心的中共第二代中央领导集体,根据当时的具体条件,首先提出了沿海发展战略。根据邓小平的理论,由于我国地域非常辽阔,各个地区之间由于客观条件不同,经济发展速度和水平也就不可能完全相同。因此,首先必须承认不同地区这种客观条件的差距,并积极鼓励和支持客观条件较好的地区利用现有的良好条件,使自己尽快地富裕起来,在全国率先实现现代化。等到这些地区的经济发展到一定程度时,就要反过来,集中精力支持客观条件较差的欠发达地区经济的发展。邓小平曾经指出:沿海先发展起来,这是一个事关大局的问题。内地要顾全这个大局。反过来,发展到一定的时候,又要求沿海拿出更多力量来帮助内地发展,这也是一个大局。那时沿海也要服从这个大局。他还指出:"什么时候突出地提出和解决这个问题,在什么基层上提出和解决这个问题,要研究。可以设想,在 20 世纪末达到小康水平的时候,就要突出地提出和解决这个问题。到那个时候,发达地区要继续发展,并通过多交利税和技术转让等方式大力支持不发达地区。"

通过近二十年的改革开放和实施"沿海发展战略",不仅使我国沿海地区的面貌发生了翻天覆地的变化,经济得到了显著的增长,而且使全国的整体经济势力也得到了明显的提高。与此同时,以信息技术和生物工程为主要标志的世界高科技革命的浪潮也席卷到了我国,从而使我国的科学技术水平也有了显著的提高。在此情况下,"西部大开发"的伟大战略便不失时机地被提了出来。

从上面的分析不难看出,这一次的"西部大开发"和我国历史上曾经进行过的几次"西部大开发"的情况完全不一样,无论深度和广度都远远超过了过去历次"西部大开发"的范围。随着这一次"西部大开发"战略的深入贯彻实施,整个西部地区的面貌正在发生着日新月异的深刻而可喜的变化。就拿甘肃的情况来说,在实施"西部大开发"战略不到三年(截至 2001 年底)的时间内,全省的面貌就发生了显著的变化,并呈现出了一派热气腾腾的兴旺景象。

根据党中央、国务院制定的"西部大开发"的具体方针,中共甘肃省委和甘肃省政府从甘肃的实际出发,首先集中精力,狠抓了基础设施和生态环境这两大工程的建设。

按照甘肃省政府制定的"十五"规划,在"十五"期间内,全省将资金重点用于交通、通信、能源、水利等基础设施建设。

在交通方面,重点建设宝鸡至兰州、兰州至武威南铁路二线和武威南至嘉峪关的电气化铁路改造,并正在争取开工建设兰渝铁路的兰州至广元段和敦煌支线铁路;完成兰州火车站改扩建工程和国际集装箱建设;建设以兰州为中心、外联周边省区、内通地县乡村的公路运输网络体系,实现国道主干线的高等级化、兰州与地州市所在地高等级公路连接、乡乡通公路的目标;完成兰州和敦煌两机场的扩建工程,并对庆阳、嘉峪关支线机场进行改扩建,争取新建夏河等支线机场。

能源方面,积极建设兰州经成都至重庆成品油管道工程和青海涩北经西宁至兰州、新疆经甘肃至上海、长庆油田至庆阳区域输气管道工程以及相应的管网配套工程,并完成平凉电厂续建工程,建设西固天然气发电工程、兰州燃气电厂、小峡水电站等工程。

生态建设方面,重点治理长江上游、黄河中游地区的水土流失和内陆河流域的荒漠化。在中高山地带大力营造水源涵养林和水土保持林,在中部干旱地区实施退耕还林还草、荒山绿化等工程。

环境保护方面,主要是治理重点城市的"三废"污染,重点治理兰州市的大气污染,推广使用洁净能源,大力发展绿色产业和环保产业。

以上这些工程设施或项目有的已于2001年底基本建成并投入运营,或已取得显著的成果。如横穿甘肃全境、全长1,800多公里的312国道主干线已基本实现高等级化;还有从兰州至白银、从兰州至中川机场、从兰州至定西巉口的高速公路以及从兰州至武都的高等级公路也已建成通车;另外,从青海涩北经西宁至兰州的输气管道及其配套管网也已于2001年11月份全部建成并投入运营,从而使大部分兰州市民用上了高效洁净的天然气,为治理兰州的大气污染起了决定性的作用。还有,在全省范围内普遍开展的以退耕还林还草为主要内容的生态建设也已取得显著的成绩。有的工程设施正在抓紧施工,还有一些工程设施或项目正在积极进行前期准备工作,或正在积极筹措资金,准备尽快上马。

我作为一名水利工作者,最关心的自然是水利建设的情况。

由于大西北是全国水资源最紧缺的区域,而水是万物之源,实施"西部大开发",首先离不开水。所以,从中央到甘肃省的各级领导,都把加强水利基础设施建设,作为实施"西部大开发"战略头等重要的工作去抓。自从新中国成立以来,在党和政府的亲切关怀和大力支持下,甘肃省曾先后修建了一大批水利骨干工程,对改变甘肃的干旱面貌、促进甘肃的经济发展和人民群众生活的改善起了极其重要的作用。特别是自从改革开放以来,随着国家经济势力的不断增强和科学技术水平的不断提高,加上同国际交往的不断增多,甘肃省又先后修建了几项规模更大的水利枢纽及骨干工程。其中除了引大入秦工程之外,还有另外两项规模较大的引水工程。这两项工程都将于"十五"期间内建成通水。

尽管在过去将近半个世纪的时间内,党和政府曾经领导和帮助甘肃人民修建了一大批水利骨干工程,从而使甘肃全省的有效灌溉面积由新中国成立初期的400多万亩发展到了目前的1,800多万亩,对改变甘肃的干旱贫困面貌起了极其关键的作用。但一方面由于甘肃地质条件的特殊复杂性;另一方面由于水资源分布的极不均衡性,致使甘肃目前仍然有不少地区的水利问题未能从根本上得到解决。特别是甘肃中部地区,那里虽属黄河流域,但却远离黄河河床,周围没有较大的河流,加上其他客观条件的制约,迄今为止,还没有修建一项较大规模的水利骨干工程。那里的群众仍然只能依靠老天降雨来解决生产及生活中的需水问题。但由于当地的年降雨量只有400毫米左右,而且在时空分布上极不均匀,所以完全依赖老天降雨根本无法彻底解决生产及生活中的需水问题。致使当地群众的生活长期处在贫困之中,迄今温饱问题仍然得不到彻底解决,并使当地经济长期得不到发展,成了全国有名的贫困地区。

　　为了从根本上解决甘肃中、东部地区干旱缺水的问题,早在20世纪50年代末,盼水心切的甘肃人就有过一次气壮山河的举动,准备将地处黄河上游的洮河(黄河一级支流)的水引入甘肃中、东部地区,这就是当时震惊全国的"引洮工程"。但是此项工程不得不于1960年被迫中途下马,并导致工程半途而废。

　　这件事曾在当代甘肃人的心目中留下了深深的伤痕。在很长的一段时间内,不少当年曾经参加过引洮工程施工建设或者耳闻目睹过引洮工程惨痛失败的甘肃人,一提起修建引洮工程之事,就产生了谈虎色变之感。直到改革开放的春风吹遍神州大地,特别是随着"西部大开发"战略的深入贯彻实施,饱受干旱之苦的甘肃人又想到必须重新修建引洮工程,以彻底解决甘肃中、东部地区水资源短缺的问题。在经过了多年的前期准备工作之后,这一令无数甘肃人望眼欲穿、并令世人瞩目的水利工程,终于在2002年正式上马兴建。

　　引洮工程是甘肃省在"西部大开发"中将要修建的一项规模最大的水利工程。据说工程将分两期完成:第一期工程先在洮河上游的九甸峡修一座总库容为9.1亿立方米、坝高170多米的大型水库,先将洮河的水全部拦蓄,一方面利用蓄水发电;另一方面将部分水引入甘肃中部地区,以促进中部地区工农业的发展和生态环境的改善。在完成第一期工程的基础上,再将洮河水继续向东延伸,以解决甘肃东部部分地区水资源短缺的问题,这就是"引洮"第二期工程。可以预期,随着"西部大开发"战略的深入贯彻实施,老一代甘肃人梦寐以求的这一伟大的工程将在新一代甘肃人的手中变成光辉的现实。

除了动员全省的力量抓紧修建一批大型骨干工程、以实现水资源在全省范围内的合理布局之外,甘肃省在水利建设中的另一重大举措,就是大力推广和普及节水技术,以使有限的水资源发挥出最大的经济效益、社会效益和生态效益。从 20 世纪 90 年代初开始,首先曾在中部干旱地区实施集雨节灌工程。所谓集雨节灌,实际上就是在老一辈甘肃人所创造发明的开水窖的基础上,再采用现代化的方法和手段,将水窖的布局及结构形式进行适当改造,以便将更多的天然降雨收集到水窖里,并采用现代化的灌水技术(滴灌、渗灌等),以使水窖中的水得到最充分合理的利用。紧接着,又对全省的老灌区以及建成时间不太长的新灌区进行了更新改造,并大力推广了高新节水技术(喷灌、滴灌或微灌等),从而使水利工程效益得到了更充分的发挥。

谈到甘肃的水利工程建设,不能不说一说对河西走廊三条内陆河、特别是对黑河的综合开发和治理情况。

提起河西走廊,人们自然会想到河西走廊的三条内陆河,即流经甘肃省武威地区(包括金昌市在内)及内蒙古自治区阿拉善右旗的石羊河、流经甘肃省张掖地区及内蒙古自治区额济拉旗的黑河以及流经甘肃省酒泉地区(包括嘉峪关市在内)的疏勒河。因为正是这三条内陆河,养育了居住在这片土地上的中华儿女,并创造出了光辉灿烂的古代华夏文明;正是这三条内陆河,使河西走廊成了美丽富饶的"塞外江南";正是这三条内陆河,阻挡了来自大西北的风沙对中原大地的侵袭。而在这三条内陆河当中,流程最长、流域面积最大的则要数地处河西走廊中部的黑河。它是仅次于新疆塔里木河的我国第二大内陆河。它发源于青海省内祁连山的冰川,流经甘肃省张掖盆地,最后在与蒙古国接壤的内蒙古自治区额济拉旗境内注入东、西居延海。全长 821 公里。

黑河的地理位置十分特殊,也十分重要。其中游的张掖盆地,是甘肃省重要的商品粮基地,素有"金张掖"之称。其下流的额济拉旗,则是我国一道重要的天然屏障,它的存在,不仅保护了流域周围的生态环境,而且还影响到中原内地生态环境的保护和改善。

1972 年,我曾有幸造访过这片"世外桃源"(因当时额济拉旗被划归甘肃省酒泉地区管辖,我是因参与调查甘肃全省的机井建设情况而被派到那里去进行考察的)。虽然那里地处边陲,远离祖国内地,从甘肃省酒泉市到额济拉旗的首府达来库布,需要穿越 600 多公里的戈壁滩,行车两天一夜。但当你到达那里时,就好像来到了"人间仙境"一样。在达来库布的周围,到处都是一望无际的红柳或胡杨林。当地群众主要以畜牧业为生。除了放牧羊群之外,同时还放养骆驼。据说当地的骆驼从来没有人看管,而是让它们在漫无边际的胡杨林里自由地生长和繁殖。只是到了收骆驼绒的季节,骆驼的主人才去认领自己的骆驼,并将它们召集到一块。与蒙古国接壤的一大片土地,当时叫苏古诺尔公社,东居延海就位于这里。苏古诺尔在蒙古语中意为"养母鹿的地方",当地还有一首民谣:"棒打黄羊瓢抓鱼,野鸭飞到饭锅里。"由此不难想象,在此以前的东居延海及其所在的苏古诺尔,是一个多么美丽富饶的地方。

可是不幸的是,由于近 30 年来,随着黑河上游人口的不断增长和工农业生产的不断发展,加上人们环保意识的淡薄,无节制地开垦荒地、实行大水串灌漫灌、滥砍滥伐祁连山的水源涵养林,从而造成了黑河水资源的逐年减少,特别是流入额济拉旗的水资源急剧减少,致使额济拉旗的生态环境急剧恶化,素有"聚宝盆"之称的西、东居延海已先后干涸,大片的胡杨林、红柳及沙枣树被枯死。昔日美丽富饶的额济拉旗正在步"楼兰古国"的后尘,逐渐地被周围的沙丘所侵吞或埋葬。

额济拉旗生态环境的急剧恶化不仅给当地居民带来了严重的灾难,也给内地、特别是甘肃境内居民的生产和生活带来了严重的影响。近年来,每当春季到来时,甘肃省内经常出现沙尘暴或扬沙天气。沙尘暴最严重的地方,能见度不足 100 米。这些沙尘,不仅横扫或覆盖了甘肃全境,有些沙尘据说已侵袭到了东南沿海地区,连上海市有时候都可以感受到来自西北的沙尘在作乱。而这些沙尘的发源地,主要就在黑河下流的额济拉旗一带。

除了黑河流域的生态环境正在不断恶化之外,其他两条内陆河的生态环境也不容乐观。特别是石羊河流域生态环境恶化的情况更为严重。地处石羊河下游的甘肃省武威市民勤县,其东、西、北三面都被腾格里沙漠和巴丹吉林沙漠紧紧地包围着。由于石羊河的来水逐年减少,大片土地已被周围的沙漠一点一点地蚕食着,有的村庄被迫举村外迁,人退沙进,生态环境已到了崩溃的边缘。

河西走廊生态环境急剧恶化的情况已引起了上级领导的高度重视。有关部委的领导及专家也曾多次来河西走廊进行考察,对河西走廊的生态建设提出了具体的意见和建议,并作了具体的安排和部署。

根据党中央、国务院的指示与具体安排部署,河西走廊的生态建设主要集中在对三条内陆河、特别是对黑河的综合开发和治理上。采取的主要措施:其一是大力加强祁连山水源涵养林的保护和建设,并争取修建一项跨流域的引水工程,以弥补黑河水资源的不足;其二是在黑河上游实施高新节水技术,拟建成全国最大的节水示范基地,以减少水资源的浪费,并控制人口的过快增长,制止滥垦荒地、实施以人定地,逐步缩小作物种植面积,退耕还林还草,以减少水资源的耗用量;其三是采取行政及经济等多方面的手段,加强水资源的合理分配及优化调度,以确保黑河下游地区正常的需水量。

为了实现上述目标,原国家发展计划委员会已拨出专款,专门用于对黑河流域的综合开发和治理,并成立了黑河流域管理局,负责对黑河水资源的分配调度以及对黑河流域的综合开发和治理工作。该管理局直属黄河水利委员会领导,是一个跨省(区)的流域管理机构。

与此同时,甘肃省政府已组建了石羊河流域管理局,以负责对石羊河流域的综合开发和治理。对于石羊河流域的综合开发和治理,除了采取同黑河流域类似的措施之外,几年前,甘肃省已将景泰川电灌二期工程延伸到了民勤县境内,以提引黄河水浇灌民勤县的土地,弥补石羊河流域水资源的不足。

令人感到十分欣喜的是,通过以上这些综合性的治理措施,在短短三年多的时间内,整个河西走廊的生态环境即已发生了显著的变化。特别是通过对黑河流域的综合治理,不仅使地处黑河中上游的一大片土地的生态环境得到了显著的改善,尤其是地处黑河中游的张掖市,从 2002 年开始,已被列为全国第一个节水型社会的建设试点。通过多方面的措施,不仅使张掖市的生态环境发生了显著的变化,而且整个社会经济都得到了协调发展。与此同时,地处黑河下游的内蒙古自治区额济拉旗的生态环境更是发生了意想不到的可喜变化。由于张掖市节水型社会的建立,使黑河的水资源得到了最有效的利用,从而使得先后于 1961 年和 1992 年完全干涸的黑河尾闾西、东居延海再次引入了黑河水,恢复了过去烟波浩渺的景象,并使大片死去的胡杨林又渐渐地恢复了生机,从而使得整个额济拉旗正在恢复过去那片"挪亚方舟"般的动人景象。

可以预期,随着"西部大开发"战略的深入贯彻实施,一个山川非常秀美、人与自然更为和谐相处的河西走廊乃至于整个大西北将会展现在世人的面前。

随着"西部大开发"战略的深入贯彻实施,不仅使西部地区的自然面貌及人文环境发生了显著的变化,而且由于国家对西部地区投入力度的显著增强,从而有力地带动了西部地区经济的全面发展,特别是促进了西部地区第二、三产业的迅速发展,因而使西部地区人民群众的物质及文化生活水平得到了显著的提高。很多过去穷得叮当响的西部人,由于"西部大开发"为他们提供了施展自己潜能的舞台和赚钱的机会,不仅使他们很快甩掉了穷困的包袱,有些人还成了腰缠万贯的大款。如在引大入秦灌区及其周围地区,很多农民在完成自家责任田种植任务的前提下,有的人作为民工直接参与当地的基础设施建设;有的人组织小包工队,承包了某些小型配套工程的施工任务;有的人围绕基础设施建设创办了第三产业(包括开办餐饮服务业、跑运输或为某些基建工程提供沙石料等等);还有的人到外地去打工。从而使他们的生活一天天地富裕了起来。不少家庭都盖起了新房,有的家里还买了小汽车、摩托车以及其他高档次的家具。

两年前,我曾陪同武汉大学的一位教授前往我以前曾经进行过灌区承包经营试点工作的张掖市进行考察。在考察期间,我们曾参观了当地的一个农业综合开发区。在这个农业综合开发区里,除参观了那里的一个现代化的家畜家禽饲养场之外,还参观了一个高新农业示范区。在这个高新农业示范区里,有一片日光温室大棚,里面种植着各种珍贵及稀有的植物,其中包括樱桃西红柿、草莓和各种花卉等。这些植物的根系全部实行滴灌,每个塑料大棚的顶部都安装了微喷设备,以保持空气一定的湿度。大棚内的温度、湿度及光通量都随作物的需要调剂到适当位置,并全部由电脑控制。在大棚的旁边,有一个大型电脑显示屏目,随时显示出大棚内的土壤及空气的温度和湿度。这一套设备据说全部从以色列引进,而这个农业综合开发区的创办人就是当地的一位农民。几年前,他紧紧抓住国家加强西部地区基础设施建设的机遇,组织了一个基建施工队,承揽基建施工任务。随后,又经营房地产开发业务。从而使他在不太长的时间内,就由原来的一位普通农民变成了腰缠万贯的大款。他致富不忘乡梓,为了促进家乡的经济建设,特拿出相当大的一部分资金,在当地政府部门的积极配合和支持下,在黑河滩上开垦出了一大片荒地,从而建成了这片农业综合开发区。在甘肃省内,沐浴着改革开放和"西部大开发"春风而涌现出来的致富带头人实际上远不止张掖市的这位农民企业家,在全省各地到处都可以找到这样的致富精英或典型。

从甘肃目前的情况来看,在西部大开发中变化最大的我认为还是广大的农村。尽管迄今为止,由于某些客观条件的制约,甘肃省内仍有相当一部分地区的农民群众并没有完全摆脱贫困,有极少部分地区的农民群众甚至连温饱问题也没有从根本上得到解决,但是从甘肃全省的情况来看,如果拿今天的农村和改革开放前的农村情况进行比较,可以说已经发生了翻天覆地的变化。

在改革开放以前,绝大部分地区农民的温饱问题都没有得到解决;绝大多数农村孩子一年四季都穿不上裤子,很多农村姑娘虽然丽质天成,身材苗条、眉清目秀、五官端正,但由于客观条件的限制,有的人可能很少洗脸,更没有条件天天漱口,所以她们的脸蛋显得既脏又黑,有的人牙齿上还有斑点(因为经常饮用含氟元素的水)。有些农村姑娘由于经常遭受风吹和高原地区紫外线的辐射,脸上的毛细血管严重破裂,致使她们的两颊都呈现出了紫红色的血斑,有人曾经给她们起了个外号,叫作"红二团"。加上她们的穿戴也是乡下人的气派,所以乍一看去,就知道她们来自农村,和城里的姑娘有着显著的区别。

今天的甘肃农村,情况已发生了显著的变化。几乎再也找不出一个长期不穿裤子的农家孩子了,而且很多农家孩子的穿戴都非常时髦;达到上学年龄的孩子,一般都穿着统一的校服。很多农村姑娘都非常注意打扮。在永登县城附近,有一些农村姑娘,你不仅根本识别不出她们究竟是农村姑娘还是城市姑娘,而且你也很难识别出她们的文化程度究竟有多高。因为有一些农村姑娘都喜欢戴一副金丝边的眼镜,乍一看去,很像是一位女知识分子或女大学生。

说起农村的变化,我认为最大的变化莫过于农业生产方式的变化。凡参观过敦煌莫高窟的人们,可能都会发现,在莫高窟里,有一幅"二牛抬杠"的壁画。从这幅壁画不难看出,早在两千多年前,我们的祖先就知道使用"二牛抬杠"来犁地。可是,这种原始的耕作方法一直沿用到改革开放的前夕。当时的甘肃农村,在犁地的时候,不仅基本上仍然采用的是"二牛抬杠"的方式,而且有些偏僻的农村,甚至连"二牛抬杠"的条件都不具备,只能依靠人拉着犁来翻地(我当年参加"农宣队"工作的甘肃省静宁县威戎公社连湾大队的某些耕地,就是依靠人拉着犁来翻耕的)。自从改革开放以来,甘肃省大部分农村已基本上抛弃了这种原始的犁地方式,普遍采用拖拉机犁地。在引大入秦工程管理局办公大楼的旁边,有一大片农田,当地农民犁地时一般都是使用一种小型的手扶式拖拉机。这种拖拉机虽然名为"手扶式",但犁地的时候实际上根本不用手扶,只需要将它安放在因犁地而形成的一道小土沟里,它就会沿着这道小土沟自动地向前行驶,并将未犁的地块依次一层层地犁(翻转)过来。每犁一层地块,就形成一道新的小土沟。人只要跟着拖拉机往前行走,等到拖拉机到达地块的尽头时,再将它调过头来,并将它安放在新形成的小土沟里继续犁地。所以有人曾将这种拖拉机叫作"无人驾驶拖拉机"。利用这种拖拉机犁地既轻松、又高效,拖拉机前进的速度远比人们步行的速度要快。有一次,我曾见到一位穿着非常时髦的农村青年骑着自行车跟着拖拉机前进,就像在操场上骑自行车玩耍一样,神态显得格外潇洒自如。我当时曾被眼前这一幅精彩的画卷深深地吸引住了,并为此而沉思了很久。我曾想,今天的甘肃农民已经可以骑着自行车去犁地,这和当年的甘肃农民使用"二牛抬杠"的犁地方式相比较,是一种多么深刻的变化啊!

除了犁地基本上实现了机械化之外,其他农业耕作措施也基本上实现了机械化,特别是收割机械化。在北方的很多小麦主产区,通常是使用联合收割机进行收割。甘肃河西走廊的大部分小麦,也都是通过联合收割机进行收割。近年来,每当收割小麦的季节来临时,外地的"麦客"们便开着联合收割机进驻河西走廊,帮助当地的农民进行收割。而在某些山区,由于地块比较小,联合收割机一般施展不开,所以当地农民通常是先用手工将小麦收割到一块,然后再用脱粒机将小麦进行脱粒,以代替过去完全依靠人工打场的作业。但无论使用何种机械,都比过去完全用手工收割要省事得多,效率也高得多。

除了作业机械化之外,在农业生产中,还普遍采用了先进的作物栽培技术,从而不仅使农作物的产量和质量(包括花色品种)有了明显的增加和提高,农民的经济收入也因此而得到了显著的增长。如近年来,在甘肃广大的农村,曾普遍采用日光温室大棚栽培作物,不仅使不少农作物的产量得到了显著的提高,而且还培育出了很多反季节蔬菜以及一些以前只能在南方栽培的蔬菜或其他农作物,不仅增加了农民的经济收入,而且也大大改善了市场的供应状况,丰富了市民的菜篮子。

在农村发生深刻变化的同时,城市面貌也发生了显著的变化,其中一个最引人注目的新鲜事物,就是一大批中小城镇的迅速崛起。就拿永登县城来说,十多年前还是一个穷乡僻壤。记得大概是 1990 年我出差来到这里时,当时连三层的楼房也没有两栋,既没有一条整齐的街道,也没有一个像样的商店。当时的永登县城实际上还比不上南方一般的乡镇所在地。而现在的永登县城,已成了一个拥有近十万人口、初具现代化规模的小城镇。八层以上的新式高楼鳞次栉比,大小街道纵横交错,超级市场、高级宾馆,歌舞厅及酒吧、体育场、游泳馆等象征着城市风貌的生活服务及娱乐设施也一个个地在这里落脚。过去的永登县曾是甘肃省的贫困县之一,而现在已成了甘肃经济非常发达的县,据说正准备撤县设市,永登县城将成为这个县级市的政治、文化中心。

又如著名的河西重镇张掖市,十年以前也只不过是一个很不起眼的小县城。我这次陪我的老同学(武汉大学教授)重访那里时,对它的容貌几乎认不出来了。除了钟鼓楼仍然保持着它的原貌之外,其余房屋几乎全部进行了拆迁和改建,并增添了很多新的楼房。以钟鼓楼为中心的东、西、南、北四条大街也进行了改扩建,大街两旁全部是新盖的楼房。其中一条大街的两侧全部是仿照唐代的建筑风格修建而成的古典式建筑,好像北京市的平安大街或琉璃厂一样。所以有人曾经把现在的张掖市称为"唐城"。在离钟鼓楼不远处,沿以前的"县府街"一侧,有一片开阔的空地,这里原本是张掖市一个很少有人去光顾的小型体育场,现已改建成了张掖市的中心广场。这里大概是张掖市最繁华、最热闹的场所。每天从早到晚都有成千上万络绎不绝的人到这里来游览或观光。在广场的北侧,镶嵌着一幅巨型彩照,展现的是"再造金张掖辉煌"时的情景。

从张掖市目前的面貌,我当初根本不敢相信,这就是我阔别还不到十年的河西重镇——张掖市,我真怀疑当时屹立在我面前的这座新兴城市,是不是广东省的珠海或深圳市。

从永登县及张掖市面貌的改变,不难看出甘肃省近年来一般城镇面貌的变化。

除了城镇面貌的变化之外,近年来,城镇居民的经济收入也有了明显的增长,从而使物质及文化生活水平得到了显著提高。

自从国家实施"西部大开发"战略以来,整个西部地区的面貌正在发生翻天覆地的可喜变化。几年以前,有人曾经做出过一个大胆的推断:"西部开发,十年可成"。而且这种"成"不是指小有成就,也不是指比过去好。而是指让西部的生活水平在十年内达到和东部沿海地区甚至和深圳、香港一样的水平。通过这几年的发展变化,我对这一推断笃信不疑。我认为目前的"西部大开发"和当年国家实施"沿海发展战略"的条件相比较,虽然有不

利的一方面,但也有更多有利的方面。除了西部地区的自然资源远比沿海地区丰富之外,至少还有以下三个最有利的条件:

第一个有利条件,今天实施"西部大开发"战略,一方面,社会主义市场经济体制已在全国范围内基本形成,人民群众的思想观念已有了明显的转变和提高,从而为"西部大开发"战略的实施创造了良好的社会条件;另一方面,通过二十多年的实践,党的中央领导集体已经有了丰富的驾驭经济建设的经验和能力。一整套有关"西部大开发"的具体方针和政策,既符合西部地区的实际情况,也符合客观经济规律,对"西部大开发"已经并将继续起到巨大的指导和推动作用。

第二个有利条件,随着二十多年来"科教兴国"战略的实施,我们国家不仅已经培养出了一大批素质较高的大学本科毕业生,而且还培养出了一批素质更高的硕士及博士生,从而为"西部大开发"打下了坚实的人才基础。搞经济建设,首先取决于人才资源。所以,从这重意义来说,今天的"西部大开发"和当年的"沿海发展战略"相比较,具有更为明显的优势。

第三个有利条件,由于新技术浪潮的推动,近年来,一大批高新科技成果已在经济建设中得到了广泛的应用。在此情况下,原来西部地区较东部地区一些明显的不利因素,或东西部地区之间一些不可逾越的"鸿沟",有的正在缩小,有的已基本上得到了消除。如随着交通运输业的迅速发展,东西部地区之间的距离已变得愈来愈"小"。过去从兰州乘火车去北京,需要36小时,而现在只需要21小时。随着火车的不断提速,将来很可能连21小时都不需要了。特别是随着现代通信技术的飞速发展,东西部地区之间的时空距离几乎全部消失。回顾十年以前,在经济落后的西部地区,家庭电话、特别是手机(当时叫"大哥大"),基本上还是权力或地位的象征。而在十年之后的今天,这些先进的通信工具已为西部地区广大的寻常百姓所掌握。有不少普通老百姓还在利用互联网为自己收集和传播信息,从而使东西部地区处在同一个时空范围之内。又如,随着生物工程技术的迅速发展,地处高寒或干旱条件下的西部地区人们不仅可以吃上当地的反季节蔬菜,而且还可以吃上原本生长在东南沿海地区的很多食品,从而使东西部地区的人们可以生活在同一个蓝天下及同一片沃土上。

正由于今天的"西部大开发"和当年国家实施"沿海发展战略"时的情况相比较,具有以上这些最明显也是最基本的有利条件,所以我们完全有理由相信"十年可成"的推断是完全正确的。

回顾十年以前,当我刚刚到达"知命"之年的时候,出于对沿海经济发达地区改革开放社会环境的无限向往,并抱着"淘金"的美梦和挑战自我的心态,曾经加入到了"孔雀东南飞"的行列,孤身一人独闯广东。而在时隔不到五年之后,由于种种主客观原因,我又抱着"明知山有虎,偏向虎山行"的心态重新回到了日夜想念的第二故乡——甘肃。尽管这两次艰难的人生旅程都没有达到自己预期的目的,不仅"淘金"的美梦未能实现,而且在事业及人气上都遭受到了重大的损失。但值得庆幸的是,通过这两次人生旅程的重大飞跃,曾使我有幸亲眼看见了国家实施"沿海发展战略"和"西部大开发"这两次史无前例气壮山河的举措,并以主人公的姿态亲自投身到了这两次社会大变革的浪潮之中。特别是亲眼看见了自从国家实施"西部大开发"战略以来,曾使饱受生活煎熬的西部人民迎来了有史以来最美好的春天,生活发生了翻天覆地的可喜变化。当我看到展现在我面前的这一派动人景象时,对于过去十多年在人生道路上所遭受的损失和所付出的艰辛也就感到值得。由此看来,当年的决策从某种意义来说,也还是有可取之处。虽然我现在已经步入到了退休的岁月,但我深信,只要我的身体吃得消,凭着我的知识和阅历,一定还能为"西部大开发"做出一番新的贡献,从而在自己的人生旅途中增添上一笔新的、亮丽的光彩。

结束语

————————

在我即将完成这部"自传体小说"写作的时候,我突然想起了两件往事,并由此引发出了一串联想。

第一件往事:两年前,中央电视台在第一频道(即综合频道)的黄金时段曾经播放了一部根据苏联著名作家尼·奥斯特洛夫斯基(H. OcтpoBcкuǔ)的同名小说改编而成的二十集电视连续剧——《钢铁是怎样炼成的》,当时在社会上曾引起了强烈的反响。一时间,保尔·柯察金,这位曾经影响过几代苏联人和中国人的高大而完美的人物形象,似乎又回到了我们的中间。我们这一代人,实际上就是伴随着保尔·柯察金的名字而成长起来的。在我的同龄人当中,曾有不少人阅读过《钢铁是怎样炼成的》这部不朽的著作。我虽然以前没有读过这部著作,但保尔·柯察金的名字以及他的传奇经历早就听老师和其他的人向我讲述过。特别是有一件往事,至今仍留在我的脑海之中。大概是小学六年级的时候,语文课老师在测验我们的听写能力时曾选取了《钢铁是怎样炼成的》中的一段话叫我们听写:"人最宝贵的是生命。生命属于每一个人只有一次。人的一生应该这样度过:当他回首往事的时候,不因虚度年华而悔恨,也不因碌碌无为而羞耻。这样,在他临终的时候,就可以说:'我的整个生命和全部精力都已贡献给了世界上最壮丽的事业——为全人类的解放而斗争。'"

迄今为止,我仍然能将这一段至理名言全部背诵下来。

在我观看这部电视连续剧之前,我曾不自觉地经常将我的生活经历同我周围很多人的生活经历进行比较,并深深地感到自己的命运太差,付出的太多,而得到的太少。自从观看了这部电视连续剧之后,我又不自觉地将自己的生活经历同保尔·柯察金的生活经历进行了比较。这时,我才深深地感觉到,找这一辈子已经知足了。我和保尔·柯察金相比较,付出的远没有保尔·柯察金那么多,而从社会上得到的东西却远比保尔·柯察金得到的东西要多。我认为一个人不管他的机遇怎样:是顺利,还是坎坷?是处在社会的上层,还是处在社会的下层?但只要他能够做到"不因虚度年华而悔恨,也不因碌碌无为而羞耻",就算没有白白地来到这个世界上。不过,根据我的亲身体验,一个人要想活得更加踏实,除了"不因虚度年华而悔恨,也不因碌碌无为而羞耻"之外,还应该再补充一条,就是"不因有意逃避自己应尽的社会责任而受到良心的谴责"。所谓"应尽的社会责任",从小的方面来说,主要是指对父母的赡养和对子女的哺育责任;从大的方面来说,则是指对自己的祖国和民族所应承担的责任。

第二件往事:1970 年,当我刚从解放军农场劳动锻炼再分配到甘肃省水利厅水利管理局工作时,有一天,曾和与我一道分来的两位同学一块去兰州市最繁华的街道——张掖路——游览及观光。我们当时曾走进了兰州市最有名的书店——张掖路新华书店,想看看里面有没有适合我们阅读的书籍。我突然从书架上发现了一本刚刚出版的新书——《进化论与伦理学》。这本书的原作者是十九世纪英国著名的生物学家兼哲学家赫胥黎(Thomas N

Huxley, 1825 – 1895）。后经我国著名的思想家严复（1854 – 1921）首次翻译成中文（当时的书名叫《天演论》）。该书主要是宣传"物竞天择"、"适者生存，不适者淘汰"的达尔文的进化论思想，号召人们起来救亡图存，"与天争胜"，在中国思想界曾产生了很大的影响。在"文化大革命"那个特殊的年代里，新华书店除了摆放着马克思、恩格斯、列宁、斯大林、毛泽东等伟人的著作之外，几乎找不出一本其他思想家的著作。我当时曾抱着一种好奇心连忙将这本书买了回来，并进行了仔细地阅读。但后来由于工作环境几经变迁，这本小册子已不幸被丢失掉了。而由于时间的流逝，我现在已记不清书中的具体内容了。我只记得书的大概内容是，一个人在生命的旅途中，应该自强不息、勇往直前。作者曾引用了英国著名的"桂冠诗人"丁尼生（Alfred Tennyson, 1809 – 1892）的一首诗作为该书的结尾。这首诗当时对我的鼓舞和鞭策作用很大，并成了我生活中的"座右铭"而一直铭记在自己的脑海之中。所以，我今天也想当一回"文抄公"，仿照赫胥黎的手法，将丁尼生的这首诗作为本书的结尾：

要意志坚强，

要勤奋，要探索，要发现，并且永不屈服。

也许漩涡将把我们冲刷下去，

也许我们将到达幸福的岛屿。

……但在到达终点之前，

还有一些事情，

一些高尚的工作尚待完成。

2001 年 12 月完成初稿

2013 年元月最后一次修改